GOBOOKS & SITAK GROUP©

GOBOOKS
& SITAK
GROUP©

三日月書版

三日月書版

1
I have no choice. Pain keeps gnawing at my blood and bones, and jealous eating away my soul.
dig out my eyes, pierce through my heart, and burry my dead body into the deep, dark underworld.
If I have not and would never hold your favor, then all I left would be death.
暮音
Lies and loves
墨竹
illust. 瀨川あをじ
三日月書版
輕世代 FW334

暮音
Contents

Lies and loves

I have no choice. Pain keeps gnawing at my blood and bones, and jealous eating away my soul.
Please dig out my eyes, pierce through my heart, and burry my dead body into the deep, dark underworld.
If I have not and would never hold your favor, then all I left would be death.

【序曲】

公路兩邊是無邊無際的向日葵田，不論往前還是往後，看不到盡頭的金黃色強行占據了大半視野。

平時能稱之為美麗的景色，因為天空中布滿了陰霾的雲層，加上風都不知道跑到哪裡去了，於是大片金黃混雜著暗灰色調一動不動，怎麼看都讓人的心裡如同壓上了重物，充滿不安。

過了很久很久，天終於開始下雨。迷迷濛濛的雨從天上落下，就在暮音眼前，一顆顆撞碎在車窗上。

粉身碎骨……

七歲的暮音立刻聯想到最近剛學的詞，用力地摟住手裡的兔子玩偶，往椅子裡縮了縮。

那時，暮音坐在後座，看著車窗外很久沒有變化的金黃暗灰，整整三個小時了。而她們的車子被堵在這條高速公路上，也整整三個小時了。

雨勢漸漸變大，雨水敲打著車窗，發出很大的聲響，車裡的人卻相當安靜。熱氣模糊了玻璃表面，暮音猶豫了很久，還是忍不住伸出手指在上面畫了四個湊在一起的心形，然後像塗顏色一樣把它們填滿，最後加上了一根小小的尾巴。

爸爸說這叫四葉草，是幸福的咒語，只要邊畫邊在心裡念重要的人的名字，那個人就一定會得到幸福……

爸爸常常會讓她坐在他腿上，一起在窗戶前呵著熱氣，畫好多好多的四葉草，再一起默念媽媽的名字。

這樣做的話，在天上的媽媽就會有好多好多的幸福了。

突然，專心畫著的暮音停了下來。滂沱的大雨中，有一些金黃色的光芒在不遠處的花田上空飄浮著。她揉了揉眼再看，發現那些光芒竟越來越清晰。

暮音微張著嘴，趴在車窗上，看著那些光芒慢慢浮出的景象。

有許許多多穿著金色裙子的小孩，每一個人的手裡都拿著一朵大大的向日葵，像撐傘一樣撐在自己的頭上。那些看起來和暮音差不多大的小孩子排成一排往前進，可是隊伍一點都不整齊，他們三三兩兩地在相互說話，還不停地四處張望著。

他們身後都有一雙透明的翅膀在扇動著，這讓他們可以安安穩穩地飄浮在半空中，不用擔心掉下來。

暮音眨著眼，幼小的心裡總覺得哪裡不對勁。

好多長了翅膀的小孩子……她忍不住回頭看了看自己背後，沒有翅膀。

「暮音。」

暮音抬頭看著喊她的人。

爸爸說，這個是媽媽的妹妹，要叫小阿姨。

「小阿姨。」暮音抓緊手裡的小兔子，怯怯地喊了一聲。

「妳在看什麼？」前座上回過頭來問話的女人，有一張絕對稱得上美麗的臉，只可惜眉宇間過於冷淡，讓人無法生出親近感。

「有好多的……」暮音回過頭，驚訝地發現剛剛那些還在窗外的小孩子都不見了……除了在大雨裡東倒西歪的向日葵，那裡什麼都沒有。

「有什麼？」

暮音指手畫腳地想告訴她：「就是那裡，暮音看見有好多、好多長著翅膀的小孩子……」

「那裡什麼都沒有！」被暮音叫做小阿姨的風雪瞟了一眼窗外，飛快地打斷了她：「這個世界的孩子不長翅膀。」

暮音有些怕她，不敢再多說什麼，咬著嘴唇低下了頭。小阿姨的臉和照片上的媽媽一模一樣，但是媽媽會對著她笑，看起來好溫柔。小阿姨連笑也不會笑，看起來好凶。

「妳要不要睡一會？等醒過來的時候，我們應該就到了。」風雪說完，就轉過頭去。

「小阿姨。」

「什麼事？」風雪拿著地圖在看，隨口應了一聲。

「爸爸……會不會找不到我們？」暮音把臉藏在絨毛兔子的後面，只露出了一雙眼：「小阿姨妳都沒有給爸爸打電話，爸爸要是回來了，會找不到我們的！」

「妳爸爸他……我不是說了，他有很重要的事要辦，所以要妳和我一起住一段時間。」風雪低頭看著地圖，「妳忘了妳爸爸說過什麼嗎？」

「爸爸說，暮音要聽小阿姨的話，他很快就會回來了。」暮音低聲地回答。

風雪嗯了一聲。

「可是，小阿姨……」暮音把頭整個埋到了絨毛兔子裡，聲音聽起來悶悶的：「我們為什麼要離開家裡呢？要是爸爸回來找不到暮音怎麼辦？」

「他會找到我們的。」風雪折起地圖，視線看著前方終於開始移動的隊伍，「他既然答應了，就一定會來接妳。」

「真的嗎？」暮音把臉探出去，覺得有濕氣浮上了眼眶，「爸爸很快就會來接暮音的，對不對？」

風雪半側過臉，隨意地點了點頭。

暮音小聲地建議：「小阿姨，我們要去好找一點的地方喔！爸爸常常迷路，要是難找的話，他會找好久的。」

「坐好吧！」風雪發動了車子，跟著前面的車輛開始行進起來。

暮音乖乖地坐在座位上，看了看像是在專心開車、沒空理自己的風雪，只能繼續無聊地看著窗外。

雨不知不覺地停了，太陽從雲裡鑽了出來，遠遠的天上掛著美麗的彩虹，天空一片蔚藍。

在天空底下，是看不到盡頭的金色向日葵。在不遠的地方，有好多長著翅膀穿著金色裙子的小孩子停在那裡，拿著大大的向日葵左右搖晃，像是在朝車裡的暮音打招呼。

暮音也偷偷朝他們揮手，可是車子開得好快，等她爬到了後擋風玻璃上，早已看不見了。

暮音戀戀不捨地坐了下來，看見玻璃上的水氣快要不見，急忙又呵了一口，小心地畫上了一朵四葉草。

爸爸、媽媽、暮音……對了，還有小阿姨！大家一定都會很幸福的！

暮音閉上眼，心裡默默地念著。

當暮音再度睜開眼時，她從後視鏡裡看到了風雪正望著自己。

那時的她並不明白那種複雜難明的目光意味著什麼，只知道有道光芒刺進她的眼角，刺痛了她的眼。那是風雪右手的無名指上，一枚精美戒指上鑲嵌著的深藍色寶石迎著陽光，發出冰冷的光芒……

那時，蔚藍天空、七彩霓虹、金色花田邊，有輛車子載著小小的暮音，飛快地朝著某個方向駛去。

那時，一切都還沒開始……

【第一章】

Lies and Love

這是一條十分偏僻的公路，白天也很少會有車輛和行人經過。但就在這天凌晨，有輛黑色的轎車，無聲無息地停在了道路中間。

車子熄了火，車門大敞，前排座位都空著，不過在後座上有一個人臉朝下俯臥在那裡。

那人一動也不動，鮮血順著他垂放在車外的手不停滴落到地面上，一股濃烈的血腥味隨著風四處飄散。鮮血濺落在路面上的滴答聲格外清晰，周圍安靜得近乎詭異……忽然，不知從什麼地方吹來了一陣猛烈的風，路燈開始不停地閃爍。

那個有些瘦弱的身影依舊趴在後座上，風吹動了那人黑色的衣袖，戴在他手腕上銀色鐲子突然斷開，一分為二地掉到地面上。緊接著，一道光芒慢慢從他皮膚內滲出來。

那些光芒就像是燃燒的火焰，慢慢籠罩了他的全身，而這些光從極致絢爛到徹底消失後，那人毫無血色的手指微微一動，他睜開了眼。

他花了很大的力氣用手臂撐起身體後，靠在後座上休息。此時，他掃視了一遍自己的身體，完整無缺的程度讓他十分滿意。最後，他抬起頭，在後視鏡裡看到了自己的眼睛……

幾分鐘後，這個不知道遭遇了什麼的人，費勁地從車子裡鑽了出來。

他有些吃力地挪動腳步，越過了路邊欄杆，一步一步地朝著茂密的樹林中走去。

今天是暮音八歲的生日。

只要過了十二點，她就滿八歲了。

去年生日，爸爸幫她做了一個很大很大的蛋糕，上面放滿了她最喜歡的草莓，他們一起許了願，然後吹蠟燭、切蛋糕，把肚子吃得圓滾滾的……

「爸爸。」暮音把頭埋在已經很髒的絨毛兔子上面，輕聲地說著：「暮音餓了。」

小阿姨不見了。

爸爸讓她一直跟著小阿姨，可是她醒來時常常找不到小阿姨，要怎麼跟嘛！小阿姨都不會告訴她去了哪裡、會不會回來……天黑黑的，這裡好可怕，到處都沒有人！

感覺眼眶開始發酸，暮音用力咬著唇，命令自己不許哭。

小阿姨一定會回來的，總是會突然不見，又突然就回來了，好像和她在玩遊戲。小阿姨不會把她扔掉，小阿姨會回來的……

微弱的燈光下，暮音的目光漸漸朦朧了起來，最後終於忍不住打了個呵欠，在大門外冰涼的臺階上縮成了一團。

不知過了多久，暮音在迷濛中好像聽到有人走路的聲音，她小心翼翼地抬起了頭。

四周實在太黑了，她扶著柱子站起，卻還是什麼都看不到。

會不會是爸爸？

想到這個可能，那張幼小的臉蛋上頓時被笑容占滿了，她急急忙忙地朝有聲音的地方跑了過去。

暮音沿著路，一直跑到了很遠的地方。

可是當她站在漆黑的樹林裡，拚命喊到喉嚨都啞了，還是沒看見半個人影。

好像又聽錯了……

希望再次落空，她只能垂頭喪氣地拎著玩偶兔子，一步步地往回挪。

爸爸到底什麼時候才來啊！小阿姨都不會煮飯給她吃，又不跟她說話，她不喜歡小阿姨！她要和爸爸在一起！

「啊！」沮喪中，她的腳不知道被什麼東西絆了一下。

她用力地閉上眼，等著疼痛到來，結果出乎意料地摔到了一個軟綿綿的東西上面。

熱熱的、軟軟的……是床嗎？原來是做夢啊！做夢……暮音閉起眼笑了笑，找了個舒服的姿勢趴著。

咦？這個床怎麼動起來了？

「討厭！不許動啦！」她用拳頭砸了一下不乖的小床，「睡覺！」

「小床」發出了有點奇怪的聲音後，不動了。

「小床，乖乖的！」暮音用手摸了摸，含含糊糊地說。

暮音才剛說完，「小床」立刻不乖地翻了，暮音的額頭結結實實地撞到了堅硬的地面上。

因為很痛，她立刻就醒了過來，然後就聽見有人在對自己說話。

「滾開！」那個聲音一點都不好聽，和她生病的時候一樣啞啞的：「蠢貨！」

「才不是！」暮音立刻從地上跳起來，「不許——」

後面的話頓時說不出來了，因為她看到好長的頭髮……

「大姐姐，妳為什麼躺在這裡啊？」暮音立刻變了態度，抱著小兔子很乖巧地問：「妳迷路了嗎？」

「小白痴，妳喊我什麼？」沙啞的聲音充滿了疑惑：「我好像聽見妳在喊……」

「大姐姐！」暮音響亮地重複了一聲。

「大姐姐」像是被什麼東西給嗆到了，好一陣咳嗽。

「大姐姐，妳沒事吧？」暮音很好心地伸手幫「大姐姐」拍了拍背，然後好像聽見對方說了什麼有趣，急忙把頭湊過去問：「什麼有趣？」

「妳啊！」「大姐姐」一邊怪笑一邊抬起了頭，「好有趣的小白痴！」

暮音冷不防地嚇了一大跳！

眼睛，是綠色的！

「綠色的！」暮音張大了嘴，傻傻地看著。

「妳看清楚了吧？我不是什麼姐姐。」那人咳了一陣以後，聲音沒那麼啞了。

「為什麼不是？」暮音不能理解地歪著頭，「難道要叫阿姨？可是妳看起來比暮音大沒多少啊。」

「我是男的！」月光下，那張白皙漂亮的臉蛋霎時有些扭曲，「蠢東西！」

「你好凶喔！」暮音用手指戳他的臉，「真是沒禮貌！」

啊！嫩嫩的，好好戳！

暮音拚命戳拚命戳……那人似乎忍受不了她的「喜歡」，最後被激怒了，一下子就跳了起來，好像要撲上來打人的樣子。可是他才剛站起，就摔回了地上。

暮音才注意到，這個「哥哥」身上有好多血！那種鮮豔的紅色，讓她忍不住退了幾步。

「你在流血！」暮音遠遠地蹲下來問：「大哥哥，你痛不痛？」

聽到暮音有點發抖的聲音，他抬起頭看暮音。

「大哥哥。」暮音看他直勾勾地盯著自己，突然有點害怕起來，「你是不是壞人？」

「壞人？」那人笑了出來，這一笑又扯到了傷口，痛得他齜牙咧嘴。

看他笑得那麼可怕，暮音趕緊站起來，又退了兩步。

「妳別怕。」看見暮音想要走掉，他急忙又說：「我不是壞人，只是受了傷。」

「真的嗎？」暮音歪著頭問。

「真的！」他笑著說：「小妹妹，妳住在這附近嗎？」

「不是！」暮音急忙搖頭，眼睛卻偷偷往屋子的方向瞟了一下。

「妳不要怕，我真的不是壞人。」他似乎想表現得和善一點，腹部的疼痛卻讓他五官都皺了起來：「我知道妳住在這裡，妳家裡有人在嗎？」

暮音眼睛轉了轉，突然站起來轉身就跑。

一路上她對身後的喊聲充耳不聞，只想著被叮囑過的那些話，決定回屋以後就把門鎖起來。只可惜她剛跑上臺階，就被自己的腳絆倒了。

「啊——」暮音只能閉著眼，大叫著倒了下去，等待疼痛的降臨。

「又沒有摔倒，妳叫什麼呢！」那個聲音就在暮音耳邊響起。

暮音終於停止尖叫，很害怕地轉過頭去。

那個剛剛還躺在地上的壞哥哥正抓著自己的衣領，明亮的月光裡，他的頭髮和眼睛都閃著冰冷的光芒。

暮音害怕地咽了口口水。

「你……」

「啊啊啊——唔唔！」

暮音拚命地叫了幾聲，就被捂住了嘴，那個壞哥哥很凶地命令她不許叫。

作為一個被教育過必須和壞人搏鬥的好孩子，暮音張開嘴就咬了下去，趁他一鬆手，暮音飛快地跑回了屋子裡，用力地關上了門。

她踮著腳尖，躲在窗簾後面焦急地往外看。因為爸爸送給暮音的小兔子，被那個壞人拿走了！

他來不及抓到暮音，就把暮音的小兔子抓到手裡，看了一下就塞到了自己的腦袋下面墊著，然後躺在臺階上動也不動，像睡著了一樣。

等了好一會，暮音偷偷地打開門，走到外面。

見壞人躺著沒動，她走到他身邊蹲下，準備伸手要扯小兔子時，他突然睜開了眼。

暮音嚇了一大跳，不由得停下了拉扯的動作。

「好乾淨的眼神。」他喃喃地說道：「真像一個……」

暮音顧不得拿回他腦袋下面的玩具，就要跑回屋裡去。

「等一下！」就在她的手碰到門把時，身後傳來了一個微弱的聲音。

暮音忍不住回過了頭。

壞人正用兩個手指把小兔子拎在手上搖晃，還很壞心地朝她笑著問：「要不要啊？」

暮音在原地想了好一會，既戒備地看著壞人，又渴望地看著被舉起來的兔子玩偶。終於，想要把兔子拿回來的願望戰勝了恐懼，她小心地挪了過去，一把搶過了兔子，順腳踹了一下壞人。

顧不上那聲沉悶的慘叫，一溜煙地跑回了屋裡。

直到一股窒息感湧上，暮音才想起要呼吸，她一下子跌坐在地板上，大口地喘著氣。

摸著玩偶身上打結的絨毛，她想起了爸爸送給自己小兔子的時候，舉著自己轉圈，叫自己小公主……她就這麼怔怔地發著呆，眼眶慢慢地紅了。

在眼淚就要成形的前一秒，暮音用力地揉了揉眼睛，把「被風吹到眼睛裡的沙子」揉走了，然後她爬起來，把門開了一條縫隙，偷偷地朝外面張望。

那個人還是躺在那裡，還流了好多的血……他看上去好壞，可是流這麼多血，會死掉吧？就和媽媽一樣，只能在照片裡……

掙扎了許久，暮音終於又一次地打開大門，慢慢地走到了那個人身邊，蹲了下去。

「喂！」暮音輕輕地喊了一聲，他就微微睜眼看了一下。

「你……會不會死掉啊？」她又問。

他瞪了暮音一眼，隨即又閉眼了。

暮音看著他蒼白的臉和沒有血色的嘴唇，先把小兔子放到一邊，然後用手抓著他的手臂，想要把他從地上拉起來。

但她的力氣實在是太小了，試著拉了半天還是沒什麼用，可她還是不想放棄，只能拚命地用力。汗水順著她的臉頰滑落下去，滴落到那張漂亮的臉上。

長長的睫毛動了一下，他勾起了嘴角。

「果然是個小白痴！」

就在暮音快要把最後一分力氣都用光時，突然覺得手上一輕。那個對暮音很凶的大哥哥自己用手撐著地面，慢慢地坐了起來。

「離我遠點。」有著綠眼睛的男子惡毒地對暮音說：「妳臭死了！」

她慢慢地睜開了眼，燦爛的陽光從窗外照了進來，暖洋洋地照在身上，四周一片靜謐，讓人感覺像是置身在安然舒適的睡夢中。

很久沒有睡得這麼安穩了……她剛要閉上眼再睡一會，眼角卻像是掃到了什麼奇怪的東西。有個很漂亮很漂亮的孩子站在暮音面前，他的身上在發光，就像爸爸說的天使……暮音看了天使好久，看到他眼睛裡發著光，還把手伸過來。

「天使！」暮音張著嘴，口水順著張開的嘴巴滴落下去。

「天使」不知道為什麼把手收了回去，還朝後面退了幾步，他後退的時候歪了一下，差點摔倒。

「小兔子！」暮音看到他從地上撿起了自己的兔子，急忙對他說：「天使，那個是我的東西，你不可以拿走它！」

說完這句話，暮音看到天使的臉變得黑黑的……

「給可愛的暮音，六歲生日快樂，爸爸。」他輕聲地念著暮音的名字：「暮音……」

「啊！」聽到他啞啞的聲音，暮音就想起來了，他不是天使，是昨天晚上的那個受了傷的壞人！她一下子從沙發上跳了起來，「把兔子還給我！」

他把兔子舉起來，欺負暮音沒有他高。

「妳多久沒洗澡了？」他一臉厭惡地問。

「要你管！」暮音見搶不到，轉而狠狠地瞪他。

他冷笑著說：「妳給我聽著……」

「壞人！」暮音打斷了他，眼睛裡面水氣瀰漫。

「不許哭！妳要是哭出來的話。」他拿著小兔子在暮音眼前晃來晃去，「我就把這隻兔子五馬分屍。」

說完，他還用兩隻手抓住兔子的耳朵嚇唬暮音。

「我才不會哭呢！」暮音用手背擦了一下眼睛：「壞人！把小兔子還給我！」

「妳想要回去可以。」他開出條件：「去把自己洗乾淨。」

暮音盯著他看了好一會，臉上是絕不妥協的針鋒相對。

「去啊！」他催促著。

暮音咬住下唇，目光越發凶狠起來。

「妳去不去？」耐心完全消失，青筋在他的額頭跳舞：「妳要是不去，我就把這隻該死的兔子宰了吃掉！」

暮音聞言，用一種倍受驚嚇的表情死盯著他。

對於自己恐嚇的話語很有用這件事，男子感到十分滿意。

「你被打到頭了是不是？」但下一刻，暮音充滿憐憫地開了口：「和小灰一樣呢。」

「什麼小灰？」他疑惑地問。

「小灰是我在門口撿回來的狗狗，牠以為自己是狼，所以老是要吃我的小兔子。」暮音低下了頭，有些黯然地回答：「爸爸說，小灰是被人打到了頭才會這樣的，後來小灰很快就死掉了……好可憐的！」

「……去洗澡。」他聽完之後綻開笑容，溫溫和和地說：「在我生氣之前，妳還是去洗澡吧！」

他一邊在笑，眼睛一邊發光。

暮音心想，這個人好奇怪。

「小綠！」

他站在窗戶前面，盯著樹林在看。

「小綠！」

他不理她的叫喚，還是呆呆地看著外面。暮音也踮起腳看了一下，確定那裡除了樹什麼都沒有。

「小綠。」暮音扯著他的衣服問：「你穿了我爸爸的衣服啊，小……」

「閉嘴！」他轉過來瞪暮音：「妳到底叫我什麼？」

「小綠啊。」暮音認真地回答：「因為你的眼睛是綠色的。」

「我不叫小綠。」他好像很喜歡把眼睛睜得大大的，很大聲地說話。「不許那麼叫我！」

「可是我想叫你小綠。」她抓住了「小綠」的胳膊，「小灰的眼睛是灰色的，所以叫小灰；

小綠的眼睛是綠色的，所以叫小綠啊！」

他一臉不想說話地別過了頭。

「小綠……你要走了嗎？」看他一直望著窗外，暮音得出了這樣的結論。

「走？」眨了一下眼，他慢慢說道：「不。這個時候，他們也許還在外面搜查，我打算再留一段……」

話說到一半停下了，暮音摸了摸臉，不明白他幹嘛盯著自己看。

「不許叫我小綠。」他看了暮音一會，把手臂從暮音手指裡硬抽了出去，用冷淡的表情說：「我允許妳稱呼我為大人。」

「大人？」暮音露出同情的表情：「這個名字好難聽！還是叫小綠比較好。」

他面色一變，慢慢地說：「妳最好不要惹我生氣。」

「而且你明明是個小孩子，為什麼要叫大人呢？」暮音再一次抓住他的袖子搖晃，笑著說：「叫小綠啦！」

「不行！」

「小綠！」她耷拉著腦袋，不明白他為什麼不答應。以前只要自己這樣笑著搖爸爸的袖子，爸爸什麼事都會答應呢！

遲鈍的暮音最終確定他是在生氣，終於不情不願地改了口：「那你還是個孩子啊！我叫你小人好不好？」

他閉上眼，深深地吸了口氣。

「你不喜歡嗎？」暮音詫異地問：「可是暮音叫風暮音，暮音的爸爸有時候也會叫暮音小音。你叫大人，暮音叫你小人不好嗎？」

他用力甩開暮音，然後好大聲地說：「算了！妳叫我天青就好。」

「天青？原來你叫天青啊。」暮音很是苦惱地想了一想：「那叫你小天還是小青……」

沉默持續了很長一段時間。

「小綠你在生氣嗎？」暮音看著他眉毛中間的褶皺許久，「你很容易生氣耶。」

她畏縮地用手指碰了碰了天青的眉間，看他沒有反對，才輕輕撫平了那個自己覺得很不順眼的褶皺。

「爸爸說，常生氣的話容易老。」她學著爸爸那樣嘆氣：「對皮膚不好！」

「……不許加『小』字。」天青嘆了口氣，無奈地喃喃著：「妳這個蠢貨。」

「小……天青。」暮音拗口地念完，在心裡唾棄了一下這個一點都不可愛的名字：「我允許你稱呼我為小風。」

「……算了，隨便妳吧。」天青臉色變了又變，最後放軟了聲調：「妳可以告訴我，其他人去了哪裡嗎？」

「其他人？」暮音歪著頭。

「這裡不可能只有妳自己住吧？」天青勾起嘴角，用哄騙的口氣問：「妳和什麼人一起住在這裡？」

「小阿姨。」暮音沮喪地扳著手指頭數：「小阿姨不見了一天、兩天……啊！已經三天了！」

天青露出了疑惑的神情。

「小阿姨才不是要把暮音扔掉！小阿姨只是有事出去了，我們一起住在這裡的！」

「妳怎麼知道我在想什麼？」聽到她這麼說，天青眼裡發出了亮光。

「因為爸爸說，暮音很聰明。」暮音放開了他的袖子往後退了一步，這樣的天青有點嚇人……

「那妳爸爸呢？」天青重新微笑起來，「妳一直在說爸爸，妳爸爸到哪裡去了？」

「爸爸啊。」一提到最愛的爸爸，暮音又撲過去拉住他：「爸爸有事要做，所以暮音要和小阿姨住在一起。」

「別扯著我！」他抽回了自己的袖子。

「你會留下來嗎？」暮音充滿渴望地看著他，「這裡好悶，都沒有小朋友和暮音玩……」

「暫時會。」天青強調，「但我不是什麼『小朋友』，妳不准纏著我！」

「太好了！」她在心裡下了個決定，開始歡呼起來，根本不管他後面加了什麼條件。

天青看起來有點傻傻的，可是爸爸說做人不能太挑剔，有總比沒有好，所以就勉強和他一起玩好了。

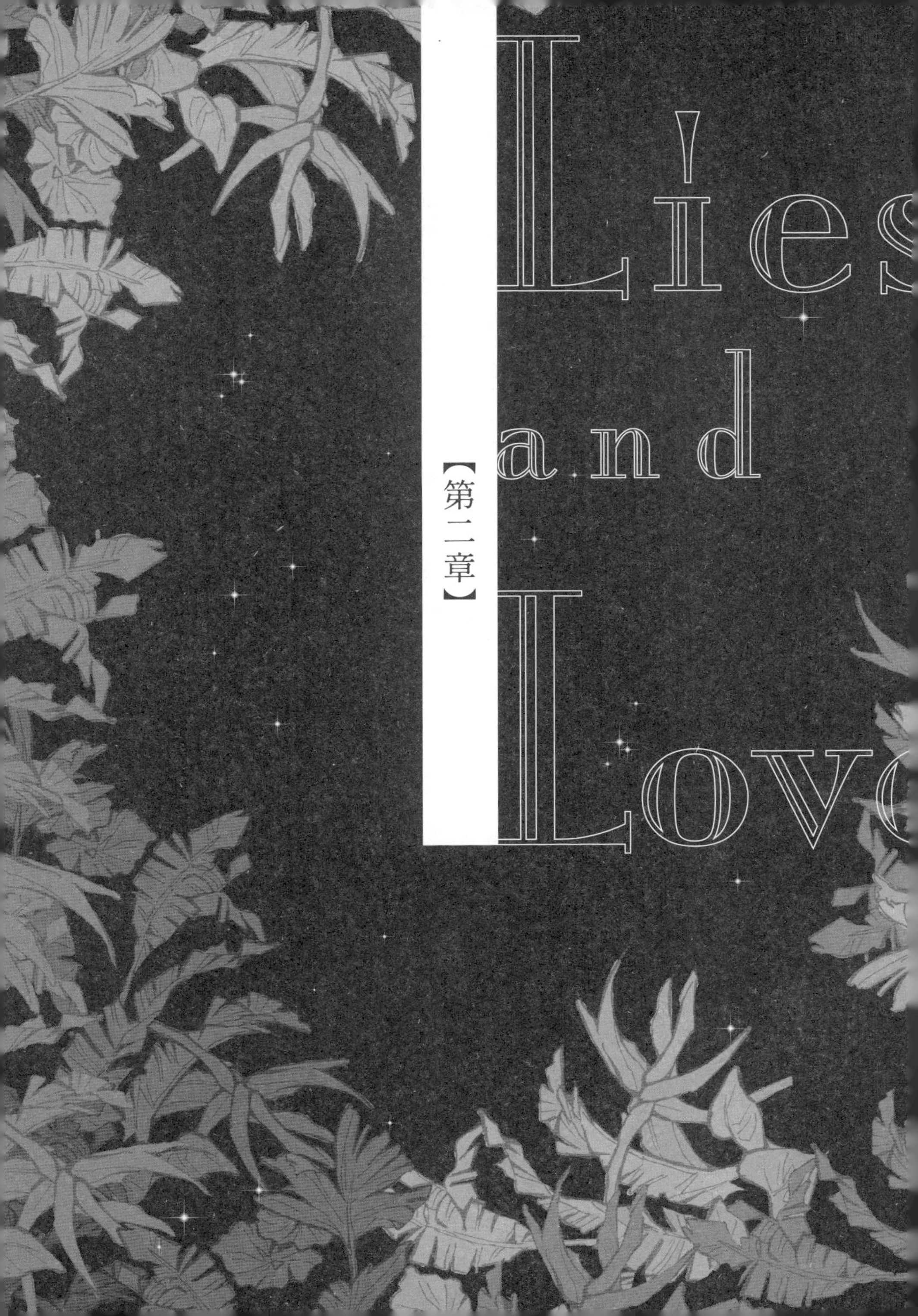

【第二章】

Lies and Love

「小甜餅……」暮音含含糊糊地念著：「湯圓……」

這個時候，暮音正趴在大石頭上，嘴裡叼了一塊壓縮餅乾，和周公再一次難捨難分起來。

「起來！」

她突然被什麼東西踢了一下，還有人對她說：「回去了！」

「豬腳……」夢中的暮音眼前有個好大的豬腳，於是伸手摸了一下。

然後她聽到了一聲慘叫。

「天青。」等到天青在溪水邊快把自己的腳洗掉一層皮的時候，暮音揉著眼睛醒過來了，「我們要回去了嗎？」

「回去了！」天青走了過來，但是停在了離暮音很遠的地方：「先把妳的口水擦掉。」

天青不喜歡我！暮音第三百八十七次肯定這個事實。

「天青，你不喜歡我是嗎？」跟在天青的身後朝家裡走去，暮音問他：「為什麼？」

「我為什麼要喜歡妳？」天青頭也不回地反問。

「爸爸說，我是世界上最可愛的孩子。」暮音驕傲地大聲回答：「每一個人都會喜歡我的！」

「是嗎？」天青發出了「哧」一聲：「看不出來。」

暮音有點生氣，決定再也不理他了。

可是沒過多久，她就忘了這個決定。

「天青。」她又開始問：「你一直躺在那裡做什麼？」

天青每天一大早就和她一起到這裡來，然後就躺在草地裡一動也不動，不和她玩、也不和她說話，害她總是躺著躺著就睡著了。

「妳覺得我在幹什麼，我就幹在什麼。」

「可是你每天晚上都會睡覺。」暮音有些吃力地跑上兩步，拉近距離：「為什麼要到這裡來睡？家裡不舒服嗎？」

「我高興。」

「可是我還是喜歡睡在床上。」暮音不滿地嘀咕。自從天青來了以後，她每天一大早就要起床，再走很遠的路到這邊，特別特別地辛苦。

「那妳就不要整晚坐在門口。」天青沒有放慢腳步，自顧自地走著。

「可是爸爸會找不到暮音。」暮音背著小包包在他背後一路小跑，「天青，你等一下啦！」

紅色的小背包裡裝著經過天青強烈堅持後、終於被洗乾淨的玩具兔子，露在包口外面的腦袋和耳朵，隨著暮音的腳步一跳一跳的。柔和的陽光在高大的樹木間穿梭，照射在兩人的身影上……

一路上，暮音不停地和天青說話，天青卻一直不理她。

「啊——」一路不停的嘮叨，在暮音短促的尖叫聲後，歸於沉寂。

「起來。」看到暮音睜著眼趴在地上一動也不動，停下來的天青不耐煩地催促：「天要黑了。」

「你看……」暮音呆呆地說。

「什麼？」天青走過來看了一下，「除了草，什麼都沒有……」

「是四葉草！」

「幹嘛突然大叫？」天青被她驟然發出的巨大歡呼聲嚇了一跳。

「四葉草四葉草四葉草！」

「閉嘴！」

「四、葉、草！」暮音根本沒心思理他了，眼睛裡只有那棵小小的、毫不起眼的小草。

她伸出手，小心翼翼折斷了細細的草莖，把那株嬌嫩的小草拿在手裡。

「真的是四葉草。」暮音盯著手心，讚嘆似地說了一聲。

「只是野草。」天青顯得很不耐煩。

「才不是野草呢。」暮音托在手心裡給他看，「有四片葉子，是四葉草！」

「那又怎麼樣？」天青不高興地說：「起來，要回去了。」

「腳痛！」暮音的白色襪子上滲出了血跡，她坐在地上，可憐巴巴地看著天青。

天青站在那裡看著她，像是不明白她為什麼不走了。

「出血了。」看到他眼睛裡的疑惑，暮音回答他：「因為天青走得太快。」

「是妳走得太慢了。」他冷淡地說：「真是沒用！」

暮音也不生氣，只是同意地點了點頭，伸出了雙手。

「幹什麼？」天青問。

「快點！」她說：「天青，背我！」

「為什麼我要背妳？」天青不滿地說：「我絕對不會背妳的！」

「天青，四葉草就是幸福的咒語！」在橘紅色的夕陽下，被舉高的綠色葉子似乎散發出某種奇異的光芒，「爸爸說，找到四葉草的人，會是世界上最幸福的人喔！」

「閉嘴。」

「天青，你好厲害，為什麼你不穿鞋子也能走這麼快？」

「囉嗦。」

「天青，你累不累啊？」暮音體貼地拿出了口袋裡的小毛巾：「我幫你擦擦汗。」

「不准！」不知道為什麼，天青臉色大變，還大聲地說：「妳要是敢用那塊黑布碰我，我就把妳扔下去！」

「爸爸都讓我擦，還說特別幸福！」暮音也很不滿意，可還是收好了毛巾：「這也不好那也不好，你這個麻煩的黃臉婆！」

天青腳下一個趔趄，差點摔倒。

太陽就要落下時，一個小小的身影背著一個更小的身影，在樹林裡行走著。

朝著家的方向……

「天青天青天青！」

「幹什麼？」天青瞇起了眼：「以後不許這麼叫我。」

「你不是叫天青嗎？」暮音學他瞇起眼睛：「你自己讓我這麼叫的！」

「一次喊一聲，不要連著叫。」天青看了看暮音：「妳要做什麼？」

暮音把手伸到他面前，他低頭看了一看。

「斷了。」暮音給了提示。

他依舊無動於衷。

「指甲斷了。」暮音公布答案，還拿出了工具：「你幫我剪。」

「自己剪。」天青還是很冷淡。

「不可以！」暮音的理由很充分：「爸爸說，小孩子不可以用剪刀。」

「我也只是個孩子啊。」這些日子以來，天青第一次承認自己是個孩子，卻是因為不肯幫她剪指甲。

「天青比我大。」暮音把小剪刀推到他面前。

天青一臉鄙視，用堅定的語氣告訴她：「妳做夢！」

「暮音做夢了！」暮音告訴他：「我告訴你，昨天晚上我……」

「不要動！」天青把她試圖揮舞的手用力拽緊，聽得出語氣已經很危險。

但是對於一個八歲的孩子來說，要意識到某些潛在的危險，是不太實際的事情。天青只能黑著臉，緊抓著暮音的手不讓她亂動。

「我夢見爸爸來接我了！」不過手不能動，嘴巴總是可以動的，她用夢想成真的語氣感嘆著：「真好！」

「很好，如果他敢來……」天青的語氣越發陰森起來，用力地握緊了手裡的剪刀。

「笨笨的！」稍後，暮音把修剪好的十根手指頭放到眼前，依次動了一下。

天青捏緊手裡小白兔樣式的剪刀，用相當危險的語氣問：「妳還有哪裡不滿意？」

「你剪得很難看。」暮音很明白建議使人進步的道理，毫不吝嗇自己的意見：「下次不要剪得尖尖的，要圓圓的才好看。」

「我知道了。」天青連說話的聲音都有些發抖。

「天青天青天青天青！」

「風暮音！」天青指著門口：「妳給我出去！」

暮音一手抱著絨毛兔子，一手拖著自己的枕頭，說：「暮音和小兔子想跟天青一起睡覺！」

「不。」天青用一個字拒絕了暮音。

「我會乖乖地不流口水！」暮音很認真地囑咐絨毛兔子：「你也不可以流口水喔，天青不喜歡會流口水的孩子。」

「妳想都別想！」天青敏捷地閃開，避過了第一波的投懷送抱。

「天青你不是很怕黑嗎？」她看了看窗外，用一種很恐怖的聲音說：「外面的天，特別特別黑喔！」

「給我滾！」天青咬牙切齒地說：「我不怕黑！」

「今天很冷呢。」她繼續努力，「和我們一起睡覺就不會冷了。」

「我一點都不覺得冷。」

「小兔子想和天青一起睡覺嘛。」暮音扁著嘴：「小兔子怕黑，要和我們一起睡啦！」

「不！」

「啊——啊啊啊啊啊——啊啊啊啊啊啊——」她使出了最終武器。

天青的臉色越來越蒼白，身體晃了一晃，眼神有些渙散。

「天青，一起睡覺吧！」暮音歪著頭對他說：「那我就不叫了。」

天青無奈地倒下去，用被子蒙住了頭。

「喏！」下一刻，她無情地拉開了被子。

「妳還想幹什麼？」天青冷冷地地看著她。

「睡覺之前要親親啊！」暮音指著自己的額頭，理直氣壯地告訴他：「親在這裡，然後說『寶貝晚安』。」

天青沒有說話。

「像這樣，」暮音就用小兔子示範給他看，對著絨毛兔子大大地啵了一口，然後說：「寶貝晚安！」

天青翻了個白眼。

「你眼睛抽筋了嗎！」暮音嚇了一跳，趕緊幫他把被子拉好：「不舒服嗎？」

「放過我好不好？」天青無力地說道。

「真拿你沒辦法耶。」暮音無奈地嘆了口氣：「晚安，我的小寶貝！」

一大早被掀翻到一邊後，暮音迷迷糊糊地算是醒了。

「早……」暮音朝身邊的人靠了過去。

「妳要做什麼！」天青臉色劇變，立刻用隨手能抓到的東西擋在面前。

「早上要親親……」暮音的頭埋在被用來當作盾牌的枕頭後面，聲音不怎麼清晰地說：「爸爸……」

「我不是妳爸爸！」天青咬牙切齒地說：「妳這個小白痴！」

「哦。」暮音慢慢把頭挪到了枕頭邊緣，把頭靠在他的手指上蹭了蹭，「天青。」

「起床了！」

「好！」她下床走了兩步，突然跑回去親了一下拿著枕頭發呆的天青，然後站在床邊，燦爛地和他打招呼：「天青，早安！」

天青的手顫抖地撫著自己的臉頰，下一秒，下床衝進了浴室。

「天青好奇怪。」暮音拿起絨毛兔子，不解地咕噥道。

這天早上，天青在浴室裡待了很長的時間……

天青坐在落地窗前的長沙發上，暮音躡手躡腳地靠了過去。

「猜猜我是誰！」暮音用手掌遮住了他的眼。

「猜不到。」他淡淡地回答。

「天青，你真的很笨耶！」暮音把手掌拿開，不滿地問：「怎麼每次都猜不到是我呢？」

天青沒有回答。

「天青，今天讀故事給我聽好不好？」暮音把手裡的故事書遞給他：「你昨天就答應我的，沒忘記吧？」

「好啊。」天青一反常態，柔聲地回答：「我來讀。」

暮音看著他，覺得他今天有點奇怪，但還是乖乖地聽起故事來。

「……就這樣。」一段時間後，天青合上了故事書。

「那後來呢？」暮音揉了揉困倦的眼睛。

「沒有後來了。」天青合上故事書。

「啊？就這樣？」暮音眨巴著眼睛。

「就這樣。」天青破天荒地用手摸了摸暮音的頭。

「可是小美人魚變成泡沫了啊！」暮音不死心地和他爭辯：「怎麼可以沒有後來呢？」

「她死了，故事就結束了。」

「可是，爸爸不是這麼說的。」暮音懷疑地看著他：「天青，你不識字吧？」

「我認識。」天青垂下眼睫，笑容有點僵硬了。

「爸爸說，王子認出了小美人魚，最後大家幸福快樂地生活在一起了！」

「妳爸爸騙妳的。」

暮音沒有反駁，只是拉住他的手放到嘴邊，再用力咬下去。

天青瞪著暮音說：「鬆口！」

「天青，我討厭你！」暮音抬起頭，惡狠狠地瞪著他，「不可以說我爸爸的壞話，爸爸才不會騙我！」

「小白痴。」看著手上的咬痕，天青瞇起了眼。

「哼，我再也不要理你了！」暮音跑到床邊，拿起了兔子和枕頭，「天青最討厭了！」

「那妳還不走？」天青看著她在門口磨磨蹭蹭，故意這麼說。

「天——青——」過了好一會，暮音還是走回了他身邊。

天青在喉嚨裡嗯了一聲。

「天青，爸爸不是騙子，他是世上最好的爸爸。」暮音趴到他身上。

天青看著暮音，她認真地和他對望著，眼裡充滿了對他的信任。

「……有意思。」天青低聲地笑了。

看到天青的笑容，暮音也跟著笑了起來。

「對了天青，這個送給你！」暮音翻到故事書最後一頁，小心地取出了一片壓得很平整的綠色葉子，「是幸福的四葉草喔！」

「我不要。」天青淡淡地說著。

「為、為什麼？」暮音看著他，不知道為什麼有些不安。

天青……看起來怪怪的。

「這種東西有什麼用？」她還沒來得及眨眼，手裡的葉子被天青拿走了。只見他輕輕一揉，脆弱的草葉變成了綠色的粉末，自指縫間灑了下來。

「四葉草……」暮音喃喃地看著落到地毯上的碎末：「天青……」

「暮音，我馬上就要完全恢復了。」天青是第一次這麼親暱地喊她的名字：「到那個時候，就算席狄斯親自追來，也奈何不了我了。」

暮音不解地看著他。

「妳當然不會明白，不過沒關係。」俊美白皙的容貌配上優雅的笑容，這個叫做天青的少年渾身上下散發出一種銳利的氣息。

「天青，你為什麼要弄壞四葉草？」還是孩子的暮音，完全感覺不到他氣息的變化，只知道盯著地上被揉碎的四葉草看，「我是要送給你的……」

「真傻。」說這句話的時候，天青的笑容絲毫未變，「世上有許多的法術和咒語，但是沒有一種叫做『幸福』，那只是用來欺騙愚蠢的小孩。」

暮音抬起頭，看著站起來的天青。

天青……要走了嗎？

「暮音喜歡天青，天青不要走！」她慌亂起來，撲過去想要抱住天青。

「喜歡？」天青退開了一些，眸光一閃，「什麼是喜歡？」

「喜歡就是……」她絞盡腦汁地想解釋：「暮音喜歡爸爸、喜歡小灰、喜歡小兔子，也喜歡天青。暮音要一直一直和天青在一起！」

說到後來，她的聲調裡已經帶著哭音。

「我之所以留在這裡，是因為這個守護結界沒有辦法容納『傷害』，而且對隱藏行蹤很有幫助。」天青目光閃爍，「雖然有點可惜，為了以防萬一，我恐怕不得不……」

「天青！」根本聽不懂他在說些什麼的暮音，只是一個勁地問他：「你是不是要丟下我了？你跟小阿姨一樣……不要我了……」

「不。」天青的回答是一個別有深意的笑容：「我不會丟下妳的。」

「真的嗎？」暮音眼神亮了起來，一把抓住了他的手：「要打勾勾，騙人的是小狗！」

「妳放心。」天青看上去笑得更加開心了，「我從不騙人。」

看到他的笑容，暮音以為自己的意見得到了他的認同，整個人放鬆下來，打了個大大的呵欠。

「要睡覺了。」暮音自動自發地拿著枕頭和兔子爬到了長沙發上，「天青晚安！」

在天青還沒有反應過來前，暮音親了親他的額頭，告訴他：「天青身上的味道，好好聞。」

天青身上的味道好乾淨，她最喜歡了！

就在快要睡著時，她隱約聽到天青低低地笑了一聲，她也跟著笑了。摟著小兔子枕在天青的腿上，睡得很沉，也很安穩……

暮音！

暮音！

暮音，妳醒醒！

「嗯……」沉睡著的暮音輕輕地應了一聲。

「暮音。」

暮音睜開眼，卻是白茫茫的一片。

「痛！」暮音想要伸手揉揉眼睛，手掌卻被一把抓住了。

「你醒了嗎？」帶著一絲冰冷的女性聲音，傳進了她的耳裡。

「媽媽！」暮音立刻抓住了發出聲音的人。

「我不是……」那人僵了一下，但還是伸手把暮音抱在了懷裡，輕聲地說：「不要哭。」

「媽媽！」暮音吸了吸鼻子，「我的眼睛好痛！」

冷漠的聲音沒有太大的起伏，「不要哭，也不要去碰眼睛。」

「好痛啊……」

「很快就會好的。」冰冷的手指小心地碰觸著包在暮音眼睛上的紗布，確認暮音並沒有流淚，「很快就不痛了。」

「媽媽，我好害怕……」她顫抖地說著，用力緊貼那個懷抱。

「不用怕。」冰冷的氣息環繞著她，讓她漸漸地從恐懼中平靜了下來：「都過去了。」

「媽媽……」

「妳在怕什麼？」

「我……不知道……」她只覺腦子裡空空的，只知道自己好害怕好害怕。

「不要怕。」冰涼的手輕拍著她的背，「可怕的事，妳已經忘記了，全都忘記了……」

【第三章】

Lies and Love

風暮音站在那裡，茫然地看著眼前一切，一時分不清現實和虛構的界限在哪裡。

她時常這樣，腦海裡不停閃現著不存在於記憶中的片段，就像是靈魂和身體分離開來……

「風風風……」這就是那個把她驚醒的聲音。

「我不叫風風風。」風暮音調整了一下靠在黑色羅馬燈柱上的角度，用餘光看著面前雙頰一片緋紅的嬌小女孩。

「風暮音同學！」那個女孩深吸了口氣，把一封帶著粉紅色心形圖案的信封遞到了風暮音面前，「請妳收下！」

由於正好是高峰時段，在車站等車的人很多，對於小美女的經典告白場面，大家紛紛報以熱情的關注。風暮音眼前這名鼓足了勇氣的小女孩，則像一隻被煮熟的蝦子，連拿著信封的手都在微微發顫。

「這位同學。」風暮音用十分平和的聲音說：「妳是不是誤會了什麼？」

女孩用力搖了搖頭，再次說道：「請妳收下！」

風暮音沒有伸手接過，只是盯著她看了一會，考慮怎麼做才好，可她好像立刻就要哭出來了一樣。

「我是個女人。」風暮音想了一會，最後還是選用了在這種場面中，她最常使用的臺詞。

「我知道……」女孩的回答，讓圍觀者的下巴掉到了地上，「我……我還是……請……請妳收下！」

也許是四周的喧譁聲把女孩嚇壞了，她死命地把信塞到風暮音環抱的手臂裡，最後一溜煙地跑了。一邊跑，好像還一邊在哭……那些情竇初開的少女，有時候總會有一些普通人無法理解的奇怪念頭。

近幾年以來，風暮音已經習慣這種情況了。她打開包包，把那封被捏得皺巴巴的信塞進了一疊粉紅色的、心形的、各式各樣代表著「情書」這兩個字的信堆裡面。

上車時，她還在努力回想，那些流竄在她腦子裡的到底是些什麼？結果當然和往常一樣是一片空白。

也許到頭來，她只是站在那裡，做了個醒來後什麼都不記得的白日夢罷了。

她住在離市區很遠的郊區、一棟獨門獨院的小洋房裡。

和往常一樣，風雪選擇的居住地點，方圓一公里內絕不會有其他住家。雖然設施齊全、環境清幽，但是鮮少有人想住在這麼偏僻的地方。一般情況來說，人類還是喜愛群居的種族，但風雪顯然和別人不太一樣，才會選擇了這樣的地方。

風雪是她的小阿姨，也是母親唯一的妹妹。但風雪好像不是很願意被她稱作小阿姨，所以有限的交流裡，她們更多的時候使用彼此的名字，而不是親密的稱呼。

風雪是一個很難懂的人，至少在一起生活了十多年後，風暮音覺得自己從來沒有理解過這個人。小阿姨和自己認知範圍內的普通人有很大差別，最明顯和讓人印象最深的，就是她的冷漠。

對一切都是那麼的冷漠。

她甚至敢說，如果自己不是沒有別的親人能被託付，風雪絕對不會讓自己留在身邊這麼久。

或許正是因為風雪難以和人融洽相處，所以她們才會不停地搬家，從一個城市搬到另一個城市，從市區搬到偏僻的郊區。總之這十二年裡，她們從來沒有在同一個地方待滿過一整年。

房子盡可能地大，她們分別住在離得最遠的兩間房裡，如非必要，她們幾乎從不見面，只靠餐桌上的便條紙進行溝通。就算風雪在家時，也多半是把自己關在房間裡，有時候消失一兩個月也是很正常的事。到底去了哪裡，做了些什麼，她當然是不會告訴風暮音的。

相對的，風暮音的行蹤和生活，她也從不過問。

從一起生活開始，風雪對風暮音的要求就只有一個——學會獨立，不要想依賴她。風雪向來是個說一不二的人，她說不要依賴她，就絕對別想她會讓你依賴任何一點！

所以到現在為止，完全依賴別人的生活，風暮音總共過了八年；不依賴任何人的生活，她已經過了十二年。

十二年了嗎？

風暮音穿著睡衣，倒在床鋪上，摘下了鼻梁上的眼鏡，眼前清晰的世界突然變得一片模糊。

她側過頭，朦朧中能看見窗外月亮正散發著柔和的光芒。

四周靜悄悄的，只能聽見自己的心跳和呼吸聲。

風雪兩天前就離開，再見面應該要一個半月後了。每年的現在和四月，她照例都會消失一個半月左右。也就是說，自己的生日，她將會照例缺席。不過，想像總是一身黑衣、酷到不行的小阿姨，笑容滿面地捧著蛋糕的樣子……風暮音覺得自己可能更加接受不了那樣的刺激……

「二十歲了。」風暮音伸手拿起床頭的金屬相框，對著那上面的人輕聲地說：「爸爸，媽媽，明天我就二十歲了。」

指尖在相框玻璃上移動，就算看不清楚，但她知道自己正極為準確地沿著照片中人物的輪廓輕輕撫摸著。

腦海裡還殘存著許多年前的記憶，那些被呵護、被寵愛的記憶。也許就是因為被愛的記憶太過深刻，才會在失去後選擇慢慢淡忘。可縱然那些記憶已經被長久的時光洗褪了色澤，但她還是無比珍貴地深藏在心底。

「爸爸，你不用擔心。」她把相框摟在胸前，微笑著說：「不論發生什麼事，我都會堅強地生活下去。」

喉嚨乾澀、頭痛欲裂、眼前發黑……風暮音拿下眼鏡，用力按壓著鼻梁，在午後街道上緩緩走著。

昨晚開著窗睡著了，今天一早起來就頭昏腦脹的，應該是著了涼吧！

因為她向來健康，所以也沒太過在意。

結果到了中午，症狀嚴重起來，只能請假回家……右肩猛地被人撞了一下，風暮音踉蹌著後退了幾步，差點摔倒在地上。雖然最後保持住了平衡，但她手裡的眼鏡還是被摔了出去。

她急忙蹲下身，向眼鏡可能著地的地方摸索。就在挪動時，好像有人踩到了她拖在地上的衣服。她直覺往前用力，沒想到踩踏的力量恰巧消失，於是整個身體往前傾，面朝下往地上撞去。沒來得及用手撐住地面，她只能反射性地咬住牙，準備承受臉部撞擊帶來的疼痛。

千鈞一髮之際，一雙手從正面伸過來托住了她的肩，讓她的鼻梁在距離人行道一公分的地方停了下來。

「妳沒事吧？」一道溫和的聲音在耳邊響起。

借著那股力道的扶持，風暮音慢慢拉直了肩膀，抬頭看去。雖然那張臉離得不遠，但她還是什麼也看不清楚，只能感覺這個人身上散發著一種十分乾淨的氣味。

「小姐？」

「我沒事。」風暮音一手撐著地面，輕輕地掙開了那人的扶持，自己站了起來。

「對不起。」模糊的視線讓她只能大致地看到人形的輪廓，但聽聲音知道對方應該是男性：「這位先生，你有沒有看見我的眼鏡？」

那人走開了幾步，然後很快地走了回來。接著，她手裡就被放進了熟悉的鏡架。

風暮音低頭戴上眼鏡，所有的一切立刻清晰了起來。她鬆了一口氣，剛想要對那位熱心的行人表示感謝，卻發現面前並沒有能讓她道謝的對象。

她四處張望了一下，街上來往的人很多，卻沒有人停在附近，甚至連上一刻還能聞到的氣味也消失得無影無蹤了。

雖然覺得有點奇怪，但風暮音也不是好奇心重的人，於是低頭拍了拍被踩髒的風衣後襬，就接著往車站走。

因為頭痛越來越厲害，她臨時起意拐進了一條小巷，想抄近路快點到車站。

兩旁大樓堆滿了雜物的室外消防梯遮擋了陽光，就算是正午時分，深長曲折的狹小巷道依舊顯得十分陰暗。好像有什麼東西嗦嗦落落地掉在頭髮上，她抬起頭，卻只看到高聳的牆壁及遮天蔽日的消防鐵梯。

風暮音拍了拍頭髮，有一些細小的沙礫從頭髮裡被拍打了出來。這時，眼角好像閃過了黑色的影子，她反應迅速地扭頭看去。

「喵——」一隻黑色的小貓趴在垃圾桶上，朝她叫了一聲。

風暮音盯著小貓綠色的眼睛，總覺得有些什麼東西在腦子裡盤旋著，卻又沒有任何具體的形象。最後，她確定那是因為自己腦袋痛得太厲害的緣故，用力甩甩頭繼續往裡走去。

風暮音又一次停了下來，仔細地看了看周圍。

這裡明明沒有人，為什麼總覺得像是聽到了模糊的說話聲？難道真的是在發高燒，還燒到了產生幻聽的地步？

她揉了揉太陽穴，加快了腳步，決定離開這條巷子後，直接找一間最近的醫院看診。

「姐姐……」抽抽噎噎的聲音從後面傳了過來。

事實上，聽清楚這個聲音後，風暮音的腳步也只停頓了一秒。和自己沒什麼關係的事，她向來秉持著少管為妙的態度。但幾步以後，她最終還是停了下來。不是因為這個可憐兮兮的聲音，而是她想到了一件事。

風暮音知道自己長得偏中性，女性特質也不太明顯，況且為了貪圖省事，她一直維持著短髮，平常也不怎麼穿裙裝……雖然這個想法很可悲，可在穿得厚些的秋冬季節，她常被誤認為男性。

不過剛才那個扶住她的男人就稱呼自己為「小姐」，在這之前還沒有第一次見面就這麼肯定她性別的人。現在，在一條人跡罕至的昏暗小巷裡，有個小女孩的聲音喊她姐姐，難道是她有什麼不對勁嗎？

想到這裡，風暮音忍不住低頭檢查了一下自己。

「姐姐。」

袖子被扯動幾下，風暮音慢慢地轉過了頭。

一個只到她腰部高的小女孩，有著說不清是黑是紅的頭髮，一雙黑色大眼，皮膚白得出奇，抿嘴的時候右頰上還有深深的梨窩。身上穿著白色的綢緞旗袍，髮上綁著的緞帶幾乎垂到地上。

「我不認識妳。」她低著頭跟那孩子說。

她還是想不通，在這樣光線不足的小巷子裡，為什麼會有小孩冒出來。而接下去這個拉著她袖子的孩子，就只是眨著眼，一言不發地盯著她。

這時風暮音注意到，那個孩子的手上沾著一些乾涸的紅色，還染了一些到她的衣袖上。

「我還有事。」壓住心裡湧起的詭異感，風暮音從那雙帶著血跡的手裡抽出了自己的衣袖。

「姐姐。」小女孩一臉哀求地對她說：「妳幫幫我好不好？」

「很抱歉，恐怕我幫不上什麼忙。」風暮音謹慎地後退了一步：「如果妳迷路了，可以考慮去找警察求助。」

「那沒有用的。」小女孩的目光中閃動著哀求：「我家就住在不遠的地方，可是我走不動了，姐姐妳送我回去好不好？」

「我幫妳叫救護車好了。」風暮音注意到鮮血正沿著小女孩的腳踝流下，那種鮮豔奪目的血紅，讓她的胃一陣翻攪，手腳都發冷起來。

她一直以來，最討厭血的顏色……

「不用了，我只想回家，家裡人會幫我治好的。」小女孩繼續懇求：「姐姐，妳只要扶著我走一小段路就可以了。」

面對一個孩子的苦苦哀求，縱然心裡的詭異感沒有消除，甚至更加強烈，風暮音一時也無法決然地說不。

「妳住在哪裡？」她嘆了口氣，決定認輸，揉著額頭很無奈地問。

「我就住在安善……」忽然，小女孩臉色一變，飛快地抬起頭。

風暮音不由得跟著她抬頭往上看。

兩邊灰白色的大樓高高矗立著，從這個角度看上去，只看得到層層疊疊的消防樓梯。

她不明白那孩子為什麼會用這種表情看著消防樓梯，於是轉頭問道：「那裡有什麼嗎？」

話音剛落，有道刺眼的白光往她站立的位置照射過來。

那是什麼光……風暮音瞇起眼，想仔細看看。

「小心！」

幾乎在同一時刻，驚呼聲在她耳邊響起，一股衝力從側面撞來，硬生生地把她撞到了一旁。緊接著，猛烈的氣流從背後撞擊而來，讓她被迫往前衝去。

她眼明手快地伸手撐住了身體，免於正面撞牆的慘劇，不過衝力太強了，讓她本來暈乎乎的腦袋一下子轉不過彎。耳裡除了嗡嗡作響，還有一種像電擊一樣的滋滋聲。

那個孩子……風暮音覺得全身無力，只想趴在牆上休息一下，可一轉念想到了身邊還有一個無法自保的孩子，只能勉強地打起精神，轉身看看情況。

眼前一幕讓她看傻了。

看起來不過十歲左右的小女孩，手裡居然拿著「月亮」。

風暮音知道這說法很荒謬，但她真的不知道怎麼形容才好了。

那個「月亮」有著下弦月的形狀，一端握在小女孩的手裡，在昏暗的巷道散發著耀眼的銀色光芒。

更不可思議的，是那個穿著白色旗袍的孩子，居然雙腳離地，半浮在空中，戒備地仰頭上望。

風暮音動作遲緩地跟著抬頭，然後看到了一道光線。當她再順著光線低頭時，才看清楚剛剛產生強大衝擊力的是什麼……

竟然只是一枝小小的箭！

那枝箭，現在就插在小女孩腳下的地面上，在箭的周圍，地面出現了一個大洞，而白色的箭身上環繞著類似高壓電流的光圈，發出了風暮音先前聽到的滋滋聲。

風暮音往後退後了一步，整個背部貼到了牆壁上。

「真要命啊……」她沒有揉眼睛，或者做出檢查眼鏡之類的幼稚舉動，只是輕聲地抱怨了一句：「不該抄近路的。」

【第四章】

Lies and Love

「太過分了！」只見小女孩朝天空喊著：「為什麼要把無辜的人捲進來？」

風暮音也跟著往天上看，除了密不透風的消防樓梯，她什麼都看不到。

就在她打算沿著牆壁慢慢往另一邊移動時，天空中傳來了回答的聲音。

「我還以為是妳故意要把這個人捲進來的。」

聽回答的聲音，是個男人，還帶了點沙啞，像是什麼利器在刮著耳膜似的。

風暮音忍不住皺了皺眉，可憐著自己飽受摧殘的耳。

「就算是這樣，你還是違反了基本準則。」小女孩笑著說：「要是被你的上級知道了，你一定會倒楣的！」

「這和抓到一級重犯相比，根本算不了什麼。」男人顯然沒有生氣，「妳放心，這次我接到的命令並沒有說不能損傷妳的身體，想必我們可以速戰速決。至於這個可憐的人，我會小心地處理掉的。」

「什麼？」小女孩眼珠子一轉，「你們真的不怕？」

「要是害怕，我們就不會來了。」男人笑得很難聽：「軒轅西臣，今天我勢在必得，我勸妳識時務一點，乖乖束手就擒吧！」

「原來是早有預謀的。」小女孩低下了頭，看著腳下還在發光的羽箭：「怪不得……」

到了這時，風暮音雖然不明白他們的話，但是看到小女孩的表情變了，直覺情況不對。指望不了別人，就只能自救了！

她清楚地認知到這點，往左右看了看兩邊的情況，想著要怎樣才能不引起注意地離開這裡。

「他一定會有其他同伴在結界外守著，傷害無辜的人對他們來說是絕對禁止的。我發動攻擊後，妳立刻往右邊跑，只要能跑到巷口，被他的同伴看見就沒事了。」

風暮音訝異地轉過頭，小女孩嘴巴沒有動，聲音是直接傳到腦中的！

她不習慣地把頭後仰，雖然知道沒什麼用處，但她真的不太適應不是用耳朵，而是直接用腦子接收聲音。

「對不起，我沒想到他們是來真的，不然我絕對不會拉著妳的。」小女孩的目光滑過風暮音握拳的手心，好像有些驚訝於她的鎮定。

「……」風暮音心想，現在道歉感覺有點晚了。

「既然如此，那就隨便你好了。」接下來這句話，是小女孩直接用嘴巴說出來的，對著到現在還是只聞其聲的男人說：「我還是先提醒你一下，你們要是殺了我，先生不會放過你們的。」

「他不過就是……」那個男人還沒說完就住了嘴。

風暮音的眼角突然瞥見，有一道閃亮的銀色光芒從一旁飛起，直往上飛去。她看得很清楚，那道銀光是從弦月狀的武器發出來的。

那東西不停地旋轉著往上飛去，殘留的光芒在昏暗的空中形成了一個又一個的環狀殘像。

風暮音毫不遲疑地拔腿就跑，不過並沒有直接衝向出口，而是幾步跑到了小女孩的面前，一把抱住她後才往右邊衝去。

她從不知道自己的爆發力這麼好，負重十幾公斤居然還能跑得飛快。風聲不斷從她耳邊掠過，眼前已經能夠看到光線明亮的出口。

只要到了大街上就沒事了！

想到剛剛聽到的話，她不由得加快速度，拚命往前。

砰！

風暮音低哼一聲，被巨大的反作用力撞得往後彈，最後重重地摔倒在地，一時間爬不起來。

為什麼會這樣？明明就要出去了，為什麼像是撞上牆壁似地反彈了回來？

「這樣不行！」跟著摔倒的小女孩慢慢爬起，試圖扶起風暮音：「我們這是被『界術』封在了施術者創造的空間裡，普通人看不到我們，我們也出不去。」

「什麼亂七八糟的……」風暮音喃喃地抱怨著，一把推開了那隻已經要碰到她的手掌，一個人靠著牆壁慢慢地站起。

「這人類倒是挺有趣的。」

聽到了那道沙啞難聽的聲音，風暮音反射性地皺起了眉。

「放她走！」小女孩喊著。

眼鏡不知道飛到哪裡去了，在風暮音極其模糊的視線裡，只能看到一個白色的身影擋在面前，再往前就是一片灰暗。

「沒想到一個重犯也會有這麼高尚的舉動，難道說妳看上這小白臉了？」男人發出一陣怪笑。

「廢話少說，這次和你一起來的是誰？」小女孩眼珠一轉：「是七十七吧！只有他最清楚怎麼才能追蹤到我。」

「是七十七又怎麼樣？」男人笑著回答：「這次他只負責協助，狩獵是由我負責的，他沒有權力干涉我的任何行動。」

「七十七！」我的耳邊傳來了小女孩的高聲喊叫：「這個人什麼都不知道，你們不應該為難她！」

「七十七。」男人也跟著說：「難得軒轅這麼看得起你，你就跟她說清楚，讓她徹底死心也好。」

趁著他們正在說話，風暮音慢慢地彎下腰，摸索著想要找回眼鏡。

「西臣小姐。」在片刻的沉默後，一個飄忽的聲音終於響起：「原本以為我們不會再見面了，很遺憾地還是在這樣的情況下見到了。這次是由工會最高層直接下達的指令，我沒有選擇的餘地。不過，只要妳願意跟著我回維琴察，我倒是可以保證讓這個人安全離開。」

「好，我跟你回去。」

「不行！」立刻有人表示反對：「這次的狩獵由我負責，什麼時候輪到你們私下交易了？」

「八十五。」被叫做「七十七」的人不慍不火地回答：「工會本來就不允許我們傷害無辜的人。至於西臣小姐，由高層來決定如何處置也是最好的。」

「少廢話！」八十五不耐煩地說著：「別以為比我多待了兩年，就有權力指揮我。你別忘了，這裡看的不是資歷而是力量。你已經到了退出的年紀，難道還不自量力地想和我爭功？」

「我不是這個意思。」七十七嘆了口氣：「雖然我們找了西臣小姐很久，但是西臣小姐性格溫順，完全沒有傷害她的必要。」

「真不明白你們在怕什麼，一個個說什麼不要張揚、不要驚動……」八十五囂張地說著：「照我看，那個什麼先生，不過就是隻軟腳蝦，有什麼好怕的？」

「八十五！」七十七的聲音有些驚慌：「我們的目標是西臣小姐，你千萬不要胡說……那位先生的事，不是你可以擅加評論的。」

「哼！年紀大了果然就是……」

「八十五嗎？你好大的膽子。」名為「西臣」的小女孩聲音突然輕柔起來：「居然敢說我家先生的壞話，我看你是不想活了。」

「西臣小姐。」七十七著急地解釋：「請千萬不要放在心上，八十五剛加入不久，有些事他並不清楚。」

「我不會和一個白痴計較的。」西臣不屑地說：「不是我說，你們這些傢伙真是一代不如一代了。」

「八十五！不要！」

在七十七發出驚呼的同時，一道奪目的白色光芒如流星般劃破黑暗，朝著女孩射去。

風暮音好不容易摸到了眼鏡，剛直起身子想要戴上，可朦朧的視線裡突然出現了強光，她忍不住瞇起眼往光的方向看去。

白色箭矢，環繞著奇異的光芒，眼看就要穿透她的胸膛。

風暮音的腦子還沒有意識到這是生死存亡的關頭，本能就做出了反應。她伸出了手，一把抓住了那道白光！

銳利的箭頭停在了她胸前一、兩公分處，箭矢夾帶著的氣流似乎和剛才完全不同，原本足以把水泥地撞擊出一個大坑的衝力，現在不過是一陣強烈的風。

風暮音的頭髮和衣服隨著狂風猛地朝後揚起，手緊緊地抓握著白色的細長箭身，如電流一樣的光環不停圍繞著箭身和她的手掌遊走。

漸漸地，箭身上的光芒暗了下來，慢慢消失殆盡，最後留在風暮音手裡的，只是一枝看來極其普通的羽箭。洶湧的氣流也完全消失了，她的外衣和頭髮也停止了飛揚，伏貼地垂落下來，視覺也隨著光芒的褪去而慢慢恢復。

風暮音把手一鬆，羽箭直直地落到了水泥地面上，發出了一聲輕響。聲音很輕，卻在一片死寂的襯託下，把在場所有人的心，震得顫了一顫。

「不可能……這不可能……這是不可能的！」八十五發出了怒吼。

原本站在風暮音身後的小女孩，也走到了她的身邊，用異樣的目光盯著她看。

連那個好像挺溫和的七十七，聲音裡也比剛才多了幾分戒備：「西臣小姐，這位到底是誰？」

風暮音沒有理會他們，她正把注意力集中在「自己抓住了半空中飛來的箭」這件事上。

何況，那根本不是一枝普通的箭……她先戴起了眼鏡，低頭看著自己的手，嗯，這的確是她已經用了二十年的手。但她從來就不知道，自己居然有徒手抓箭的實力。

而且還是在極快速下射來的箭……怎麼可能？

「這不可能！」風暮音緊皺著眉頭，微微收攏了自己的右手，很肯定地告訴自己：「如果不是在做夢，那就是我瘋了。」

「我不相信！」這時，八十五又怒吼了一聲。

風暮音抬起頭，終於看清了這個使用非凡力量的人。

那是一個穿著灰色外衣的男人，正一手舉起弓，一手拉滿弦，手指間夾著三根鋼制的羽箭，箭頭正對著她。

「這下我看妳怎麼接！」八十五冷笑著，鬆開了拉弦的手指，三道並列的白色光芒疾射出去。

箭又一次地停下了。

只是這一回，箭不是停在風暮音的手裡，而是半空！就著射出的軌道，箭停在了風暮音的面前，更準確地來說，是在她手掌前。

她就這麼站著，一手向前伸出，那些箭就停在距離她指尖幾公分遠的地方。隨著她的手慢慢垂落，鋼制的羽箭再次清脆地掉落到地面上。

只見八十五看到此況，身體微微晃了一晃，隨即癱倒在地。

「這是怎麼回事?」風暮音遲鈍地看著眼前一切,「這……為什麼……」

她忍不住回頭看向小女孩,偏偏小女孩也正盯著她,兩人猛地對上了視線,小女孩後退了一步,一臉驚恐。

「妳……」風暮音剛要開口發問,一陣劇痛從眼睛迸發。

她痛得腳一陣發軟,直接跪了下去。

好痛……

風暮音用雙手捂著眼,慢慢地彎下了腰,最後整個人倒在地上,蜷縮了起來。疼痛令她的神智漸趨模糊,只能隱約聽到有人說話的聲音,然後似乎有人靠近了她……

命運……選擇……徹底地……

什麼意思?這些話是什麼意思?很重要,可是聽不清楚……她的身體被拉了起來,喉嚨被扼住了,呼吸……不!不要!不要死!

風暮音固執地堅持著,不願意放棄生存的權利。接著一陣猛烈強光後,她不再有任何知覺了。

濕濕熱熱又軟綿綿的東西在風暮音臉上移動著。

什麼東西?

她伸手揮了揮,手指碰到了一個毛茸茸的東西,心裡嚇了一跳。

「喵~」

風暮音費力地睜開眼，覺得全身僵硬疼痛，像被卡車輾過一樣。

她發現自己正躺在大垃圾桶旁，一隻黑色的小貓蹲在她的胸口上，壓得她有點喘不過氣。

垃圾桶？黑貓？

風暮音猛地坐起，小貓受了驚嚇，一溜煙地跑掉了。

她直覺地抬起頭，往上看了看。

兩旁白色大樓的頂端，蔚藍的天空一片澄澈，白色雲朵悠閒緩慢地隨著微風移動。

天空？不對勁！這是怎麼回事？風暮音一隻手扶著牆，一隻手扶著昏昏沉沉的腦袋，緩慢地站了起來。

她先看了看一邊，又看了看另一邊。

一邊是街道，另一邊也是。

這條巷子最多只有二十公尺，站在她現在的位置，能清楚看到兩邊街道上過往的車輛及行人。

剛才明明不是這樣的！曲折幽暗的巷道、詭異的女孩、蠻橫的男人、可怕的力量……難道說是夢？

也許是自己生病，發燒得太厲害了，所以暈倒在這個巷子裡，然後作了一個離奇的惡夢也不一定。

畢竟那麼離奇的狀況，是現實的話就太可怕了。

風暮音低下頭，看著自己髒到不行的衣服，決定先回家洗個澡，好好睡上一覺。說不定等她再次醒來時，一切就能恢復正常了！

她彎腰撿起掉在地上的背包，慢慢地走出了這條巷子。

午後的陽光直直照射過來，她的眼睛不適應地刺痛著。

她閉上眼，用手擋在眼睛上方，心裡咯噔一響！

風暮音先是試著動了動手指，指尖下是柔軟的眼皮，能夠輕易感覺得到眼球的移動，然後她放下手，慢慢睜開了眼。

走過面前的中年男人，穿了一件白色的襯衫，打著灰色斜紋領帶，正用驚訝的目光看著她。救護車鳴著笛，從前方道路開過。

再遠些，對街珠寶店的透明櫥窗裡，展示用的模特兒脖子上掛著一條鑲嵌琥珀的銀鏈，錢幣大小的琥珀中央，有一隻黑色蜘蛛……風暮音回過頭，看向身後的小巷。

垃圾桶邊，有類似於玻璃的東西反射著光芒。

三個小時以後，風暮音已經坐在自己房間裡的梳妝臺前，半乾的頭髮還在滴著水。她的面前，放了一副眼鏡。

她在八歲那年出了意外，經由手術後，雖然成功地保住了眼睛，但還是使她的視力受到了嚴重損傷。不戴眼鏡的情況下，她幾乎什麼都看不清楚。

所有醫生都告訴她，一般這種情況下，視力只會越來越差，有百分之九十的可能會在三十歲左右失明。為了這個，她已經學會了盲文，甚至做好了在黑暗中度過餘生的心理準備。

但是沒有一個醫生告訴過她，有可能在某一天下午，在一條巷子的垃圾桶邊暈倒後醒來，她會發現自己可憐的視力恢復到超乎人類的地步

奇蹟？如果她夠樂觀的話，又或者幾個小時之前的那個惡夢，不是到現在還在她腦袋裡來回晃悠的話，也許她真的會這麼想……

風暮音深吸了口氣，安撫著胳膊上直立起來的寒毛。

面前的鏡子裡，清晰地映出了她的臉。乍看有點陌生，畢竟，她已經習慣了在鏡子裡看到自己戴著眼鏡的樣子，現在這樣倒是滿彆扭的。

父親總是愛說，她的眉毛又黑又密，所以脾氣會又壞又倔……撩開了落在額前的細碎頭髮，風暮音仔細地看了看自己，最後把視線移到了床頭的相框上。

相框裡的年輕男女靠在一起，表情寧靜而溫柔。

風暮音直到今天才發現，她和自己的母親長得很像。下巴、嘴唇、眉毛，只除了……那雙眼！母親的眼睛清澈得幾乎透明，就算是在照片裡，看上去也像在散發著光芒；她的眼睛是漆黑的，沒有半點光芒，死氣沉沉……

她移開了視線，走到窗邊。

窗外，天空正漸漸暗下來。

「天……」像是超乎於意識之外的呢喃，隨著呼吸聲從她微張的嘴唇裡輕吐了出來，繾綣在黃昏的風裡，遠遠地飄飛。

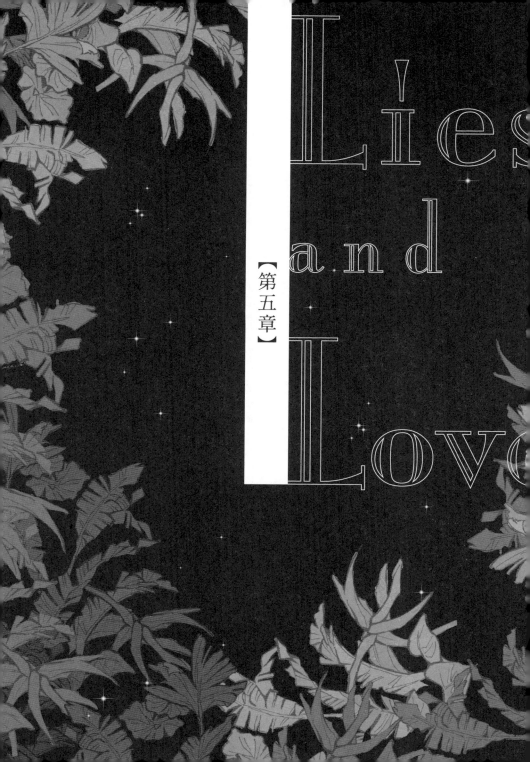

【第五章】

Lies and Love

在高大書架後的角落，風暮音拿下了眼鏡，揉了揉眉心，決定晚些時候，還是要去配一副平光眼鏡。

視力雖然好轉了，但她並不想就此改變形象。

她一直深信改變就意味著麻煩，而在她短短二十年的生命裡已經受夠了不停地、無法控制地改變，沒有必要再去製造一些。

風暮音嘆了口氣，伸手從書架上抽出了一本書。暗紅色的皮質書面，鍍著金邊的書頁很多都已殘缺，看起來是本古老的詩集。

她覺得很奇怪，一本詩集怎麼會被放在法律用書中間？

我已經無法選擇
痛苦吞噬著我的骨血
妒恨蠶食著我的靈魂
請挖出我的雙眼
請刺穿我的心臟
請把我的骸骨埋葬在地底深處的黃泉
如果我從未擁有你的給予
唯有死亡

唯有死亡？生命是上天最為珍貴的饋贈，是什麼才能造就這種自我毀滅的衝動？激烈、瘋狂而又絕望的……風暮音稍稍用力地合上了詩集。

這時，她正坐在寬闊的歐式窗臺上，玻璃隔窗安靜地敞開，陽光和微風追逐著白紗的窗簾，輕柔地吻著她的臉頰。爬滿了牆壁的綠色植物散發著淡淡香氣，清爽的空氣溫柔地把她抱在懷裡。如此靜謐而溫暖的時刻，她卻覺得有些寒冷……是因為那些詩句的緣故嗎？

「請問，妳是不是姓藍？」

完全沉浸在自己思緒裡的風暮音，被突如其來的問話嚇了一跳。幸虧地上鋪著厚厚的地毯，從她手裡掉落的詩集才沒有發出聲響。

風暮音先彎下腰撿起了書，才轉身面向發問的人。

是個看起來很和善的男人。

「不。」風暮音輕輕地搖頭：「我不姓藍，我姓風。」

只見男人眼裡發出了光，她覺得，那種情緒可以稱為欣喜若狂。

「妳是跟母親姓的嗎？妳的母親，是不是叫做風雨？」

她的母親，的確叫風雨；她的父親，叫藍緹。

「妳和妳的母親，長得很像。」男人露出了追憶似的神情。

「你認識我的母親？」風暮音的腦子裡充滿了疑惑。

「是的。」男人微笑著點頭：「我和妳母親，在很多年前曾經一起共事。」

風暮音仔細打量了一下這個自稱是母親同事的男人。目測三十歲左右，斯文正派的臉上戴著金邊眼鏡，穿淡色的西裝，拿著一個黑色公事包，看起來就是普通上班族的樣子。

「啊，忘了自我介紹。」

風暮音伸手接過他遞來的名片。上面寫著他叫賀文，頭銜是本地一家貿易公司的部門經理。

「賀先生。」風暮音放下名片，「我母親很久以前就去世了。」

「我知道。」賀文點了點頭：「差不多二十年前。」

「所以，你和她不可能會是同事。」風暮音淡淡地告訴他。

「是真的。」賀文依舊不緊不慢地回答：「我是妳母親最後一個搭檔。」

「搭檔？」她直覺地低頭去看那張名片。

「當然了，我到現在還沒有退出，直到明年滿三十五歲為止。」他笑著說：「我算是年紀比較長的，足足待了十六年。妳母親的話，大概十年左右。」

「我聽不懂你在說什麼。」風暮音看著他，說出自己的想法：「你可能認錯人了。」

「果然什麼都不知道……」賀文輕聲地說。

這個賀文的目光使風暮音覺得很不舒服，於是她站了起來。

「對不起，如果沒什麼事，我要走了。」她說完，轉身就要離開。

賀文笑著，並沒有試圖阻止或挽留，似乎篤定她不會走掉。

風暮音果然只走了兩步就停下，然後回頭。

兩人坐在學校對面的麥當勞裡，最角落、也最靠近兒童遊樂區的桌子前。

這個時間點在遊樂區玩耍的小孩並不多，但依舊不時會傳來笑聲和喧鬧。

不知道什麼時候開始，嬉鬧聲已經完全消失了，遊樂區裡靜悄悄的，孩子們不知去了哪裡。這一刻，在風暮音視線所及的範圍之內，除了這個自稱賀文的男人，再沒有其他人存在。

明媚的陽光透過落地玻璃照在他身上，貼在玻璃上的宣傳圖案在他閒適的笑臉上，投射出一片陰影。他現在的樣子，和剛才在櫃檯前面手忙腳亂翻找錢包的模樣，何止是用「判若兩人」四個字就可以形容的？

風暮音緊盯著男人，暗暗告訴自己不要慌張。

「不論遇到什麼情況，妳都很鎮定。」他的聲音顯得有些飄忽：「這一點，和妳母親也很像。」

「你到底是誰？」風暮音保持著冷靜提問。

「我是賀文。嚴格來說，我們倒不是從來沒見過。」賀文勾起嘴角，眼睛邊的笑紋顯露了出來，「昨天下午，我們就已經見過一面了。」

「……七十七。」一個字一個字地念著，風暮音的目光裡凝聚起戒備。

「事實上，我一直很討厭這個數字，聽起來太不吉利了！可惜有些事情，我們無法選擇。」

賀文拿起可樂喝了一口，慢吞吞地對她說：「不用太客氣，直接喊我賀文就好。」

「昨天下午……」風暮音皺了下眉，找不出詞語準確地描述那一切：「到底出了什麼事？」

「既然妳記得我，就應該記得發生過什麼。」賀文抬起頭，眼角的笑紋更加明顯：「畢竟我當時不在『界』內，也不太清楚後來到底出了什麼事。我真正看到妳的時候，妳已經破壞了八十五施展的『界術』，八十五受了重傷，看來要休養很久，西臣小姐也不知所蹤了。」

「界術……什麼界術？」

「就像妳現在所看到的，從我坐的地方到妳站的地方，我用能力製造出的不同空間，就是我的『界』。力量越強的人，所製造的『界』也越是堅不可摧。」賀文彈了一下手指，面前的薯條一根根豎直，再一根根跳起來疊高，拼成了巴黎鐵塔的形狀，「在這裡面施展任何的力量，對外界不會有絲毫影響。不論在界內界外，別人只能看到我想給他們看的東西。」

風暮音看著這一切，臉色不是很好。

「簡單來說，就是一種超能力。」賀文的手一擺，可樂自己從杯子裡飛了出來，在他們中間形成了一個飄浮著的水球，「超越人類的能力。」

「我不信這些。」風暮音冷漠地說：「就算你真的有什麼超能力，恐怕和我也沒有太大的關係，麻煩你讓我離開這裡，下午我還有課。」

「妳說錯了。」賀文拿著吸管把面前的可樂水球喝光，才慢條斯理地說：「這些事和妳大有關係。」

「什麼意思？」風暮音終於有些緊張起來，覺得有什麼重要的謎團要被揭開，「什麼叫和我大有關係？」

「我說過了，妳母親曾經是我的搭檔。」吸管在賀文的手指間不停地轉動，「到目前為止，她的能力依舊是我們當中無人可超越的。」

「你到底是什麼人？」風暮音感覺到自己緊握的手心有些出汗，「這些事和我母親又有什麼關係？」

「這些事不是三言兩語就能說得清的。」賀文低垂著目光，低聲地嘆了口氣：「也許我該先跟妳解釋一下，我們到底……」

「請等一下！」有道突如其來的聲音打斷了他。

風暮音驀地一怔，不敢相信地回過頭。

站在風暮音身後的，是一個極為美麗的女人，長長的黑色卷髮如同波浪一樣傾瀉在她肩頭，墨鏡遮住了大半容貌，她暴露在陽光裡的皮膚一片蒼白，嘴唇卻異常紅潤。

風暮音剛要開口，就感覺到墨鏡下的目光朝她看來，讓她一時之間忘了該說什麼。

一片沉默中，女人走過風暮音身邊，黑色的絲質長裙讓她行走時，恍如漂浮在水面般輕盈，她邊走邊拿下了墨鏡，最後停在了賀文面前。

這個時候，風暮音清楚地看到了賀文臉上不可置信的表情。

「雨……」賀文的瞳孔有一瞬急速放大。

「你好，賀先生。」向來沒什麼感情的聲音，極為公式化地打著招呼。

施術者情緒波動，使薯條鐵塔倒塌下來，在桌子和地面上散成一片。

風暮音的耳邊響起了各式各樣的聲音，笑鬧聲、說話聲……遊樂區裡的孩子們，還有對每個客人打著招呼的工作人員，都出現了。

因為『界術』消失的一切，全變回了原來的樣子。

剛剛那片寂靜的世界，就像在做夢……但風暮音清楚地知道，自己不是在做夢！在她的面前，賀文依舊坐在那裡，他正抬頭看著穿黑色長裙的女人，臉上的驚訝還在。

「我是風雪。」風暮音的小阿姨風雪，對著男人說：「好久不見了，賀先生。」

「風雪……」賀文臉上的訝異絲毫沒有消退，甚至更加明顯，「妳……是風雪？」

「我們應該見過。」風雪用肯定的語氣回答：「是的，我是風雪。」

「怎麼可能……妳不是……」

「風雪？」風暮音有些猶豫地問：「妳怎麼會……」

風雪回過頭看了外甥女一眼，給了一個少安勿躁的眼神。風暮音閉上了嘴，但心裡的緊張開始急速擴散。

這麼多年來，她還是第一次看到小阿姨在家裡以外的地方出現。

讓她……很不安。

「賀先生，我知道你的來意，但是……恐怕不行！」風雪面對著賀文，輕輕地搖了搖頭：「我不希望暮音捲進那些事裡。」

「但是……」賀文臉上的表情可以稱之為無奈：「這是無法避免的，今天我能找到她，明天就會有其他的人找到她。」

「你不會勉強暮音，你還會幫助我們。」風雪回答他：「因為她是我姐姐的女兒。」

賀文閉上眼，長長地嘆了口氣。

「我會告訴她，讓她自己選擇。」風雪最後對他說的話是：「我知道按照規定，她有自由選擇的權利。」

風暮音跟著風雪回了家。

一路上，風雪都只是在專心開車，甚至沒有從後視鏡裡看過風暮音一眼。所以就算風暮音有一肚子的疑問，也只能強忍下來。

雖然她耳邊似乎總在迴盪著，那個叫賀文的男人離開前說的話。

臨別時，賀文禮貌周全地和她們道別，一點也看不出哪裡和普通人不同。唯一特別的，是他看著風暮音的眼睛，說了句奇怪的話。

什麼叫「妳要小心」？為什麼會露出那種擔憂的表情？還有，小阿姨她……

「暮音。」風雪突然說話，嚇了風暮音一跳：「我會告訴妳的。」

後視鏡裡，風暮音能感覺到風雪墨鏡下的眼睛正盯著自己。

「妳已經二十歲了。」風雪移開了視線，淡淡地說：「時間也快到了……」

風暮音坐在客廳沙發上，拿下了墨鏡的風雪就坐在她對面。

在風暮音的記憶裡，這是她們第一次面對面地坐下來說話。尤其是近幾年，她見到小阿姨的次數用十根手指頭就能數完。

風暮音忍不住細細打量著眼前的風雪。

雖然小阿姨和母親是同卵雙生的姐妹，外表看起來一模一樣，但風暮音還是很容易分辨出她們的不同。總是蒼白而沒有血色，眉宇間流露著神祕的陰鬱，眼前的風雪和風暮音初次見到她時，沒什麼改變。

過了十多年，自己已經從一個孩子長成了大人，歲月卻沒有在風雪身上留下一絲痕跡，是上天的眷顧，還是……有什麼別的原因？

「暮音。」風雪一如往常地看著她，語氣聽起來也沒什麼特別的：「在解釋今天發生的事情前，我想妳還需要知道一些其他的事。」

風暮音慎重地點了點頭。

「妳的母親，也就是我的姐姐風雨，並不是個普通人。」風雪戴著黑色手套的手撐著臉頰，靠在沙發扶手上：「還活在這個世界上時，她一直是一個優秀的狩魔獵人。」

「獵人？」風暮音聽完第一句話就不懂了，忍不住皺了一下眉頭：「媽媽她不是醫生嗎？怎麼會是什麼……獵人？」

「狩魔獵人。」風雪重複了一遍，加重了前兩個字的讀音：「就如字面上所述，所謂的狩魔獵人，就是狩獵妖魔的人。說穿了，其實就是是擁有特殊能力的人類。

「狩魔獵人都隸屬『狩魔人工會』這個組織，據說他們在中世紀歐洲就已經存在了，會不定期地在世界各地吸收有著超凡力量的人類，消滅危害人類的各種妖魔。在那裡，都是按照加入時的先後順序，用號碼來表示每一個狩魔獵人。今天我們看到的那個賀文是七十七，而我的姐姐風雨，則是七十一。」

「荒謬！」風暮音直覺地加以反駁：「不可能！」

「我們的父母都只是普通人，但姐姐一出生就和別人不同，她擁有特殊的力量。」風雪並不在意外甥女的排斥，自顧自地說著：「在她十五歲那年，就已經是正式的狩魔獵人了。這在狩魔人組織的歷史上，可是從來沒有過的。」

「等一下！」風暮音覺得有些頭暈：「小阿姨妳在說什麼，我怎麼一點都聽不明白？」什麼妖怪啊獵人的……她聽得一點頭緒也沒有！風雪到底知不知道自己在說什麼？

「我知道妳很抗拒這些怪力亂神的事。」風雪神情古怪地看著她：「但我以為，經過最近發生的事情後，妳多少改變了看法才對。」

最近的確經歷不少怪事的風暮音，臉色有些變了。

「妳今天看到的那個人，也是狩魔獵人，他是妳母親以前的搭檔。」風雪用很平常的口氣告訴風暮音：「他來找妳，是想確定妳是不是願意和妳母親一樣，成為一個狩魔獵人。」

「這不是開玩笑吧？」風暮音微張著嘴，不知道是不是該笑上兩聲。

說讓她去當什麼獵人，這個玩笑開得太誇張了。要不是說這些話的是小阿姨，要不是小阿姨從不開玩笑……

「我從不開玩笑。」風雪淡然地對她說：「一般來說，沒有特殊的誘因，要到二十歲之後，這種力量才會慢慢顯現出來，三十歲以後，力量就會漸漸衰竭。既然妳繼承了那種力量，遲早會捲入相關的事件裡。」

「我……」「沒有」兩字，風暮音說不出口。因為她的身上，的確發生了無法解釋也不能否認的變化。

「按照規矩，候選者是可以選擇要不要加入的，但是因為姐姐的力量實在太過出眾，不能排除工會上層強行要求妳加入的可能。」風雪頓了一頓：「今天那個人應該是顧念著和妳母親的交情，所以瞞著上面來找妳，想先確定一下妳的意願。」

「我不覺得我有什麼奇特的力量。」風暮音低下頭，看著自己的手：「至於妖魔……那又是什麼？」

照著小阿姨的說法，她昨天在巷子裡遇到的小孩，不就是妖魔？雖然行為很奇怪，可是那個孩子的眼睛裡充滿了坦蕩，反倒是那個叫做「八十五」的所謂狩魔獵人，身上滿是血腥和嗜殺的味道。如果說自己的母親是和那個「八十五」一樣，那不是……

「妖魔只不過和我們不同種族罷了。人類都未必人人正直了，妖魔為什麼都會是邪惡的呢？」

風暮音愕然地抬起頭。

「這是姐姐以前常說的話。」風雪的臉上破天荒地出現一抹笑容：「雖然她的力量是少有的強大，但是她時常擅自違背命令，所以很令上層頭痛呢！」

「小阿姨，妳覺得我該怎麼做？」小阿姨異常罕見的微笑安撫了暮音心裡的不安。

「暮音，這要妳自己來選。」風雪搖了搖頭：「別人不能為妳做決定。」

「如果我拒絕呢？」風暮音試探著問：「是不是會有什麼不好的事發生？」

如果說，拒絕會給自己和身邊的人帶來危險，那麼……要不要拒絕？

「暮音，不要顧慮太多。」風雪的臉色陰沉了起來：「我不是告訴過妳，不論遇到任何事，絕不能因為別人的意願而動搖嗎？要是瞻前顧後，只會令一切陷進更加無法收拾的局面。」

風暮音抿著嘴唇，微微地點了點頭。看到她這種樣子的風雪，似乎有些失望。

「暮音，妳要記得，不要太看重感情。」風雪的聲音很輕，幾乎不像是說給別人聽的：「有些時候，過多牽掛只會讓人變得軟弱，優柔寡斷代表的只有危險……」

「風雪。」過了很久，風暮音終於下定了決心：「我決定了。」

等風雪抬頭看自己，風暮音告訴她：「我不要當什麼獵人，我是風暮音，不是一個號碼。」

風雪聽了，只是點了點頭，臉上表情一如往常地冷淡。

一個穿著白色長裙的少女，坐在天橋欄杆上，懸空的雙腳來回搖晃著。天橋上人來人往，橋下是繁忙的車流，然後她鬆開了抓著欄杆的手，縱身一跳。

風暮音垂下了眼，避開血腥的一幕。

過了一會，她才慢慢移回了視線，再一次看到那個白色的背影搖搖晃晃地走上了天橋。馬路上觸目驚心的紅色，已經開始一點一點地消失。

這個鬼魂，每五分鐘就往下跳一次，而風暮音要等的那輛公車，十五分鐘了還沒有來。看到了那個不過十七、八歲的女孩帶著解脫的微笑，從天橋上跳下來，她的胸口悶得厲害。

有些忘記了一切的鬼魂，會留在死亡的地點，一次又一次地重複著他們死亡的過程。就算知道了這不過是人類執著的意念在死後的表現，還是令她覺得很不舒服。

輕視生命的人，都會受到懲罰，死亡絕不是救贖。

努力壓下胃部翻騰的不適感，風暮音側過頭，不再看那個反覆自殺的少女。

力量會隨著時間的過去而越來越強，也許會有意想不到的變化，但這一點，絕對不能在人前顯露出來。

這是小阿姨的交代，風暮音記得很清楚。只是小阿姨並沒有說過，這種能力會這麼令人難以忍受。

她本以為自己的神經已經足夠堅韌，但還是低估了這種能力帶來的影響。悲傷、痛苦、憂鬱、哀愁……這些感覺，填滿了她所能看到的每一個角落、每一處縫隙，甚至連呼吸到的空氣裡，也帶著淡淡的血腥味……

她能夠感覺得到這些靈魂散發出的、難以抑制的激烈感情。就像現在，不論是天橋上為情自殺的少女，還是牆角被人遺棄死去的小貓，又或者被路邊被撞斷軀幹的樹木，都不斷地散發出強烈的負面情緒。

風暮音的手微微一顫，緊緊地抓住了手裡的包包。

「妳沒事吧？」一旁已經盯著她看了很久的女高中生，也許是看到她臉色不好，湊上前擔心地問：「是不是哪裡不舒服？」

女孩的手碰到了風暮音的肩，想要占有的意念沿著被碰觸的肩膀同時竄進風暮音的腦海，她猛地瞪大了眼，一把甩開了那個女孩。

「對不起！」她慌張地向那吃驚的女孩道歉，踉踉蹌蹌地跑開了。

【第六章】
Lies and Love

風暮音沿著人行道走，只想找一個沒有人的角落讓自己平靜下來。

但熙熙攘攘的人流阻礙了她的前進，和別人之間的每一次對望或碰觸，都會讓她多生一分恐懼。

出現在眼前的臉孔，每一張都詭異地扭曲著。各式各樣的念頭來自周圍所有生命，變成了高高低低的聲音，爭先恐後地想要擠進她的腦袋。

腦海裡細碎的聲音漸漸匯成了一片轟然聲響……

「走開！」風暮音臉色死白，虛弱地揮舞手臂，「都給我走開！」不要！我不要聽！我需要空氣，我不能呼吸了！誰來救……

「冷靜！」一個輕柔的聲音在我耳邊響起：「冷靜下來！」

冰涼的手掌覆上了她的雙眼。

「來，呼吸！」那個聲音繼續對她說：「妳能做到的！」

冷靜下來，呼吸……漸漸地，風暮音感覺到空氣變得乾淨，還帶著一股淡淡的清香。她緊閉著眼，深深地吸氣，直到肺部因為飽漲而疼痛。

「很好。」微冷的手掌依舊遮在她的臉上，慢慢驅走了她腦中不斷攀升的高熱和那些讓她頭痛欲裂的可怕聲音：「已經沒事了。」

誰？這個人是誰？溫柔地對自己說話的這個人是誰？

「爸爸……」風暮音無意識地呢喃著，那隻冰涼的大手一動，然後她聽到了一陣輕笑。

「小姐。」那個有著魔力的聲音笑著說：「我不是妳的爸爸。」

風暮音幾乎是立刻地清醒了過來。第一個竄進意識的，是自己正被人抱著。或者應該說是她靠在一個人的懷裡，而那個人就順勢摟著……風暮音急忙拉開了還擱在自己臉上的那隻手，從那人的懷抱裡掙脫出來。

「對不起。」

沒想到對方會先道歉，剛要開口說這句話的風暮音怔了一怔。

她慢慢地抬起了頭。

長長的頭髮就垂放在她眼前，如同華麗的絲綢一樣在陽光裡折射著光芒。微往上仰的下巴，帶著笑意的薄唇，挺直的鼻梁，漆黑濃密的眉毛優雅地往上挑著，那下面是一雙美麗、碧綠色的眼……

風暮音往後退了一步，離這個年輕的男人遠了一些。

「妳沒事了嗎？」聲音有些低沉，卻意外地柔和。

「謝謝。」風暮音僵硬地向他道謝。

「沒什麼，以後出門要注意一點。」那個人微笑著說。

不知道為什麼，在風暮音的眼裡，一切顯得不太協調。不論是一旁擁擠的街道，還是白襯衫和深色的風衣，跟這個人放在一起，都顯得格格不入。

風暮音皺著眉不開口，那人也不說話，只是自然地微笑著。最後，還是一旁路人們的不停駐足和竊竊私語讓她回過了神。

風暮音匆匆忙忙地向那人點了點頭，在人們圍上來之前轉身離開。

「要學會控制力量，而不是讓力量控制妳。」

儘管四周十分吵鬧，但是風暮音還是清清楚楚聽到了這個聲音。

她猛地停了下來，回頭看去。

剛才那個人，在一個轉身之間不見了蹤影。

天空烏雲密布，不一會就開始下起傾盆大雨。

風暮音沒有帶傘，獨自一人在雨中走著。雨水在落到她身上前，就像被無形的屏障擋住了，那個屏障就像是一層朦朧的光，籠罩在她身體周圍。

幸虧已經不是在大街上，而是走在人煙稀少的郊外馬路邊，否則在昏暗的夜色裡看到這種景象，不知道多令人心驚膽戰。

風暮音倒是並沒有太過注意這些，她的心思，還留在剛才的事情上。

那個幫了自己的，究竟是什麼人？看他的樣子不像是有惡意，但也絕不是什麼普通人。難道是另一個「狩魔獵人」？總覺得不太像……

這些亂七八糟的狀況到底怎麼回事啊！該死的能力，簡直麻煩透了！

風暮音皺了皺眉，抬起頭往四周看。

荒涼的路上別說是人了，就是鬼影也不見半個，一眼看過去，除了樹還是樹。這是什麼光……

她停了下來，把手抬到眼前，看著豆大的雨滴落在地上、樹上，就是沒有一滴落到自己身上。

在她的身上，有一層光擋住了雨水……好奇怪！

風暮音再次抬起頭，環顧四周。

是不是有人在說話？

「誰在那裡？」她的聲音幾乎完全被掩蓋在雨聲之下。

等了一會，當然沒有人回答。

風暮音不知道自己怎麼了，總是聽到一些奇怪的聲音，還覺得被人窺伺著……看了看天色，她加快步伐跑了起來。

她一口氣跑到了家門口，站到屋簷下面，先是看了看狂風暴雨，然後又看了看自己身上乾爽的衣服。如果連風雪也不知道她怎麼會變得這麼奇怪，以後下雨天是不是都不能出門了？

想到這個，風暮音自嘲地笑了一下，從包包裡找出鑰匙開門。進了玄關，剛準備彎腰脫鞋時，察覺到有什麼地方不對。

屋裡好像有人！

小阿姨昨天說要出門去處理一些事，應該還沒回來。

風暮音在牆上摸到了電燈的開關，但按了以後毫無反應。看起來是大雨的緣故，導致這種偏僻地段斷電了。

她緩慢地直起身，輕輕走進屋裡。屋外已是一片漆黑，只是偶爾有閃電劃過天際，帶來短暫的光明。

走進客廳，一道閃電橫過窗外，那一瞬間，她清楚地看到了客廳中間的沙發上坐著一個人。

「你是誰？」風暮音沉著地問：「為什麼會在我家裡？」

「是誰呢？」隱約看見沙發上的人影動了一動，陰陽怪氣地說：「妳猜猜看，猜中的話，有獎勵喔！」

「我不認識你。」風暮音一邊說，一邊尋找著手邊可以當武器用的東西：「如果你不馬上離開，別怪我對你不客氣了！」

黑影發出一陣怪笑。

「真可愛！」黑影的語氣帶著明顯的惡意：「我很久沒見過這麼可愛的人類了，真是有點捨不得啊！」

風暮音摸到了牆角鐵製的仙鶴裝飾，牢牢地握在了手裡。

「妳準備拿這個來和我打架嗎？」聲音突然出現在風暮音耳邊。

風暮音反射性地用手裡的武器，往聲音來處砸去。

她對於自己的敏捷度一向很有把握，這一下敲過去，就算打不到那個人，起碼也能嚇唬他一下。但是她沒有想到，只是感覺手裡一輕，接著沉重的鐵製裝飾就消失得無影無蹤了。雖然心裡有些慌張，但風暮音還是立刻往後跳，打算先退出一團漆黑的屋子再說。

只可惜，她連這點都沒做到——

一隻冰冷的手放在了她的脖子上。

風暮音立刻意識到對方不是普通人，於是沒有繼續反抗，而是站在了原地。等到又一道閃電劃過時，終於看清了這個人的樣子。

她倒抽了一口涼氣，只覺得手腳開始發冷。

這人到底想做什麼？風暮音很想問，卻因為被緊緊地勒住了喉嚨，只能發出一些破碎的音節。

「想知道我是誰，還想知道我有什麼企圖，對嗎？」那個人一手抓著她的脖子，另一手一彈響指，四周立刻亮起一團團的慘綠色火焰，清楚地照出了他的樣子。

其實此人非但不醜，還長得不錯，只是現在那雙血紅色的眼正死命地盯著她，還有暗色的嘴唇邊掛著陰險的笑容，讓這人渾身上下都透著一股可怕的邪氣，加上用這種顏色恐怖的光源照著，映得青慘的臉上鑲嵌著一雙血紅眼珠，令人發毛。

風暮音覺得自己的膽子不算小了，一時卻也有點心驚肉跳的。

「我從很遠的地方來。」紅眼睛的男人笑著說：「我是誰並不重要，妳只需要知道，我是專程來殺妳的。」

這張臉讓風暮音聯想到了蛇，一條盤住了獵物，正準備咬死以後再慢慢享用的毒蛇。直覺告訴她，這不是說笑，這人真的打算殺了她。

問題是，她根本就不記得見過他，他又為什麼說要殺了自己呢？

「妳該覺得榮幸，自己是第一個讓我親自動手來殺的人類。」血紅色的眼睛慢慢靠近，風暮音在那裡面看到了深深的怨毒：「想問為什麼嗎？那就死了以後，自己去問問妳的母親吧！」

母親？這個男人和母親有仇嗎？

「她死得早是她運氣好，要是她還活著，我一定要把她的肉一片一片割下來，再一片一片地讓她自己吃下去。」看到風暮音變得慘白的臉色，男人越發得意起來：「不過妳放心，我不會那麼對妳，我會讓妳死得漂亮一點。」

脖子上的手指漸漸收緊，任風暮音怎麼拉扯踢打也紋絲不動。

她閉上眼，努力集中精神，直到身上發出一陣亮光，窗戶玻璃開始震動，腳下地面開始起伏……但是這一切，卻絲毫影響不了捏住她脖子的那隻手。

「別白費力氣了！」男人笑著說：「這種小把戲，只能嚇唬嚇唬低等的魔物和妖精，對我是沒用的！」

風暮音咬緊牙齒，死死地瞪著這個人。

「這已經算是便宜妳了，要不是妳母親，我怎麼會落到今天的地步……」她的目光顯然激怒了那人，那人咬牙切齒地說：「像我這樣的上等貴族，居然淪落成了逃犯。這個仇，我永遠不會忘！」

沒有辦法呼吸的風暮音手腳發軟，連神智也開始慢慢渙散。

她只能很模糊地聽到那個人在說：「只要獻上妳的屍體，王一定會赦免我……」

不行！不能這麼莫名地被殺死！求生欲望促使風暮音用盡力氣睜開了眼。在她睜開眼的同時，看到了一道光。

一道藍色的光！

耀眼的光芒剎那間竄到了風暮音的面前，隨即尖厲的呼叫響起，快要捏碎她喉嚨的那隻手就鬆開了。

「咳咳咳咳咳！」風暮音用手捂住自己的脖子，一下子跪倒在地，開始劇烈地咳嗽起來。新鮮的空氣大量地湧進了她的肺部，讓她逐漸恢復了意識。

「暮音。」冷漠的聲音喊著她的名字：「妳沒事吧！」

風暮音抬起頭，看到了站在門邊的纖細身影。捲曲的長髮，黑色的長裙，蒼白的面孔，站在門邊的是本應該離開了家的風雪。

但最令人吃驚的是，風雪的手上舉著一把弓。

那是一把幾乎超過她身高大半的弓，接近透明的弓身也不知道是用什麼材料製成，被雕琢成了鏤空纏繞的枝節模樣，閃動著流轉不定的七彩光華。

「是妳！」帶著怨毒的聲音從一旁的角落傳來。

在這時，風暮音已經回過神來，她注意到那個紅眼睛的男人，是被藍色的光穿透了一邊的肩膀，釘在了牆上。

那是藍色、箭矢形狀的光……

風雪慢慢地朝那面牆走了過去。

風暮音扶著沙發，摸著脖子從地上爬起。

她注意到風雪手中的弓不但沒有弦，身上更沒有攜帶類似箭的東西。不平凡的風雪，終於和「普通」兩字扯不上關係了。

忽然之間，風暮音覺得有些可笑。她一直認為自己活得很平凡，可是眼前的事情和平凡的生活，是不是差得太遠了？

如果說這些事才是真實，那麼從出生到現在的二十年裡，她又是怎麼活著的呢？為什麼在短短的時間裡，她認定的平凡就被完全地被否決了？就算她已經暗暗發誓，不論發生了什麼事，都要坦然地接受和面對，但是……誰來跟她解釋一下，究竟是怎麼一回事！

「將軍。」風雪已經走到了男人的面前。

「哈哈哈哈！」那個男人笑得十分猙獰：「很久沒有人這麼叫我了，聽著還真是舒服。」

風雪沒有回答，只是直直地盯著他。

黑色的液體從那人被射穿的肩膀上滴落。

「你不該來這裡的。」風雪慢慢舉起手裡的長弓：「既然從那裡逃出來了，為什麼不好好地找個地方躲起來呢？」

「如果是為了活命，我不會來這裡。」被風雪稱作「將軍」的男人突然抬頭，看向風暮音：

「權勢才是一切。」

那雙眼睛裡的怨恨，再次讓風暮音胸口一滯。

「真蠢。」風雪冷淡地給予了評價。

「你們這種無知的人類又懂什麼？」那個男人伸出手，想要拔出肩上的那道藍色光芒：「只是擁有一些淺薄的力量，就以為自己多麼了不起，不過就是些雕蟲小技，愚蠢的是你們才對！」

但當他的手放到那道光芒上時，臉上的驕傲表情才真正地變了。

「也許你有你的道理。」風雪盯著他的眼睛，語速緩慢地說：「但也不是每個人類都那麼軟弱，對不對？」

站在風雪背後的風暮音，藉著那把弓上發出的光亮，看到男人的臉色就變得更加難看。

「原來妳不是……」那個始終自信的聲音甚至開始顫抖：「別以為我會怕他……」

「你既然來了。」風雪平靜的聲音顯得有些可怕：「就留在這裡吧！」

「風雪……」風暮音疑惑地喊著。

聽那句話的意思，不會是……

「暮音。」風雪沒有回頭：「妳離開一下好嗎？」

「等一下！」風暮音還沒有回答，那個人卻搶著說：「我還有話要和妳說。」

「我？」風暮音驚訝地反問。

「既然我不可能活著離開這裡……」那個人忽然從慌亂中平靜了下來，臉上出現了一種惡意的微笑：「那我就告訴妳一個和妳有關的祕密。」

「暮音！」

「我想知道他要說什麼。」風暮音走了過去，站在那個男人的面前：「你說吧！」

「很好！」男人的肩膀像是被什麼東西侵蝕著，可怕的空洞不斷擴散，但是他似乎毫不在意。

「有這種勇氣，倒像是他的孩子。」

「你說什麼？」

「十多年前，我還被囚禁著的時候，曾遇見過他。」那個男人對風暮音說：「就人類的血緣來說，妳和他長得不像，但是這種愚蠢無用的勇氣，倒真是一模一樣。」

「你到底是在說誰？」風暮音的心跳突然加速，她有預感，這個人接下來要說的話，對自己來說很重要。

「父親，人類這麼稱呼的吧！」男人的紅色眼睛閃動著妖異的光：「那個男人，應該是妳的父親。」

「爸爸……」風暮音的心臟一緊，不由自主地捏緊了拳頭。

「他還沒有死。」男人笑著：「妳的父親，被關在『絕望塔』裡。」

「那是什麼地方？」眼看男人的身體逐漸消失，風暮音焦急地問著：「快告訴我！」

「那是……魔界……」

當她把目光從空空如也的牆上收回時，男人已經徹底地消失在她眼前。而箭形的藍色光芒，也同時消失了。

突如其來的大放光明把她嚇了一跳，好一會才明白過來，是電力恢復了。

屋外的狂風暴雨停歇了，屋裡除了凌亂些，基本上沒有受到嚴重的破壞。牆壁雪白乾淨，完全不像有男人被釘在上面過的樣子。

風暮音轉過身，看著表情淡漠的風雪。

「他設了一個圈套。」風雪就站在那裡，黑髮黑裙，蒼白冷漠，但是手中的長弓卻不見了：「他只是想把妳引去一個地方，然後藉別人的手殺了妳。」

「風雪。」風暮音和她對視著：「我不管這些。我只想知道，那個人說的是不是真的。」自己的父親，難道真的就像那個人說的那樣，是因為被人囚禁在某個地方，才一直沒有回來？

「不行！」風雪微微地皺了下眉：「那個地方……不能去。」

「風雪！」風暮音往前走了幾步。

「暮音，妳不知道他說的是什麼地方。」風雪認真地看著她，用前所未有的凝重神情告訴她：「妳去不了那裡。」

「所以妳一直知道我爸爸在什麼地方，對不對？」風暮音抿緊了唇：「妳為什麼要瞞著我？我已經不是什麼都不懂的孩子了，為什麼不告訴我？」

「妳根本不知道自己要面對的是什麼。」風雪說的話，似乎總有著其他的含意：「暮音，妳不足以和那種力量抗衡。」

「我就是不知道妳在說什麼！」風暮音壓抑許久的怒氣終於爆發：「妳永遠是這樣，什麼都知道，卻什麼都不說！總是一副為我好才不說的樣子，難道妳就不能站在我的立場想一想嗎？」

風雪第一次見到總是沉靜寡言的外甥女朝自己發脾氣，不由得怔了一下。

「我知道妳對什麼都不在意，對任何東西都沒什麼感情。這些年以來我盡可能地按照妳的要求生活，因為我知道，這樣的性格能夠令我獨立堅強。但是只有這件事……那是我的父親，妳怎麼以為我能夠無動於衷？」風暮音咬著牙，用力地緊握著拳頭，大聲地說：「這麼多年以來，妳明知他在哪裡，明知我多麼希望能和他團聚，為什麼不告訴我？」

屋裡又一次寂靜了下來。

其實暮音在喊出這些話的瞬間，就開始後悔了。她比誰都清楚，風雪的冷漠只是天性，並沒有半點刻意的成分。

「我……」

「暮音……」風雪打斷了她就要出口的道歉，深褐色的眼睛閃過一絲光亮：「我知道妳和妳爸爸的感情很好，才一直沒有告訴妳他在哪裡。因為妳知道了以後，一定會不顧一切地去找他，但是那個地方對妳來說，太危險了。」

「再危險，我也要去。」她堅定地回答：「就算妳不告訴我，我也總有辦法知道那是什麼地方，我還是會去的。」

「他把妳交給我的時候說過，希望妳一生過得平凡而順遂，可是事實上我們都知道，那是不可能的。」風雪看著風暮音的眼，嘆了口氣：「好吧！暮音，如果妳想知道，我來告訴妳。」

【第七章】

Lies and Love

「姐姐十五歲時，就成為了有史以來最出色的狩魔獵人。」風雪站在風暮音的房間裡，拿起了擺在床頭的相框：「那時的姐姐年少氣盛，相信世界上沒有什麼不能克服的困難。她以自己的能力為傲，一心覺得斬殺世間的妖魔，是她與生俱來的天職。在那段時間裡，七十一號狩魔獵人，令所有妖魔聞之色變。」

風暮音就站在一旁，看著小阿姨露出難得的笑容。

「但有些事，並不是心思單純的姐姐能想像得到的。」風雪的手指劃過了相片上那張和她一模一樣的臉：「有一天，姐姐無意間發現，組織上層中的某些人為了利益，竟然一直驅使著被虜獲的妖魔做著不為人知的事。妳可以想像，向來正直的她有多麼失望。」

說到這裡，風雪的眼神黯淡了下去。

「發現自己堅守的正義其實是個笑話，姐姐十分沮喪。就在那時，她遇到了妳父親，於是準備在那一年就提前退出。」風雪看著照片中的那個男人：「直到今天為止，他還是我所見過的人裡最溫柔的，姐姐會愛上他，一點也不令人意外。只是誰都沒想到，就在姐姐以為後半生會和他一起平靜生活下去時，最後一次的任務卻帶來了意想不到的麻煩。那一次，她被組織上層陷害，收到了錯誤情報，被指派去殺一個魔界貴族。」

「魔界……貴族？」風暮音念著這個古怪的名詞。

「妳以為妖魔是從哪裡來的？人類狹隘地以為自己的世界是唯一存在的，實在是可笑至極！」風雪的笑容裡帶著諷刺：「狩魔獵人們在這幾百年以來所獵殺的所謂妖魔，不過是從魔界裡逃逸出來的一些低等魔物。人類把他們看作大敵，但對於真正的魔族來說，這種力量低下的魔物只能充當他們的奴隸！不過礙於上等魔族不得擅自出入人界的規定，所以在人界，是根本見不到真正的上等魔族的。」

「那剛才那個人說的魔界……」

「他說的魔界自然指的是真正意義上的魔界，一個和人類世界完全不同的地方。」風雪把相框放了下來：「姐姐差點送了命，才殺了那個魔族，但沒想到一切只是個開始。當時的那個魔界貴族，是奉了魔王的命令來到這裡。暮音，妳知不知道，魔界的魔王代表著什麼？」

「魔王？」風暮音迷茫地問：「魔王，就是妖魔的統治者嗎？」

風雪看了她一眼，點了點頭：「魔族只臣服於比他們強大的力量，魔王所代表的，就是整個魔界最強大的力量。人類，甚至魔族，在魔王眼裡都微不足道、不值一提。」

「那我媽媽她……」風暮音忍不住緊張了起來。

風雪並沒有立刻回答，而是走到了窗邊，看著窗外即將黎明的天空。

「那個魔界貴族的死，引起了魔王的關注。不知道該說是幸運還是不幸，原本想殺了姐姐才來到人界的魔王，最後竟愛上了她。」風雪兩隻手撐在窗框上，閉起了眼，輕輕地說：「也沒什麼好奇怪的，每一個見到姐姐的人，都會被她吸引，姐姐是近乎完美的……」

風暮音聽到這裡，感覺腦袋已經一團混亂了。人類，狩魔獵人，妖魔倒也算了，居然還扯到魔王……這怎麼是在說她的母親？簡直就是在說一個誇張的鬼怪故事！

「小阿姨，妳……確定這些事……」風暮音猶豫地問。

「暮音，妳不相信對不對？」風雪回過頭，了然地看著她：「其實要妳一下接受這些事是有點困難，所以妳沒必要蹚這灘渾水。畢竟姐姐都死了二十年了，這些事早在二十年以前就結束了。」

「話是這麼說……」但是，這是和自己切身相關的事，怎麼可能當成故事來聽？

「其實當年到底發生過什麼，我也不是那麼清楚。但按照我的猜想，妳父親很有可能和魔王訂下了什麼契約。」風雪的雙手在身前緊緊地交疊相握著：「十二年前，他把妳託付給我後，很有可能是去履行那個契約。」

「那是什麼？」

「契約是一種具有約束效力的法術，相當於不能違背的約定，是那些擁有強大力量的傢伙們很喜歡使用的方式。」風雪冷笑著說：「魔王沒有得不到的東西，又怎麼能夠容忍姐姐選擇別人而不是他呢？在姐姐死後，他沒有為難妳和妳父親，本身就是一件很奇怪的事了。」

「真的嗎？」風暮音一把抓住了風雪的胳膊：「那我爸爸會怎麼樣？」

「暮音……其實我認為妳父親他……是不可能活著的了。」風雪不著痕跡地掙脫了她：「這是一個再簡單不過的圈套，一旦妳進入了魔界，想要平安回來是不可能的。」

「不！我爸爸一定還活著。」風暮音非常肯定地說：「這麼多年以來，我一直相信爸爸一定還活著。」

「暮音，妳怎麼這麼固執？」風雪嘆了口氣：「要我怎麼說妳才明白，人類的力量再怎麼強大，也是無法和魔族相提並論的。」

「其實不明白的是妳。」風暮音直率地回答：「不論我爸爸是不是真的活著，只要有萬分之一的可能，我就會去。」

她沒有慷慨激昂，甚至連表情也說不上激動，但是風雪應該明白，沒有人能夠改變她的決定了。

「難道說……就沒有別的路……」風雪喃喃自語地說著，臉上流露出了複雜的表情：「難道……真的無法改變嗎……」

風暮音又一次地在路口停了下來。

午後街道上的行人們顯得十分悠閒，連車輛也出奇地少。風暮音看了一眼四周，長長地呼出了一口氣，走到路邊的長椅上坐了下來。她用力伸直了疲憊的雙腿，把雙臂交叉墊在腦後，結結實實地靠在了椅背上。

深秋的天空蔚藍而高遠，街邊金黃色的梧桐樹葉一片片地離開了樹枝，朝地面落了下來。微涼的風吹在她身上，白色的雲沿著同一個方向緩慢地移動著。路邊鐵製的長椅有些冰冷，卻讓人覺得很舒服。

風暮音就這麼半躺著，怔怔地向上仰望。

「人類是無法去魔界的。」昨晚，不，今天凌晨，小阿姨是這麼告訴她的：「連接人魔兩界的門，只能從魔界內部開啟，如果要從人界去魔界，就需要懂得一種咒語，從人界這邊把門打開。」

「那是什麼樣的咒語？」既然有方法，那肯定有人知道咒語吧！

「據說懂得這種咒語的魔族，就算是在魔界也只有魔王一個，所以妖魔們才會被禁止往來於人界。只有那些對魔界毫無眷戀之心，打定主意不再回去的低等魔物，才會選擇來到人界。」

「那怎麼辦？難道沒有其他的辦法了？」

「有。」

「什麼辦法？」

後來，風雪猶豫了很久，才說出來。她說有一個人，也許會知道其他來往魔界的方法。

「那個人是誰？」

風雪說這句話時的眼神實在是太奇怪了，怪到讓風暮音覺得很不對勁。

「那個人的性格……有點古怪……」風雪遲疑地說：「我可以給妳他所在地的地址，但不能保證絕對找得到他。」

當時風暮音在想，有了地址怎麼可能會找不到？

結果事實證明……

她用力地吸了口氣。

「好美的天空。」

風暮音就著仰望的姿勢側過了頭。她的身邊，不知什麼時候坐了一個人。

「真巧。」那個已經坐著的人很有禮貌地問：「我可以坐在這裡嗎？」

風暮音看了看他，微微地點了點頭。

路邊的長椅本來就是公共設施，她沒有權利決定讓不讓別人使用。她還是自顧自地仰望著天空，任由那雙綠色的眼睛眨也不眨地盯著自己。

風暮音當然認得這個男人，他就是昨天下午在街上幫了自己的那人。其實應該感謝他的，要不是有他，她也不知道自己什麼時候才會冷靜下來，但是她不想道謝，一點也不想。

至於為什麼會這樣？好像……本能地不怎麼喜歡這個人，也可能是昨天那種樣子實在是太狼狽了，讓她拒絕去正視，還有就是那句話……

要學會控制力量，而不是讓力量控制妳。

又是一個奇怪的傢伙！

多年來，自己一直過著平凡的人生，除了上學，就是吃飯洗澡睡覺。為什麼突然之間，發生的每一件事，遇到的每一個人，都會和這些該死的不平凡扯到一起去呢？這個人又是哪裡來的獵人、妖魔或神祕人物？

她受夠了！她不明白自己到底是做錯了什麼，偏偏要遇上這種事？

「冷靜。」一隻冰涼的大手遮住了她的眼：「不要讓憤怒控制妳的內心。」

又是那種乾淨的味道！就像是在雨後的森林裡，呼吸著最乾淨的空氣時，才能聞到的那種味道。

風暮音那顆浮躁的心，立刻平靜了下來。

「你又是誰？」抓下了那只放在自己臉上的手，她甚至是有些惱怒地瞪著這個有著綠色眼睛的男人。

「天青。」男人笑了，那笑容令風暮音有些失神：「我的名字叫做天青。」

「我不是說名字。」覺得對方靠得太近，她往後退了一點：「我是問，你是什麼人，在我身邊轉來轉去地做什麼？」

「轉來轉去？這倒是新鮮的形容詞。」自稱是天青的男人抬了抬眉毛，一副驚訝的樣子：「妳不會以為我對妳有什麼不良企圖吧？」

風暮音瞪著他，再次確定，自己真的非常非常不喜歡這個人！

「我只是開個玩笑。」天青見她一臉生氣的樣子，不敢再逗她：「暮音，妳太緊張了，這很危險。」

「我們認識嗎？」這個人知道自己的名字……不過，最近接近她的每一個人好像都知道。

這種情況，令她想起很久以前看過的一部電影。自己就和電影裡主角的遭遇一樣，在長大成人後，一夜之間，突然就發現這個世界根本不是自己以為的那樣。甚至自以為熟悉的親人，其實也很陌生。

她被迫發現了可能很多人都知道、只有她自己一點也不知道的祕密……

「如果你告訴我，所有人都是被雇來的演員，我不知道會有多高興。」她咕噥道。

「什麼？」天青聽見了她的自言自語，顯然不明白那是什麼意思。

「沒什麼。」風暮音深呼吸，收拾了一下情緒。「你到底想要做什麼？」

「妳還沒有學會該怎麼駕馭自己的力量。」天青伸手想要碰她，卻被她閃開了：「我想教妳學會如何控制。」

「說什麼呢！」這麼說，這個天青也是獵人？找他來的，是母親的那個什麼搭檔叫賀文的嗎？

「不用害怕，我會幫妳的。」天青收回了手：「首先，妳要學會控制自己的情緒，像剛才那樣的話，不但妳自己會很危險，還會傷害到無關的人。」

「剛才？」風暮音一怔。

「剛才妳情緒不穩，如果力量爆發出來，又沒有結界庇護，要不是我在旁邊，也許現在這附近連一個生還者也不會有。」

「胡說！」

「暮音，妳必須明白，自己得到的力量有多麼強大。」天青幫風暮音把細碎的頭髮夾到耳後，而她因為太過震驚一時忘了阻止：「人類的生命是很脆弱的，妳的力量足以對他們造成無法挽回的傷害。」

「你是說……我……會殺人？」風暮音的聲音微顫了一下。

「妳很乾淨，不適合染上血腥。」天青微笑著，長長的睫毛遮住了碧綠色的眼眸：「所以我才來到這裡。」

「我不會殺人的。」風暮音又往後挪了一些：「只要你們別來煩我，我會很好。」

「如果是這樣的話。」天青像是嘆了口氣：「那好，我馬上離開。」

見到風暮音戒備地看著他，天青低下頭，伸手又想摸她的頭髮。

「別碰我！」從這個角度看過去，那張俊美的臉越發賞心悅目起來。但是長得再漂亮，也不代表他能亂摸別人：「否則，別怪我不客氣。」

「暮音……」他聽到風暮音的威脅沒有害怕或者生氣，只是有點疑惑的樣子。

「不准這麼叫我！」她冷漠地說：「我又和你不熟。」

「僅只於現在而已……」天青又笑了笑。

笑笑笑！到底有什麼好笑？風暮音厭惡地皺起眉頭。

擺出一副無所不知的樣子，這傢伙是在把自己當笑話看嗎？

但他接下去說的話，卻令她大吃一驚。

「如果妳是要去那個地方，那妳走錯方向了。」

順著他的視線，風暮音看到了放在身邊椅子上的那張紙條。紙條上寫著的，就是她找了整整一天，卻絲毫沒有頭緒的那個地址。

「你知道這個地方？」風暮音猛地站了起來。

「雖然沒去過，但大致知道。」天青彎腰拿起了那張紙條。

「怎麼去？」風暮音近乎急切地追問，差點抓過他的衣領搖晃。

「妳是要去找人嗎？」當天青的目光和她的相遇，她又愣了一愣。

天青的眼睛是綠色，半掩時深邃近黑，睜開時青翠如碧，隨著光線和角度的不同，似乎會折射出深深淺淺不同的色澤。這是一雙美麗的眼，會令每一個見到的人都自慚形穢。

風暮音就在鏡子裡觀察過自己的眼睛，暗沉而深濃的黑，連她自己看著都不太舒服……

「是的，我要去找一個人。」風暮音鬱悶地轉開了視線：「可以告訴我該怎麼走嗎？」

「並不難找。」天青指著他們右手邊的那個路口：「沿著這條路一直往前走，在第一個十字路口左轉就能找到了。」

「你確定？」風暮音看著那邊：「我剛才就是從那邊來的，沒看到什麼十字路口。」

「有的，就在那裡。」天青很肯定地說。

風暮音從他的手上拿過紙條，一言不發地轉身就走。

「暮音！」

她回過頭，對面街道的長椅邊，外表極為引人注目的那個天青，正用手遮在嘴邊喊著她的名字。

「妳自己要注意！」喊叫的聲音很大，附近所有的人都朝這邊看了過來。「要是控制不住的時候，想想我抱妳的時候說過的話！」

這人……是不是有病啊！

風暮音本來只是有些驚訝，但是看到圍觀群眾臉上的表情以後，才知道這句話有多恐怖。整個路上鴉雀無聲。但凡聽到的，年紀大的人，都是一臉驚駭呆滯；年紀小的，多數表現出訝異和曖昧的神情。

「你看看，現在的年輕人，光天化日兩個男人在街上……」

「都是帥哥，好浪漫喔！你有帶相機嗎？快點拿出來……」

風暮音強忍住跑回去打死那個渾蛋的衝動，握住拳頭僵硬地甩開大步，慌忙而逃。

【第八章】

Lies and Love

傍晚。

風暮音看著正漸西沉的落日，不由得加快了腳步。轉過街角，一扇朱紅色的大門出現在眼前。

她一愣，先低頭看了看手中紙條上的字，再左右張望了一下。

安善街一百九十七號。

門牌上的確是這麼寫的，和紙上的地址一樣。可是……城市裡什麼時候有了這麼一處古跡？

也不能怪她無法接受。

畢竟，一路走來都是風格迥異的沿街商鋪，才一個轉彎，卻突然冒出一扇朱紅大門和青瓦白牆，難免讓人覺得走錯了地方。

「那人的性格有點古怪！」

風暮音想起風雪是這麼說的。

夕陽投射在朱紅的漆上，折射成詭異的鮮紅……風暮音突然有些心慌。連小阿姨都覺得古怪，那會是什麼樣的人？要不要乾脆放棄算了？

但她隨即又想到了自己來這裡的目的。

好不容易找到了，不能半途而廢……深吸了口氣，她上前拍動了金漆的門環。

厚重的門輕巧無聲地打開了一條縫，門裡站著一個面容端正的男人。

「找哪位？」對方有禮地開口詢問。

「請問這裡有一位金先生嗎？」看到他一身整潔筆挺的西服，風暮音稍稍定下心來。

那人的眼睛裡卻浮現出驚訝，好像風暮音問了什麼奇怪的問題。

「我姓風，有人給了我地址，我有事想請教一下……」這是什麼表情？難道不是這裡？

那人上上下下打量了她幾遍，目光裡的訝意越來越濃。

「好的，請稍等，我去通報一聲。」那人終於結束了審視，朝她點點頭，轉身返回了門後。

通報？這是什麼時代的用詞？風暮音抿了抿嘴角。

「請進吧！」很快地，那人就回來打開了大門，卻還是板著臉，像是除去嚴肅就不會其他的表情了。

跨過高高的門檻，風暮音走進了這棟像是年代久遠的中式宅院。一瞬間，覺得時光像是往後倒退了幾千年。繞過古老的照壁，青石鋪成的道路兩旁種著碧綠的竹子。走過那些雕花的景窗時發現，雪白院牆的另一邊居然有座人工池塘以及迴廊水榭。

單從門外看，這座院子不像有這麼開闊……她走過白色的拱橋時從上面往下看了一眼。池塘裡的荷花開得很好，但現在好像已經是深秋了……

「請進去吧！金先生正在等您。」

最後，他們終於在一排雕工精美的木製長門外停了下來。那人說完就轉身離開，在風暮音仍舊沒有反應過來的情況下，幾秒鐘內就走出了她的視線範圍。

這讓她稍稍鬆懈的心又提了起來。

「怎麼了？是什麼令妳猶豫了？」

在風暮音正猶豫時，聽到了這樣一道聲音，這樣一句問話。

在這樣的環境裡，如此溫和醇厚的聲音真的令人感到一股安心。不知道，有這樣溫暖嗓音的人，會是什麼樣子？念頭剛冒出來，她就看見了那個男人。

這個人是從一扇開著的門裡走出來的。

很難確切判斷他的年紀，說是二十出頭也差不多，但說是三十幾歲亦無不可，是屬於看不太出年齡的類型，只是先前聽風雪的語氣，風暮音還以為他少說也有六、七十歲了。

然後，是他的長相。

他長得很俊美，有著極為古典的優雅氣質，絕對是令人側目的美男子。那長及腰後的墨黑頭髮，則整齊地鋪散在身後……倒襯極了那種說不出的神祕感。不過在風暮音看來，那雙眼睛未免太過銳利，似乎一眼就能看穿別人的心思。

最後，是他的穿著。

他穿了一身白色鑲黑邊的衣服，有點類似唐裝與長袍的混合體，袖子卻出奇地寬闊，很有秦漢時的遺風。衣服很長，下襬還畫著別致的水墨圖案。黑色的絲繩在立領上纏成了複雜精緻的盤釦，盤釦上別著一個水晶飾物，樣子像是多角的星形，但因為在陽光裡有些刺眼，所以看不太清。

這種打扮雖與此人相稱，可是好像……有點不現實。但即使不現實，很少對別人感興趣的她也不得不承認，這是個舉手投足間充滿了魅力的男人。

在她從頭看到腳，再從腳看到頭時，被看的對象一點也沒有表現出任何不自在。

「金先生？」五分鐘後，風暮音終於結束了肆無忌憚的打量。

「是的。」金先生帶著禮節性地微笑，點了點頭。

「你好。」她伸出了手。

「很抱歉，我不習慣和別人握手。」對方把手攏到袖子裡面，很有風度地說。

「喔！」她也很乾脆地收回了手：「很高興認識你。」

「也許吧。」他答得很奇怪。

風暮音挑了挑眉，不明白什麼叫也許。如果是正常的情況，一般不會這麼回答別人的問候吧？

「風小姐。」好一會，那個金先生首先打破了沉默：「請進來坐吧！」

風暮音跟著他跨過了很高的門檻，走進了屋子。

「請坐。」金先生指了指屋裡的沙發。

看到沙發倒是稀奇，風暮音先前還以為，自己會看到全套紅木的古代傢俱。

「請喝茶。」等風暮音坐下去以後，一杯似乎是準備好的茶被放在她面前的茶几上。

細瓷的高腳茶盞裡是清澈翠綠的茶湯，看上去……立刻就想到了某個令人火大的傢伙。

風暮音決定了，她要開始討厭這種看起來很蠢的綠色。

「怎麼了，妳不喜歡喝茶？」坐在對面的金先生手裡拿著茶盞，正優雅地用蓋子撇開浮葉，一雙眼睛在氤氳的熱氣中盯著她看。

「我不是來這裡喝茶的。」風暮音開門見山地說：「我來找你，是想請教你怎麼才能去魔界。」

「魔界啊……」拖長的尾音裡，金先生放下了手中茶盞，乾脆俐落地回答：「我不知道。」

「金先生，其實是我小阿姨……」風暮音皺了下眉，不知道從何說起。

「妳覺得我能幫助妳嗎？」他突然問。

風暮音停下了說話，想了想後，點了頭。

「我可以。」金先生的手攏在他那又長又闊的袖子裡，慢條斯理地說：「但是我不能，這不合規矩。」

「什麼規矩？」風暮音坐直了身體。

「讓妳來找我的人，難道沒有和妳說過？」金先生勾起了嘴角，這讓原本優雅的他看起來有些邪氣：「為什麼通往魔界的道路上，會有一扇不能輕易開啟的大門。」

風暮音確實不清楚，便搖了搖頭。

「就是為了禁止魔族自由出入人類的世界。」金先生垂下了眼簾：「要不是這樣，妳以為人類世界還會是妳看到的樣子嗎？」

「我是要去救我的父親。」

「那又怎麼樣？」金先生像是在取笑她思想簡單：「我知道妳有必須要去的理由，但似乎和我沒什麼關係。妳憑什麼認為，我會為了妳破壞規矩？」

「有什麼條件？」沉默了一會，風暮音抬起頭，直視著他。

金先生似乎沒有料到她會這麼問，忍不住揚了揚斜挑的眉毛。

「只要你幫我，我答應你一個條件。」

「任何條件嗎？」金先生倒是一臉有興趣的樣子：「難道妳沒想過，要是我讓妳去做妳做不到的事呢？」

「我可以去做！」風暮音肯定地回答：「任何事！」

「總有妳做不到的事情吧？」

「我會努力！」

金先生看著她嚴肅的表情，忽然笑出了聲。

風暮音臉色鐵青地等著，直等到他笑夠了停下。

「抱歉。」他在道歉的時候，仍舊沒能完全收住嘴角的笑意：「我並沒有要取笑妳的意思。」

「我覺得你是。」風暮音面無表情地問：「為什麼笑？」

「妳……很像一個人……這麼容易認真、這麼堅定執著、這麼單純地相信世界上沒有努力做不到的事。」金先生收住笑意：「這念頭雖然可愛，但也是危險的。總有一天，妳會明白用微薄的力量改變命運這件事，始終只是個美好的願望。」

「你在說什麼？」此人似乎很喜歡說一些似是而非的話：「我來找你教我怎麼去魔界，不是要你教我怎麼做人。」

「我很感動，也很想幫妳。」金先生搖了搖頭：「但是不行。」

「那好。」風暮音吸了口氣，爽快地站了起來：「再見！」

「不喝完茶再走嗎？」金先生抬頭看著她。

「我沒有時間，我還要去找願意幫我的人。」風暮音丟下了這一句話，跨出了門檻。

離開時看見，那個金先生取過面前的茶盞，淺淺地喝了一口，享受地閉上了眼。

風暮音看著地面用力地走著，洩憤似地踩過腳下的青石小路。直走到刻著雙龍爭珠的照壁前，才停了下來。

怒氣漸漸消散，取而代之的，是不知何去何從的茫然。

現在該怎麼辦？小阿姨說，性格古怪的金先生是唯一能幫自己去魔界的人。偏偏他不願意……是不是自己看起來不夠有誠意？難道要效仿那些求人的笨辦法，在他的門口跪上幾天之類的……

風暮音嘆了口氣，知道自己完全是在胡思亂想。看就知道，這個金先生不是用什麼無聊的誠意就能打動的對象，他說不行就是不行，沒有半點轉圜餘地。

她一拳打在了面前的照壁上。雖然純粹只是發洩一下，並沒有太用力，但凹凸起伏的石雕還是讓她的關節擦破了皮。豔紅的痕跡留在了看起來年代很久遠的灰色照壁上，顯得有些突兀。一看到鮮血，就算知道是自己的，風暮音還是覺得有點反胃。

她收回手，覺得自己實在是蠢到了極點，不快點想辦法，還在這裡和自己過不去幹什麼。她暗暗地罵了自己幾句，準備先回家，問問小阿姨還有沒有別的辦法。

「姐姐。」

風暮音愣住了，跨出去的腳也停在了半空中。這個聲音……她收回腳，轉身看著喊她的那個人。

身後的小女孩，黑中帶紅的髮色，雪白肌膚，頭上繫著白絲帶，身上穿著白色的錦緞衣服。小女孩朝她笑了一笑，右頰上立刻出現了一個深深的梨窩。

「是妳？」就是從遇見小女孩開始，一切發生了天翻地覆的變化。

假如那個下午沒有走那條小巷，假如沒有理會這個孩子，假如……算了，世界上哪來那麼多假如呢。

「姐姐！」小女孩倒是很熱情地抓住了風暮音的手：「妳的手受傷了。」

「沒事。」她看著這個孩子，有些奇怪地問：「妳怎麼會在這裡？」

「因為我住在這裡啊！」小女孩抓著她的手看了看：「不是很嚴重，不過還是塗點藥比較好。」

「妳住在這裡？」風暮音很訝異這個答案：「和金先生一起？」

「是啊。」小女孩一臉恍然大悟的樣子：「原來姐姐妳就是客人啊！」

風暮音心不在焉地點了點頭。

「我叫軒轅西臣，姐姐妳喊我西臣就好了。」

她又點了點頭。

「姐姐，妳來找先生……」說到這裡，西臣先朝後面張望了一下，才回頭接著問：「是有什麼事嗎？」

風暮音也朝她身後看了一下。

青石小路，白色的小橋，秋天還在盛開的荷花。除此以外，連個鬼影也不見，有必要這麼小聲嗎？

「妳和金先生是什麼關係？」

「關係？」西臣想了想：「先生是我的主人。」

主人？雇用童工是犯法的吧？畢竟當了二十年的普通人，風暮音一下子能聯想到的就是這些。

「姐姐。」看她不言不語的，西臣喊了她一聲：「妳沒事吧？」

「那天……」風暮音突然想起，那天醒來後就沒再見到這個孩子了。

「那天嗎？」西臣笑容燦爛得連眼睛都看不到：「姐姐妳好厲害，一下子就把壞人打倒了。」

法術、弓箭、獵人、妖魔……這些關鍵字瞬間湧入了風暮音腦中。

「那天那些狩魔獵人說妳是……妖魔？」就算外表會欺騙人，可自己明明知道這不是一個普通的孩子，怎麼想到童工……真是腦子壞了。

「這麼說也行啦。」西臣噘起嘴，對這個帶著貶義的形容詞不怎麼滿意：「人類的說法好籠統喔，妖和魔哪能放在一起說嘛！不管是妖還是魔，明明還細分了很多種……」

「咳咳……我要走了。」風暮音揉了揉額角，好像無法跟女孩繼續溝通下去了……

「等一下！」西臣拉住了她的衣服：「姐姐的手不是受傷了嗎？我幫妳上藥吧？」

「不用了。」風暮音從身上找出手帕胡亂纏了一下：「我自己會處理。」

「姐姐，那妳能告訴我，妳來找先生是為了什麼嗎？」西臣還是拉著她不放：「告訴我再走嘛！」

「跟妳沒什麼關係。」

「告訴我嘛！」西臣一臉痛苦的樣子：「妳不告訴我的話，我今晚會睡不著的！」

這一隻巴在自己腿上的……也算是妖魔？可如果說是猴子或者無尾熊妖怪，風暮音也許會更容易相信。她冷著臉踢腿，踢了幾下還是甩不掉。

「姐姐，告訴我嘛！」西臣眨著烏黑的大眼：「說不定我可以幫忙啊！」

風暮音根本不這麼認為，但是為了盡快擺脫這個麻煩，她用三分鐘講解了一下經過。

「魔界？那裡很危險啊！」

趁著西臣因為驚訝放鬆了力氣，風暮音連忙把自己的腳救回來，然後退了好幾步。

「姐姐，這不能怪我家先生。」西臣認真地說：「他不是不願意幫妳，因為從人界開啟靜默之門是很重大的情，要是先生那麼做了，等於擅自破壞規矩，會很麻煩的。」

「靜默之門？」

「是啊！通往不同世界的大門。」她解釋給風暮音聽：「按照規定，靜默之門是不能從人界這邊打開的，所以那些力量比較強的魔和妖，才不敢輕易地過來這邊。」

「可是我一定得去魔界。」

「魔界是個很可怕的地方，雖然妳很厲害，但……人類的力量是無法和魔族相比的。」西臣擔憂地看著她：「何況『絕望之塔』周圍都是魔王大人的結界，沒有得到他的允許，任何人都無法接近。」

「不論有多困難，我都要去。」風暮音很淡然地回答：「其他的事還用不著煩惱，我現在只想知道，怎麼才能去魔界！」

「姐姐。」西臣的目光裡帶著掙扎：「妳一定要去嗎？那裡真的……」

「一定！」風暮音不想浪費時間，張嘴打斷了她：「不論要花多少時間，我一定會找到辦法去魔界，把我爸爸救回來的。」

「我走了。」說完，她轉身就要繞過照壁。

「姐姐！」西臣又一次地喊住她。

風暮音不耐煩地回頭。

「妳在這裡等我一下。」西臣輕聲地說完，立刻轉身跑開。

風暮音莫名其妙地站在門口，還來不及回答就已經不見西臣的身影了。

這屋子裡的人，好像一個比一個古怪……

一小會後，那個古怪的孩子就跑回來了。

「姐姐。」

「到底……」

「這個給妳。」西臣拉過風暮音沒有受傷的那只手，把一樣冰冷的東西放進了她的手心。

風暮音攤開手掌，掌心裡，是一塊很小的黑色石板。像是大理石或者其他什麼石頭做的，兩面都打磨得很光滑。

「這是什麼？」她左看右看，看不出是什麼東西。

「鑰匙。」

風暮音訝異地抬起頭看著她。

「姐姐妳不是想去魔界嗎？」西臣眨了眨眼睛：「這個就是打開靜默之門的鑰匙。」

風暮音看了看手裡的石板，再看看她。

「是真的。」西臣肯定地說：「只有用這個，才能從人界這邊打開靜默之門。」

「這……」風暮音一把抓住了那塊石板，不敢相信，原本已經沒有了希望的事情會戲劇化地出現了轉機。

「妳快走吧！」西臣又朝後張望了一下：「要是被先生知道就不太好了。」

「可是，沒有經過金先生的同意，要是我拿走了鑰匙……」

「姐姐，妳放心吧！」她不由分說地拉著風暮音往門外走：「先生對我很好，他不會責罰我的。」

「謝謝妳，西臣！」風暮音用力握緊了手裡的石板：「等我回來以後，我會親自把這個還給金先生，到時候不論他要怎麼處置我，我都會接受。」說完，她轉身走出了大門。

西臣用力地點了點頭，目送風暮音離開後，才長長地呼了口氣。

「西臣。」

西臣轉過身，喊了一聲：「先生。」

金先生站在她身後，一手搭在身旁的照壁上。

「妳把界石給她了？」金先生輕聲地問，表情十分地平靜。

「對不起，先生。」西臣誠實地回答：「我把『魔界』給了她。」

「算了，畢竟她幫過妳的忙。」金先生笑著說：「不過我倒是沒想到，妳會這麼喜歡她。」

「您沒有看見嗎？」說到這個，西臣顯得興致勃勃：「她的身上，有一種很特別的光，就和……」

「嗯？」金先生揚了揚眉毛，西臣立刻就不再說下去了。

「先生，您不會生我的氣吧？」西臣忽然有點擔心地問：「我沒有問您，就把界石給了她。」

「這是妳的自由，我不想過問。」金先生轉過身去，把雙手攏在袖中，像散步一樣慢慢地往裡走去：「何況給或不給，其實也沒什麼兩樣……」

天空中最後一點餘輝也終於被吞噬，天色一下子昏暗了下來。

「有鑰匙卻沒有門的話，又有什麼用呢？」金先生笑著搖頭：「真是個單純的孩子……」

西臣跟在他的身後，聽到這句話，有些無力地癟了癟嘴。

腳步遠去，青石小徑恢復了一片寂靜，有風吹過時，兩旁的竹葉發出了一些沙沙的聲響。

月光明亮，竹影婆娑。

灰色的照壁上，雕刻著栩栩如生的飛龍。

朱紅色的大門，無聲而緩慢地關上了。

一旁黑底金漆的門牌上寫著：

安善街一百九十七號

【第九章】

Lies and Love

「風雪，妳在嗎？」風暮音敲著風雪的房門。

等了好一會，還是沒有回應，她有些挫敗地收回了手，慢慢走回房間。風雪又出去了，如果自己問她為什麼總不在家，她會不會回答呢？

叮咚！

聽到這個聲音，風暮音愣了一下。

這時她正走過客廳，就聽到了這聲門鈴響。

她在這裡也住了好幾年，還是第一次聽到門鈴聲。這讓她一時忘了聽到門鈴以後該有的反應，不過來訪的客人似乎也並不著急就是。

她走到門邊，手放在門把上，近十秒之後才開了門。

「晚安。」來訪的客人走了進來，禮貌地說：「我可以進來嗎？」

這個傢伙臉皮還真是厚，已經進來了還問什麼？

「天青？你來幹什麼？」風暮音心情不是很好地瞪著他：「我不記得邀請過你來我家。」

「是嗎？」他把手裡的東西放下，十分自覺地坐到了沙發上：「那是我冒昧打擾了。」

「如果沒什麼事的話，我不是那麼歡迎你。」風暮音隨手關上了門，跟著他走到客廳的沙發邊，看了眼他腳邊的東西：「這是什麼？」

「我的行李。」

「你帶行李幹什麼？」

「我想我們可能要相處一段時間。」天青笑著伸手：「還請妳多照顧了。」

「你要住在這裡？」風暮音的眼皮跳了一下。

「是的。」他點頭，然後問：「可以嗎？」

「不可以！」風暮音啪地打掉他的手，生氣地說：「你憑什麼住在這裡？」

「事實上……這房子很大不是嗎？」天青摸著被打的手，環顧了一下：「妳放心，我很安靜，妳可以把我當成空氣一樣看待，我不會抱怨的。」

「我會抱怨！」風暮音冷冷地說：「我不習慣和別人住在一起。」

「是嗎？我以為妳和風雪小姐住在一起很多年了，應該很習慣……」他交疊起雙腿，在沙發上找了一個舒服的姿勢靠著：「妳真的不用擔心，我絕對比妳想像得好相處。」

「你知道我小阿姨？」本來也不奇怪，他們都是奇怪的傢伙嘛！但就這麼巧……總是有哪裡不對勁！風暮音問他：「你知道她去哪裡了嗎？」

天青點了點頭。

「她去了哪裡？」她皺起了眉。

「我不能說。」天青想了想，又補充：「她不想讓妳知道。」

「我有很重要的事要找她。」

「短時間內，她應該不會回來了。」

風暮音瞪著那傢伙，後者朝她做出了無奈的表情。

「那你今晚就睡客廳，明天早上不要讓我看到你。」看在時間不早的分上，風暮音決定勉為其難地收留這傢伙一晚：「我再說一遍，我不喜歡和陌生人待在一起。」

「先不要這麼絕情嘛。」天青依舊舒舒服服地靠在那裡：「說不定我在這裡對妳還是有利的呢。」

「有什麼利？」

「我知道的總比妳多一些。」他站了起來，有點得意的樣子：「如果有些事讓妳覺得困惑，我可以幫得上忙。」

風暮音抬起頭看著那張臉，第一次發現自己比他矮了大半個頭。

「妳不相信我嗎？」天青突然伸手摸了摸她的頭髮：「我知道的，其實並不少。」

「別隨便碰我！」風暮音推開了他的手。

「我不是要占妳便宜。」天青的表情有點古怪，似乎是強忍著笑容：「我所擅長的術，能夠分擔他人情緒，但必須藉由肢體接觸才能做到。」

「我不需要……」風暮音咬了咬嘴唇：「不需要分擔什麼情緒！」

「我知道了。」天青輕聲地回答：「沒有妳的允許，以後我不會隨便碰妳。」

他一邊說，一邊把手放回了身側，以證實話裡的可信度。

「喂，是不是風雪……把你找來的？」風暮音看著他，謹慎地提問。

他卻是笑而不答。這個樣子，應該算默認了吧？

「你知道些什麼?」關於自己的事情,這個人又知道多少?

「所有應該知道的。」

「我不喜歡你說話的方式。」什麼叫應該知道的?風暮音冷笑了一聲:「半真半假,毫不確定,我不管這是不是你們慣用的交流方法,但我不喜歡這樣。」

「唉……」天青嘆了口氣:「好吧,我會盡量注意。」

「語言不是最有欺騙性的嗎?你們這些有『超能力』的,為什麼不只用思想交流?」風暮音說這話擺明瞭是想諷刺他:「說一半猜一半也太麻煩了吧!」

「暮音,妳很有想像力呢。」天青失笑:「還有,什麼叫『你們』?妳還是很排斥自己身上的能力嗎?」

「我只是還沒習慣。」風暮音走到另一張沙發前,坐了下去。

「不要著急,慢慢來吧!」天青也重新坐好,很認真地替她上課:「其實直接用意念交流是不太可能的。因為開放性的意念交流,等於是給了對方侵入自己精神的機會,而人類的精神是最脆弱的,受到的傷害也是最可怕的。就像那天妳在街上,就是因為吸收了太多的混亂意念,才會陷入危險。」

回想到當時情形,風暮音的臉色有些發白。

「正是因為人類的思想十分複雜和混亂,普通人更加沒有辦法控制意念,妳的力量又正好處於不穩定狀態,不懂得過濾和抑制,才會發生那樣的事情。」天青安慰道:「只要妳注意一些,這種情況就不會再發生了，不用太擔心。」

「是要控制自己的情緒嗎？」

「對，這一點十分重要。」

「我知道了。」風暮音點了點頭。

「那麼，我可以留下來了嗎？」他趁機問。

「先讓我看看，你究竟能派上什麼用場。」風暮音相當冷酷地告訴他。

天青低頭咳了兩聲，一臉被打擊到的樣子。

「你認識金先生嗎？」風暮音突然想到，今天是他給自己指路，最後才能找到那個地方的。

「不。」天青搖了搖頭：「他十分高傲，像我這樣的，他還不屑一見。」

「至少你知道他住的地方。」那條安善街，在地圖上並不存在：「他到底是什麼人，難道你也不知道？」

「不是這麼說的。」天青笑了一下：「暮音，妳要知道，金先生的身分很特別，沒有人知道他的來歷，甚至沒有人知道他是不是人類，可是他的怪脾氣和本事卻廣為流傳。」

「他的確很奇怪。」風暮音側著頭，回想那個打扮古怪性格更怪的金先生：「而且……他好像對我……」

「對妳很好？」天青沒有等她說完，就接下去說：「聽說他對自己喜歡的人會很好。」

才怪！如果那種態度能說成喜歡，也太詭異了！那個金先生，不能說對自己有敵意，但至少是不喜歡。

「還不至於。」雖然事實並不是他說的那樣，但是風暮音覺得沒有必要和這個不請自來的傢伙說得太多，於是輕描淡寫地帶過：「我到他那裡是為了什麼事，你知道嗎？」

「好像……是為了魔界。」

他是真的知道。

聽到這裡，風暮音忍不住表情一變。

「你……知不知道有什麼方法可以去？」她盯著天青，心跳得有點急。

「恐怕只有那位金先生知道了。」天青帶著歉意對她說：「對於那扇門，我無能為力。」

「你知道那是一扇門？」

「靜默之門是去魔界的唯一道路。」他點點頭：「這些我知道，但不多。」

「你還知道什麼？」

「打開門，需要鑰匙。」

風暮音把手伸到他的面前，攤開了手掌。黑色的石板，在水晶吊燈的照射下，散發著奇特的光澤。

「界石？」這次輪到天青很驚訝：「他給妳了？」

「總之就是這個……但我想知道的是，那扇門到底在什麼地方？」風暮音有些煩躁地把頭髮撥到腦後。

事實上，等到她離開那見鬼的地方，才想到這個嚴重的問題，可等轉身去找，那條該死的街居然遍尋不著了，問人的話，別人都當她是傻瓜一樣。那裡根本就沒有什麼路口，更別說安善街了。不知道門在哪裡的話，她根本不知道去哪裡使用這把鑰匙。

「難道金先生只給了妳界石，卻沒有告訴妳門在哪裡？」天青愕然地問。

「這不是金先生給我的，是他身邊的一個叫西臣的孩子給的，我和她之前認識。」風暮音把石板在手裡翻來翻去：「她是瞞著金先生把鑰匙給我的，我當時急著離開，居然忘記這麼重要的問題，實在是太蠢了！」

「西……」他一臉了然地說：「怪不得！」

「既然你說這是唯一的辦法，那我唯一可以做的，就是再去金先生那裡一次。」風暮音抬頭看著他：「我要怎麼樣才能再去一次？」

天青的回應是搖頭。

「什麼意思？」風暮音瞇起了眼睛。

「我的意思是我不知道。」天青很坦白地說：「那個地方只有被允許進入的人才能進去，如果他沒有打算再見妳，妳怎麼樣都找不到的。」

「那你上次……」

「那是安排好的，我只是看到了街邊的路標，才知道金先生希望妳去見他。」天青聳了聳肩：「我只是碰巧當了個傳聲筒，就算不是我，也會有另一個不相干的人告訴妳。」

聞言，風暮音徹底呆掉了。

她原以為還有最後的機會，才會……

「暮音！」天青覺得她有點不對勁，小心地觀察著她：「妳怎麼了？」

「還有別的辦法的……一定還有！」風暮音也不理他，只是喃喃地說著。

頭頂上的吊燈突然閃了一閃。

「暮音！」天青一個箭步衝上前，抓著她的手：「妳忘了嗎？不要激動！」

「冷靜？」風暮音有些茫然地問他。

「對，要冷靜下來！」天青把她的手合攏，包裹在自己的手心裡：「妳這樣子什麼都做不了，要先冷靜下來，我們才能想其他的辦法！」

「其他的……」風暮音大口地呼吸著，把頭埋進雙膝之間，強迫自己鎮定一些：「啊——」

「怎麼了？」天青被她的叫聲嚇了一跳，急忙湊到她埋到膝蓋裡的頭邊：「妳沒事吧？」

風暮音斷續壓抑的呻吟持續了將近一分鐘。

「暮音？」在這期間，天青一直試圖抬起她的頭：「妳到底怎麼了？」

「沒事……」她的聲音悶悶地，從貼著的膝蓋那裡傳了出去。

「真的？」天青追問著，似乎很擔心的樣子。

「我沒事！」風暮音終於把頭抬了起來。

天青看著她，確定她除了眼眶有點發紅以外，其他沒什麼不對，才露出安心的表情。

「你拉夠了沒有？」風暮音舉起雙手，天青的手還緊抓在那裡。

「……妳沒事就好。」他露出鬆了一口氣的表情。

「你這樣子很傻！」順勢甩開了那雙手，風暮音從沙發上站了起來。

「抱歉。」天青也急忙跟著站了起來：「我是一時著急。」

風暮音動了動嘴巴，有衝動想再說兩句，不過最終還是沒說出什麼。

「那我是不是可以留……」

還沒有等他問完，風暮音就離開了客廳。

透過樓梯扶手間的空隙，她看到天青認命地打開行李箱，找出一件長點的外套充當被子，脫了鞋子和外套，哀聲嘆氣地躺到了長沙發上。

等她回到客廳時，天青已經閉著眼數到了第兩百三十三隻羊。他一睜開眼，風暮音就把手裡的東西砸了過去。

直到接住後，天青才發覺那是毛毯，一臉驚喜地看著她。

風暮音面無表情，只是把手裡的枕頭也丟到他身上。

「客房還沒有打掃。」風暮音咳了一聲，不是那麼自然地說：「明天自己去收拾。」

「好。」天青笑著答應了。

「睡覺！」風暮音又瞪了他一眼，覺得他笑得太開心了一點。

「還有！」她離開前，最後回頭警告這個曾經害自己極度丟臉的傢伙：「你要是再像那次一樣胡說八道，我就要你好看！」

天青根本不記得何謂「那次一樣胡說八道」，但他看風暮音臉色不善，又不敢多問，只能把疑惑咽到了肚子裡，乖乖地點了點頭。

看他不敢出聲的樣子，風暮音心裡才平衡了些。

回到了房間，關上門，風暮音慢慢地走到梳妝臺前，拿下了鼻梁上的眼鏡。

能看得到，但盡是重重疊疊的影子……她用力揉了揉眉心，視線清晰起來，但幾分鐘後，又開始模糊。

怎麼會這樣？剛開始和那傢伙說話時明明還沒有這樣，可是到情緒激動，他拉著自己手的那一刻，眼睛就突然很痛，還變得有點模糊。接下來就是清晰和模糊交替，還帶著交疊的虛像。

剛才上樓梯時還踩空了好幾次，要不是拉著扶手，恐怕早就滾下去了。還有開門的時候，抓門把的手也落空了幾次才找到準確位置。

難道說……自己就要……

「不……不會的。」風暮音看著自己在鏡子裡時而清晰時而模糊的影像，握緊了拳頭：「不會的！」

接著，整個後半夜，她都沒有睡著。

只是躺在床上，藉著月光反覆研究著手裡的黑色石板，恨不得忽然福至心靈，立刻就能使用它。

就這樣，直到星辰盡落，旭日東昇，新的一天再次開始。

第一附屬醫院。

風暮音突然得知，之前替她看病的萊恩醫生突然去世了，而生前負責的病人也轉給了另一位名為「M」的醫生。

她站在掛著DR．M牌子的那間診療室門口想了想，最後還是決定先見見那位醫生再說。

「請進。」

敲了幾下門，裡面傳來了一道懶洋洋的聲音。

風暮音推開門走了進去，可一走到裡面，就是有些驚訝。外面明明是陽光普照的好天氣，辦公室裡卻一片漆黑，要不是靠著門外光亮，可以說是伸手不見五指。

「進來吧。」那個懶洋洋的聲音又說。

「是M醫生嗎？」這間房間好像很大，風暮音看不到有人，於是向裡面走了兩步，試探著叫了一聲。還沒有等到回答，門關上的聲響已經先從她身後傳來，所有光明隨著這個聲音徹底消失。

身後的門被關上了，讓人一下子陷入濃郁的黑暗之中。

這不是黑夜裡，目光可以慢慢適應的那種暗。風暮音雖然沒有慌張，但神經卻緊繃了起來。

「抱歉。」就在這個時候，慵懶的聲音又響了起來：「那扇門有點問題。」

接著，風暮音的眼前再次出現了光明。

窗前厚到離譜的窗簾，只是被拉開了一條不寬的縫隙，但已帶來了足夠的光線。

秋日明媚的陽光，正透過玻璃窗，照射進這間前一刻還絕對黑暗的房間。

「早安！」有人就站在被拉開的窗簾邊，帶著歉意對她說：「真是不好意思，我昨晚沒有睡好，所以拉起窗簾打了個瞌睡，希望沒嚇到妳。」

於是，風暮音和這位「好像有點不太可靠的M醫生」面對面了。

他就站在黑色絲絨質地的窗簾旁，白色襯衫外面隨意地披了一件白色的醫生袍。淺棕色的頭髮看上去格外柔順，烏黑的眼睛像剛被水氣薰染過一樣，迷濛深邃。

等到窗簾又被拉開了一些，明媚的陽光讓白色衣服反射出淡淡的光暈，人就完全被籠罩在柔和的光芒中。

風暮音終於能明白，為什麼護士小姐們一提到這個男人都會有那種反應了。

M醫生，渾身上下都散發出一種令人無法抗拒的陽光氣息。甚至一句話都不說，就能讓神經始終緊繃著的她產生放鬆感。

這股溫柔很像一個人，一個對她來說十分重要的人。

「坐吧！」溫柔的醫生指了指她身邊的椅子。

風暮音忍不住回以一個微笑，坐了下去。

「風小姐是嗎？」他走到了一旁的檔案櫃前面，抽出了一個資料夾：「妳好像有一段時間沒來做定期檢查了。」

對方似乎一下子就認出了自己，這令風暮音愣了一下。

「我接替萊恩醫生以後，仔細看過他留下的病歷。」他把手裡的檔案打開放在桌子上，裡面是風暮音的照片和過往病歷：「照妳的情況，就算再怎麼感覺不錯或沒有時間，也要堅持定期回診。這一點，萊恩醫生應該特別告訴過妳吧！」

風暮音點了點頭。

「那麼，今天來是例行檢查還是……出現了什麼問題？」M醫生那雙烏黑的眼睛盯著她。

風暮音張開嘴，不知道該怎麼說。他也沒有多問，只是徑直走到面前，示意她拿下眼鏡以後，大略地替她檢查了一下。

「很糟糕是嗎？」

看到他臉上的表情轉為凝重，風暮音的心往下一沉。

「是的。」他點了點頭，放下了手裡的工具：「妳最近是不是感覺視力在迅速下降？看東西是不是會有疊影？」

看到風暮音點頭，他一臉為難，一副不知道怎麼開口的樣子。

「直說就好。」風暮音冷靜地告訴他：「不論是什麼也好，我早就有心理準備了。」

「眼睛的感光到了不能再差的地步。」M醫生嘆了口氣：「最近妳可能會多次暫時性地失明，持續時間會越來越長，直到眼睛完全喪失感光能力。」

「那從現在到我徹底看不見東西，中間還有多少時間？」風暮音垂下了眼睫，很直接地問。

【第十章】

Lies and Love

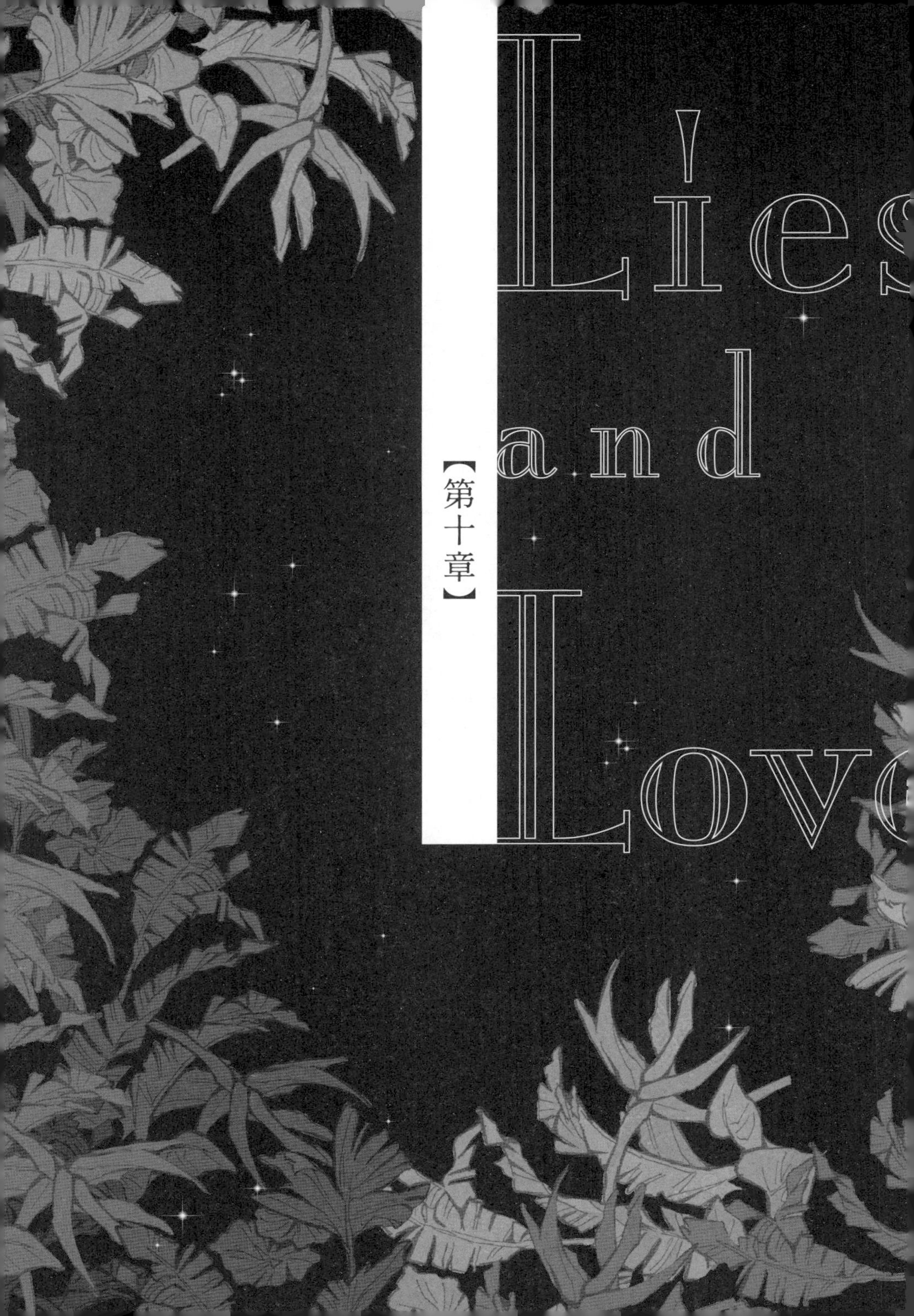

風暮音滿懷心事地走出了白色的醫院大樓。

到底還有多少時間不太好說，但照目前情況來看，最樂觀也只能再拖上一、兩個月。那位醫生用遺憾的表情告訴她，她的時間不多了。

其實風雪也曾說過，人類的異能者中，多數人的力量還是源於精神而非肉體。他們對於侵害的抵抗能力，或許會比普通人強一點，但如果是致命傷害或嚴重的疾病，除極少數有特殊能力的以外，其他就和人類一樣，就算有再強的精神力量，這方面也完全沒有優勢。

也就是說，就算擁有超越人類的力量，自己最終還是會失明。可是……只剩一、兩個月了嗎？這麼短的時間裡，她能不能做完要做的事呢？

風暮音邊想著，邊慢慢走進了大樓旁稀疏的樹林裡。偉岸的銀杏挺拔而美麗，只是翠綠的葉子已被秋風染成了金黃，陽光透過這些金燦燦的葉子照射過來，似乎更加明亮了。

她站到一棵最高大的樹下，摘掉眼鏡，閉上眼深深地呼吸。

哪怕什麼都看不清，只要能夠像現在一樣稍稍感覺到光亮也好。雖然知道遲早會有這麼一天，但是當這天真正到來時，風暮音還是怕了。

永遠獨處於黑暗，是多麼可怕的一件事……

「暮音。」輕柔的聲音喊著她的名字：「妳怎麼了？」

風暮音慢慢睜開了眼，有些昏暗的視線裡，是一個朦朧的白色影子，接著，微涼的手背貼上了她的臉頰。

「天青？」她喃喃地問：「你怎麼在這裡？」

「我不放心妳。」天青輕聲嘆了口氣：「怎麼招呼也不打一聲就不見了，也不知道我有多著急。」

「你真的是……」這個人是在為自己擔心嗎？為什麼？只是因為有人託他照顧自己，還是……

「什麼？」正好有風，揚起的碎髮遮住了風暮音的眼睛，天青十分自然地幫她撩到耳後：「我怎麼了？」

「沒什麼。」風暮音習慣性地退後兩步，躲開了他。

「妳來這裡做什麼？」天青回頭看了一下白色的大樓。

「找人。」風暮音簡短地回答。

他顯然不信，但也只是皺了下眉，並沒有多說什麼。

「天青。」風暮音仰起頭，然後問他：「這裡是不是很漂亮？」

「是啊！」天青看著站在一片金黃落葉中的風暮音，揚起了笑容：「秋天是美麗的季節。」

「嗯。」她點了點頭，嘴角揚起了一絲微笑。

那微笑帶著幾分茫然，是因為她的心裡充滿了對未來的不安。

視線裡的景物漸漸變得明亮和清晰，風暮音看到了天青帶著深思的表情。靜默不語的天青，唇邊沒有淺淺的微笑，深邃的眼睛變得沉鬱難懂，這一切讓她覺得十分陌生。

其實對她來說，天青也只能算是一個陌生人，他們相處的時間全部加起來，也不過幾個小時而已。

也許是因為成長環境的關係，風暮音向來喜歡和別人保持著距離，可不知道為什麼，對於這個叫做天青的陌生人，她卻有一種想要信任他和得到他信任的衝動，就像……他們已經認識了很久很久……

風暮音靠在背後的樹幹上，有幾片金黃色的銀杏葉自她的髮間滑落。她伸手抓住了一片從空中飄落的葉子，用兩根手指拈著長長的細莖轉動。

扇形的葉子在陽光裡，似乎閃動出某種奇異的光芒。

「傳說有一種葉子可以帶來幸福，你信嗎？」風暮音看著手裡的葉子，近乎呢喃地問。

「四葉草，是幸福的咒語。」天青也低著頭，卻不是看葉子，而是看著她。

風暮音有些詫異地抬頭看了他一眼，隨即釋然地笑了。

「你也聽過嗎？」她難得地對天青保持著笑容：「這種說法很有趣，對不對？」

「妳……不相信嗎？」天青有些遲疑地問。

風暮音搖了搖頭。

「為什麼？」

「我從來就不信。」她把葉子揉進手心，揉成了一團：「什麼找到四葉草的人一定得到幸福……那只是用來騙小孩子的。」

的方向看了過來。

聽到她的這種說法，天青頓時愣住了。過了一會，聽到他開口喊人，風暮音再一次朝他站著

「我們回去吧！」天青朝她伸出了手。

風暮音深深地看了他一眼，站直了身體，繞過他走了出去。

天青收回手，默默地跟在了她的身後，兩個人一前一後地踏著滿地金黃色的落葉離開。

不遠的高處，沒有被完全拉開的黑色窗簾邊，隱約可以見到一個慵懶的白色身影。

「這樣不太好……不過，還真是令人羨慕。」弧度優美的嘴唇，綻開了優雅的笑容：「暮音，我期待著……」

晚上十點的中心地鐵站裡，在月臺上等候地鐵的乘客，已經漸漸稀少起來。風暮音站在黃線後面，等著開往東區的地鐵。

「暮音，我們休息一下吧！」天青就站在身後，風暮音也知道他正擔憂地看著自己：「這麼毫無目的地找下去，也不是辦法。」

他們已經在街上找了快一天，幾乎沒有停下來休息過，也難怪天青會覺得辛苦。

「你要是覺得累就別跟著我。」風暮音直直地看著隧道對面的燈箱廣告，表情麻木地說：「我不想休息。」

「妳已經三天沒有闔過眼了，我是怕妳累壞身體。」風暮音聽見他嘆了口氣：「不如今天就

到這裡，明天再出來找吧！」

「不，還早。」她堅持著：「我想再去東區看看。」

「暮音，還是……」

「我說了我要去——」這時地鐵正好進站，風暮音顧不上再和他囉嗦，剛要踏進停穩的地鐵車廂，卻被天青從身後一把抓住了手臂。

「你做什麼！」風暮音有些惱怒地回過頭瞪著他。

「回去休息！」她第一次看到天青的表情這麼嚴肅：「不要再找下去了！」

「你知道什麼！」風暮音抿緊了嘴角：「放手！」

「暮音。」天青不但沒有放手，反而抓得更緊了：「別這麼任性。」

「關你什麼事？」風暮音大聲地說：「你有什麼權力命令我？」

她的聲音在空曠的地鐵站裡迴盪，讓地鐵裡的為數不多的乘客也紛紛朝這裡看來。她甩著手想掙脫，卻沒想到天青的力氣出乎她的意料。

和她憤怒的目光相對，天青的臉色漸漸沉了下來。

直到地鐵警示燈亮起，隨著語音提示，門緩緩關上。最後一班地鐵終於呼嘯而去，而月臺上的他們依舊僵持著。

在風暮音背後，隧道對面的廣告燈箱，先是猛地閃了一下，然後發出一陣爆裂聲，火星從燈箱裡噴射而出，接著整個地鐵站陷入了毫無光亮的黑暗。

她的手一抖，感覺到天青立刻更用力地抓緊。

「暮音。」他壓低了聲音在風暮音耳邊說：「沒事的。」

黑暗裡，風暮音能感覺到他的手順著自己的手臂滑下，握住了自己有些濕冷的手掌。

「我……」她低下頭，有了一種奇怪的感覺。這個人是……是……是什麼？可惜只有一閃而逝的感覺，剛想仔細去捕捉時卻又毫無印象了。

「有些事不能操之過急。」說這些話時，天青已經恢復了平時的柔和：「我答應妳，一定會想辦法幫妳找到金先生，但妳也要答應我，不要把自己逼得太緊了，好嗎？」

風暮音抬起頭剛要說話，就被一陣急促的腳步聲打斷了。

手電筒的光線照在他們臉上，風暮音不適應地把臉轉過一邊，天青見狀馬上用手幫她擋住。

「喂！你們！」穿著制服的地鐵站工作人員跑了過來：「供電系統有點故障，我們要立刻進行檢修，你們不能留在這裡。」

天花板上的應急燈在這個時候，全亮了起來。

「好的，我們馬上就走。」天青和氣地回答，轉身對風暮音說：「暮音，我們還是……」

風暮音掙開了他的雙手，一個人往樓梯口走去。

天青看著她的背影，無奈地嘆了口氣，大步追了上去。

凌晨兩點，風暮音洗完了澡，卻絲毫沒有睡意。她重新換上了外出服，拿著咖啡坐在房間陽臺上，怔怔地看著遠處。

黑暗的樹影、黑暗的天空、黑暗的地平線……讓她想起了在地鐵站裡，陷入黑暗時的恐慌。那時，她以為自己瞎了。

想到這裡，她用雙手環繞住溫熱的杯子，長長地吁了口氣，暗自慶幸著並不是那樣……

「為什麼還不睡？」

風暮音轉過頭，看到了站在相鄰陽臺上的天青。

「我睡不著。」她低頭喝了口咖啡，不是很想搭理這傢伙。可等她再抬起頭時，天青已經站在了她的面前。

「既然我們都睡不著，不如一起坐一會吧！」

既然天青已經很自覺地坐到另一把椅子上，一副趕他走也不走的樣子，風暮音也只能很大方地表示同意。

她不想說話，只是一個人呆呆地看著遠處，一小口一小口地喝著咖啡。

「妳想過嗎？」天青好像開始習慣被她冷漠地對待了：「光明和黑暗，其實是互相依存的，如果沒有了黑暗，光明也沒有存在的必要，反之亦然。」

「什麼意思？」因為這個話題十分奇怪，風暮音分了一些心思給他。

「妳設想一下，在這個世界上，如果只有光明美好的事物存在，會是什麼樣子呢？」天青用手撐著下巴，笑吟吟地看著她，像是在問一個有趣的謎語。

風暮音反問：「世界上怎麼可能只有光明？」

「只是假設。」天青微笑著回答：「假設世界上沒有了黑暗，沒有了一切醜惡的事物，會是一個完美的世界嗎？」

「……不會吧。」她並沒有多想，只是靠著直覺回答：「如果真是這樣，光明的存在還有什麼意義呢？」

「妳果然一下子就抓住了重點。」天青收起了笑容，深邃地看著她：「只有黑暗的威脅存在，光明才有重要的價值。」

「你不用再說了，我明白這些話是什麼意思。」風暮音毫不避讓地和他對視著：「我和我母親完全不同，我不在乎什麼光明黑暗或者拯救世界之類的事。我只重視對我自己來說重要的東西，那種偉大的事，就交給有崇高理想的人去做就好了。」

「妳真的對於『狩魔獵人』——這個代表著人類最傑出者的稱號毫不在意？」天青的語氣裡夾雜了一絲好奇。

「你覺得我會嗎？」

他笑了，笑著搖頭。

「你是幾號？」風暮音敢發誓，她原本不想問的，但不知為什麼就自然而然地出了口，她只能隨即加上一句：「不想說就算了。」

一說完，風暮音就自我厭惡地皺起了眉。

「我？我就是天青。」天青也很自然地回答：「號碼或名字不過是用來稱呼的，只要妳喜歡，喊我什麼都可以。」

「小青。」風暮音面無表情地說。

天青的笑容有一瞬間的凍結，而後沉默了很久。

「如果……」他說得有些困難：「妳真的希望……這麼叫我，也……沒有什麼關係。」

風暮音捂住嘴，卻掩不住傾瀉而出的笑容。

天青像是第一次看到她的笑容，勾起嘴角，目光變得柔和起來。

「暮音。」他示意風暮音抬頭。

風暮音抬起頭，看到那宛如黑色絲絨的夜空，綴滿了閃閃發光的星星，一顆流星像一道閃光劃過天際，最後消失在黑夜中。把頭靠在椅背上，她找了個舒服的位置靜靜看著。

「傳說天上的每一顆星星都對應著地上的某一個人，所以每當有流星落下時，就代表著有一個人死去了。」風暮音輕聲地說：「不知道代表我的那顆星星在哪裡呢……」

「我知道。」天青湊過來指給她看：「就是那顆啊！」

「亂講。」風暮音忍不住笑了出來：「那是月亮。」

「我敢保證，它不會像其他星星一樣隨意地掉下來。」

「說什麼呢！」風暮音終於看向他：「你真是奇怪的人。」

「暮音，妳才二十歲。」天青認真地說：「不要給自己太大的壓力，只要盡力就好。」

「你不必把我當孩子。」她直直地看著天空：「誰都沒有把我當成孩子，我也沒有權力把自己當成孩子。」

天青沒有說話。

「這個世界上，是不是真的有註定好的事呢？」風暮音閉上了眼。

「命運。」天青的聲音聽起來有些遙遠。

「我不相信……」風暮音喃喃地回答：「我不信什麼命運，我只信我自己，我什麼都能做到，任何事……」

天青似乎還說了些什麼，但是她實在是睏了，也就沒有注意去聽。

夜空的星辰泛著光，天青陪在她的身邊，她睏了，就睡著了。

她趴在窗戶上看著外面，外面好漂亮，到處都是雪白雪白的。

「暮音！暮音！」

她回過頭，看到了最最喜歡的人。

「爸爸！」她朝那個人張開了手臂，立刻被抱進一個溫暖的懷裡。

「爸爸，我們出去玩堆雪人吧！」她摟著爸爸的脖子，笑得開心極了。

「妳的燒還沒退。」爸爸摸了摸她的額頭，堅決地說：「哪裡也不許去，乖乖地待在屋裡。」

「我要堆雪人！」她噘起嘴，任性地說著。

「爸爸陪暮音玩遊戲吧！」爸爸哄著她：「我們在房間裡玩遊戲好不好？」

「一整天？」她開心地問。

「不行！」爸爸搖頭：「只能一會，結束以後就要乖乖睡覺。」

「好吧！」她做出讓步：「我們要玩什麼？」

「尋寶遊戲。」爸爸從口袋裡拿出一個閃閃發光的東西，在她面前搖晃了一下：「我把這個藏起來，要是暮音找到了，爸爸就把它送給妳！」

「真的嗎？」她睜大了眼，看著那樣東西，發出了誇張的讚嘆聲：「好漂亮啊！好漂亮的……」

風暮音猛地翻身坐起，瞪著眼睛呆坐著了一下，接著就從床上跳起，直接往壁櫥的方向去。

「怎麼了？」站在陽臺上的天青走到了門邊：「這麼快就醒了？怎麼不多睡一會？」

風暮音顧不上他，一把拉開了壁櫥的大門，就著明亮的月光，整個人埋進了一大堆行李箱裡面翻找著。最後從底下拖出了一隻看起來很有些分量的箱子，一路拖到了房間中央。

天青慢慢走進了房間，詫異地看著。

「這是要找……」天青還沒有問出口，就看見風暮音已經拉開了箱子，把所有的東西都倒在地毯上。因為動作太過粗魯，零碎的東西滾得到處都是。她也顧不上這些，只是跪在地板上，在這些東西裡翻找著。

「在這裡！」風暮音找了半天後，驚喜地叫了一聲。

天青也好奇地朝她走來。

風暮音從一個木頭盒子裡拿出了一樣東西，心裡說不出是什麼感覺。

看起來像是一個星辰形狀的裝飾品，似乎是用水晶做成的，在光線照射下閃耀出一種晶瑩剔透的美。

「這是什麼？」天青已經走到她身邊彎下了腰，好奇地問。

「就是這個……」風暮音的臉上也充滿了困惑，幾乎是同時和天青問出了：「這是什麼？」

天青看了看她，她也看了看天青。

「這個……」天青看了看她，指了指她手上的東西。

「是你把我弄到床上的？」她看了看天青，再看了看自己跳下來的床。

「嚴格來說，不能用這個詞。」天青有點不自在地回答：「我是看妳睡著了，才把妳抱到床上……」

「謝謝。」風暮音看著他，直截了當地說：「以後直接把我叫醒就好。」

「嗯……不客氣。」天青好像很不好意思地回答：「下次我會注意的。」

「這個東西我在金先生身上看過。」風暮音把注意力放回了手裡的東西上。

「金先生的東西？」天青盤腿在她身邊坐下：「那怎麼會在妳這裡？」

「不是同一個。」風暮音肯定地說：「雖然看起來一模一樣，這個是我爸爸給我的，金先生那個從哪裡來的，我就不知道了。」

「這個樣式很特別。」天青仔細地看了一下：「應該很難有相同的。」

「我爸爸為什麼會有和金先生一樣的東西呢？」風暮音把那個星辰一樣的飾品握在手心裡：「是巧合，還是有其他原因……」

「未免也太過巧合了。」天青側過頭問：「關於這個，妳爸爸和妳說過些什麼嗎？」

「我不知道。」她搖了搖頭：「爸爸只是讓我收好，之後就沒再提過，所以我都差點忘了。」

「如果說是玩具，好像又太貴重了。」得到風暮音的同意後，天青想把東西拿到手裡看一下：「在我看來，這像個徽章……嗯？」

就在他手指碰到的瞬間，飾品像是被染了顏色一樣，從透明變成了深濃的紫色。

兩人抬頭互看一眼，從對方的眼中看到了同樣的驚訝和迷惑。

「怎麼會這樣……」話還沒有說完，風暮音的上衣口袋裡突然閃現出明亮的光芒。她連忙把手伸進口袋，把發光的東西拿了出來，是那塊從金先生那裡得來的黑色石板，正散發著紫色光芒。

這個時候，飾品已經離開了天青的手心，慢慢地飄到了空中。他們慢慢地站了起來，跟著那塊在半空飄移的石板走到了陽臺上。

「暮音！」天青忽然看向天空：「妳看！」

在那個星辰狀飾品的中央部分，射出一道紫色的光，在不知何時壓低的厚厚雲層之上，形成了一個紫色的古怪圖案。

接著，不知從什麼地方吹來一陣狂風，天上的雲層之中投射出圖案的地方，出現了一個巨大的漩渦。

還沒有等他們看清到底發生什麼事，伴隨著可怕的轟然聲響，鋪天蓋地的猛烈氣流夾雜著樹木枝葉，朝他們襲捲而來。

天青眼明手快地拉著風暮音轉身，把她護到了自己懷裡。風暮音抓住他胸前的衣服，為他的動作吃了一驚。

天青用力地摟著自己，用身體擋在了自己面前……像是只有一眨眼的時間，狂風停止，聲音消失，天地間恢復成一片寂靜。

風暮音的臉埋在天青的懷裡，隔著衣物傳來了暖和的體溫，耳朵裡充斥著平穩有力的心跳……

「暮音，妳沒事吧？」天青退開一些，想要看清她的狀況。

風暮音在這個時候也回過神，猛地推開了他，卻聽到他悶哼了一聲。

「你手怎麼了？」她反應迅速地抓住了天青的手，撩起了他的衣袖。

「沒什麼，只是被樹枝刮了一下。」天青毫不在意地笑著：「妳沒事就好。」

風暮音看著他手臂上嚴重的血痕，抿了抿嘴，什麼都沒說。

「暮音！」天青喊她的聲音裡夾雜著驚愕。

風暮音抬起頭，越過他的肩膀，順著他後望的視線看去。

遠處，在即將黎明的天空，一扇烏黑而泛著奇異光澤的大門，從漸漸消散的雲霧之間顯露出來。

一看就知道，那是不屬於人類世界的東西。

那門高入雲間，兩扇門的中央，雕刻著兩條栩栩如生、在雲中相互纏繞盤旋的飛龍。

「傳說只有在黑夜和白晝交替的瞬間，通往其他世界的靜默之門才會出現。」

「你知道？」風暮音的目光放到了正仰頭上望的天青臉上：「為什麼不告訴我？」

「這只是傳說。」天青坦然地回望著她：「長久時間中依靠口述流傳下來的說法，有時並不可靠。」

原本飄在半空中的水晶飾品慢慢地下降到風暮音面前，她伸出手，圍繞著的光芒完全消失以後，飾品直接落到了她張開的手裡。

「為什麼……」風暮音低下頭，看著那塊已經變回透明無色的星形水晶。

為什麼父親會留下這塊水晶，它到底是什麼？為什麼和這扇連接著其他世界的大門會有關係？

「暮音，妳決定了嗎？」天青站在她的身邊，把她的迷茫盡收眼底：「魔界是一個人類所未知的世界，有些什麼，誰都不會知道。」

「要是我能回來，我會告訴你那裡是什麼樣子的。」風暮音的回答還是一貫的冷淡。

天青欲言又止，輕聲地嘆了口氣。雖然相處時間不久，但他知道風暮音的性格倔強，一旦決定就不會輕易更改，便不再多說。

「怎麼打開它？」風暮音另一隻手上拿著石板，石板依舊散發著紫色光芒，在朝上的一面，浮現了一個古怪的圖案，依稀就是剛才在雲層中出現的那個：「這就是鑰匙吧！你知道怎麼用嗎？」

見對方還是一臉猶豫地看著自己，令她沒來由地焦躁起來，於是她一言不發地轉身走進了房間，從床頭拿起外套，換好了鞋子，最後重新折回了陽臺。

「告訴我，該怎麼用？」做完這一切，風暮音再次朝天青伸出了拿著石板的手掌：「你知道的。」

看到她固執的目光，天青又嘆了口氣，默默地接過她手裡的石板，把有字的一面朝東方高高舉起。

當東方升起的第一縷陽光照射過來時，石板發出了強烈到令人不得不遮住眼睛閃避的光線。透過指間縫隙，風暮音似乎看到那扇門上兩條飛龍眼睛的部位，發出紫色的光芒，然後兩條雕刻出來的龍就像活過來了一樣，伴隨著轟隆聲響，開始不停地顫動，並且越來越快地在門上遊走起來。

在強光完全消失時，那扇門已經完全變了樣。

兩條原本盤繞糾纏著的龍，完全分離了開來，左右各據一方，門打開了一條窄窄的通路，從這裡看去後面是一片黑暗。

「暮音。」天青攔住了朝前走去的她。

「我一定要去。」

「我知道。」他點了點頭：「我不是要阻攔妳，只是想讓妳等我一下。」

風暮音聞言，錯愕地看著他：「你不必……」

「我說了，那是個充滿了危險的地方。」天青垂下目光，溫柔而平靜地看著她：「我怎麼放心讓妳一個人去呢？」

直到風暮音走到這扇門前朝上仰望時，才瞭解到這扇被稱為靜默的大門有多麼地巨大恢宏。從地面到天空，就算是仰望也無法看到頂端，她甚至比起門上飛龍的一片鱗片，也大不了多少。和一扇門相比，人類就已經顯得無比渺小而脆弱。那麼在這扇門後面等待著她的，又會是什麼？

「暮音。」身旁的天青抓住了她微微發顫的手：「別怕！」

「我不是在害怕。」風暮音正努力平息著無法抑制的顫抖：「我是高興。」

她抽回了被天青握住的手，按住了胸口掛著的飾品，深深吸口氣，率先走進了那扇通往未知世界的大門。

當她的身影就要消失在門後時，不知在想什麼的天青才快步跟了上去。大門在他們身後緩緩閉上，飛龍回到了原來的模樣。

隨著旭日東昇，黑色大門慢慢淡化，直至消失。

風暮音家的屋頂上，不知什麼時候坐了一個小小的白色身影。

看到遠處那扇大門徹底地消失，這個可愛的孩子長長地呼了口氣，臉上露出放心的表情。

下一刻，她似乎感覺到了什麼，趕緊回頭看去。

身穿奇異服飾的男人背負雙手，站在那裡。

「先生。」她慌張地想要辯解什麼：「不是我……」

「我知道。」墨色的長髮被晨風吹起，露出了金先生那張古典氣息濃重的臉龐。

他目光流轉，面無表情地遠眺著剛才靜默之門矗立的方向。

「先生。」西臣小心翼翼地打破了沉默。

金先生慢慢收回目光，雙眉有一瞬的微攏。

「先生，我知道您不希望她去那裡。」西臣把玩著自己的衣角：「可是我覺得還是應該……」

「妳知道什麼？」金先生看了她一眼，輕描淡寫地說：「自作聰明！」

西臣被他銳利的目光一刺，嘟著嘴低下了頭。

「走吧！」金先生轉過了身，準備離開。

「先生，你說……」西臣還是忍不住問了：「她不會有事吧！」

「妳問我？」金先生好笑地反問：「那妳說，她進去魔界，還能平安回來的機會有多少？」

西臣的頭垂得更低了。

「也許還有機會。」在她期待的目光中，金先生一個字一個字地說：「世界上如果真的有『奇蹟』，也許她能平安回來也說不定。」

【第十一章】

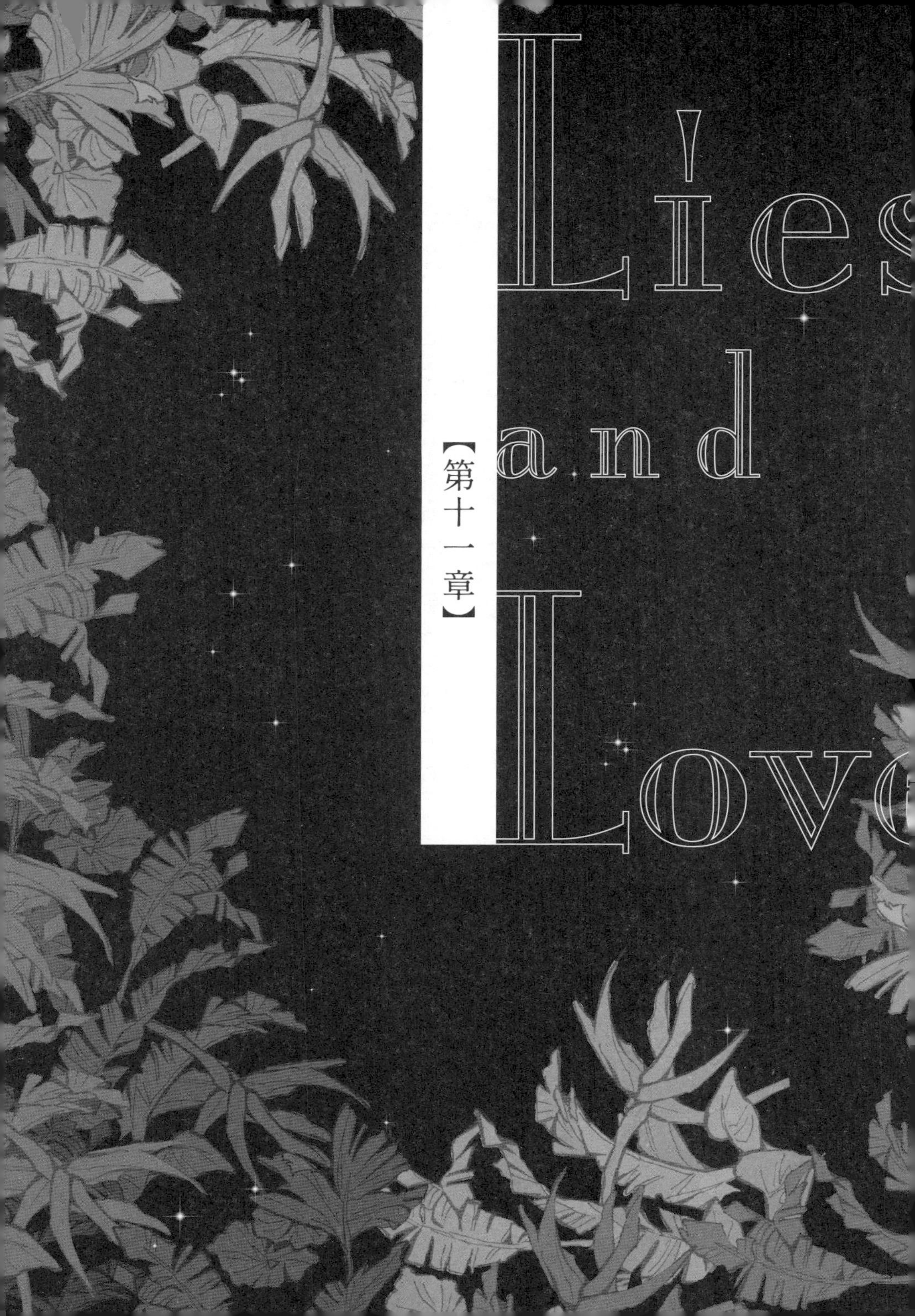

能夠安全地離開這個地方嗎？

風暮音看著眼前奇異的世界，腦中再次閃過了這個念頭。但她隨即就用力地甩頭，丟開了這個不爭氣的念頭。

令人恐懼的閃電在上方劃過，像是徒勞無功地想要撕開一片混沌的昏暗天空。四周是高大的樹木，枝幹和葉子全是古怪的灰色。

他們站著的地方是一片斷壁殘垣，白色大理石的雕像碎片和建築遺跡，隨處可見地散落在地。

「這裡就是魔界嗎？」風暮音驚愕地看著前方，那裡躺著一隻比她整個人大了不知多少倍的殘破手掌。

「應該是。」站在她身邊的天青環顧四周：「妳沒有感覺到嗎？這裡到處充滿了魔族氣息，除了魔族聚集的魔界，不會有讓人這麼不舒服的地方了。」

「你不舒服嗎？」風暮音這才發現他的臉色不太好。

「有一點吧！」天青笑了一笑：「畢竟我們比普通人更敏感一點，到了連空氣裡都充滿魔族氣味的地方，多少會不習慣。」

「會嗎？」她皺著眉說：「我倒是還好。」

「妳沒有接受過這方面的特殊訓練，身體反應當然沒我這麼嚴重。」天青臉色有點發白，但還是努力保持著笑容：「沒關係，過一陣子我就會適應了。」

「那你休息一下，我去周圍看看。」

「不行！」天青一把拉住了她：「我們不能單獨行動。萬一遇上突發情況，會來不及救援。」

「好吧。」風暮音想了一想：「那先在這裡休息一下再走。」

聽她這麼說，天青一下子坐倒在地，十分疲倦地靠在了一根斷裂的石柱邊。

風暮音也跟著慢慢地坐了下去。

「你沒事吧？」見天青閉著眼，一動也不動，風暮音有點擔心起來。

「我沒事。」天青睜開了眼，給了她一個安撫的笑容：「我不會拖累妳的，我們現在就……」

「我不是這個意思！」她不怎麼開心地打斷了天青：「你要是真的很不舒服，我們就多留一會，或者你在這裡等我，我一個人去就可以了。」

「不行，妳不能一個人去！」天青打直身體：「我不放心。」

真是奇怪！這個人是不是……把自己看得很沒用？不然怎麼總是不放心不放心的？已經很久沒有人……這麼為她操心了……

「你覺得我很沒用嗎？」風暮音看著他，有些遲疑地問：「為什麼總是對我沒有信心？」

「不是信心的問題。」天青的回答迅速而簡單：「只是因為，妳對我來說是很重要的人。如果妳受到任何傷害，我永遠都不會原諒自己。」

「很……重要？」風暮音眨了一下眼，回味著這個詞。

「很重要！」天青點頭，加重了語氣強調。

風暮音盯著他的眼。他的眼裡一片平靜和坦蕩，毫不閃避。

「有多重要？」她接著又問。

「勝過世上所有的一切。」

「為什麼？」風暮音的臉上充滿了疑惑。

「有些事，並不需要理由。」其實天青的回答可以說得上是狡猾的，但是他的神情卻那麼認真。

認真到……讓她想相信這個狡猾的回答……這個世界上，真的有不需要理由的事嗎？臉畔傳來的溫熱觸感，嚇了她一跳。

「你幹什麼？」風暮音的頭朝後仰，語氣裡透著緊張。

「頭髮上有東西。」天青被她的激烈反應嚇到，手一下子僵在了半空。

風暮音胡亂地撥了一下頭髮，把黏在上面的枯葉抓了下來。

「妳怎麼了？」天青覺得她的反應有點奇怪。

「沒事。」風暮音正暗自懊惱自己的大驚小怪，連忙解釋：「我只是在想，這裡究竟是魔界的什麼地方？那個人說的塔又在什麼地方呢？」

「我也不知道。總之，先走出這片樹林再說。」天青站了起來，舒展了一下四肢：「我已經好多了，我們走吧！」

走了一陣子後，兩人開始覺得不對勁。

「暮音。」天青又一次地拉住了她：「這也未免太巧合了。」

「也許是巧合，也許是圈套。」風暮音使力掙開了他：「再怎麼說都要弄清楚。」

他們轉過頭，再次看著那座高塔。

是的，就在他們走出那片灰色的樹林後，就看到了這樣一座用巨大灰色岩石造成的尖塔。風暮音的父親，據說就是被關在了一座塔裡。

這座塔是不是他們要找的「絕望之塔」呢？

風暮音立刻想上前看個究竟，天青則本著謹慎小心的態度加以阻攔。

他認為，一來到魔界就找到了要找之處，實在巧得太可怕了。如果是囚禁場所，更不可能沒有半個守衛在，還是確認之後再行動比較好。

風暮音卻一刻也不想等了。

「我已經等得夠久了。」她這麼告訴天青：「你說的很有道理，但我不認為小心會有多大的用處。猶豫越久，我們反而越有可能被發現。」

「妳能肯定是這裡嗎？」因為這種過於堅持的態度，天青覺得很困惑。

「我感覺得到。」風暮音朝上仰望著那座塔的高處，心裡有一種異常的執著：「爸爸就在那裡，不會錯的！」

天青沉默著，似乎在深想些什麼。

「天青，你來不來？」風暮音回頭喊他。

天青的回答是一個微笑，然後他說：「妳在哪裡，我就在哪裡。」

聞言，風暮音迅速地轉過頭，覺得臉上有些發燙……

「等一下！」向前走了幾步後，倒是風暮音說出了這句話。

「怎麼了？」天青雖然不明白，但還是立刻停下了腳步。

「有人在這裡設下了障礙。」風暮音看著面前空空如也的灰色草地，臉色十分凝重：「禁止任何人靠近的障礙。」

「妳是說這裡有結界？」天青的臉色有些變了：「怪不得沒有半個守衛。」

「西臣好像說過。」她想了起來：「她說過在『絕望之塔』周圍，都是魔王設下的結界。」

「如果是這樣，我們絕對沒辦法通過的。」天青無奈地說：「人類的力量在魔王來說，簡直微不足道。」

「很強的力量……」風暮音沒有仔細聽他在說什麼，只是一個人在自言自語：「這麼說，這裡真的是『絕望之塔』。」

「暮音。」看到她這樣，天青皺了皺眉頭：「妳是打算……」

「不論怎樣，我都要帶爸爸離開這裡。」她的聲音很輕，心意卻很堅定。

「不能硬闖！」看到風暮音準備就這麼過去，天青立刻攔到了她的面前：「不可以和魔王的力量正面衝突！」

「我知道。」她很冷靜地反問：「可是除此之外，你有什麼辦法嗎？」

「辦法可以慢慢再想。」天青終於有些動氣了：「總之，不許妳做這麼危險的事情。」

「我知道自己在做什麼。」

「妳什麼都不知道。」天青一把拉住她的手腕，想要把她拖遠一些：「早知道不該讓妳來這裡的，妳簡直是拿自己的性命在開玩笑。」

「你什麼意思？」風暮音抿緊了嘴唇：「我又沒讓你和我一起來，要是你害怕的話，可以馬上離開啊！」

「夠了，沒時間聽妳說這些蠢話了。」天青瞪著她，碧綠的眼睛變得深邃：「風暮音，我的耐心是有限的。」

天青說這句話時，風暮音的心裡突然一寒。他現在的神情，包括他的語氣，都是她從來沒見過的。

在這一瞬間，天青看起來變得有點危險。

她一直都知道，天青未必有表面看起來的這麼和善。

那是一種直覺！就像感覺父親就被關在這座塔裡一樣，風暮音能感覺到天青身上有另一種性格。要她來看，這個天青也許是一個很可怕的人也說不定。

就像現在，天青那雙深邃墨綠的眼睛盯著她不放，臉上慣有的笑容不知去了哪裡，手上用的力氣幾乎可以捏碎她的手腕。現在的天青，看上去有些可怕。

但是風暮音並不是怕。不論天青有多可怕，也和她一點關係也沒有。她決定要做的事，向來沒有人能阻止。

以前是這樣，以後也是！

說了誰都不能，當然包括了不知道是可怕還是不可怕的天青。風暮音只是有點驚訝，天青居然會為了自己有可能遇到危險而生氣。

「天青，我也沒時間和你爭論誰對誰錯了。」她舉起自己被抓住的手腕：「我只是覺得，與其在這裡擔心即將面臨的危險，還不如直接面對它。」

天青也很清楚自己是阻止不了風暮音的，只能一臉擔憂地放開了她的手腕。

他看著她的眼神，就像是無奈的大人在看著任性的孩子。

風暮音被他看得心煩，急忙轉過身，大步朝著那個「結界」走了過去。

她朝著那座塔的方向每走一步，壓迫感就嚴重一分，連呼吸都變成了很困難的事。她也開始明白天青為什麼會那麼擔憂，因為她已經能清楚地感受到，那是一股無比強大的壓倒性力量。但最令人害怕的，並不是這種像要窒息的痛苦感覺，而是從心底深處不停湧出的恐懼感。

在離塔大約還有二十步左右時，風暮音肺部的空氣就已消耗殆盡。那種可怕的力量甚至從毛孔裡鑽了進來，在她的血液裡遊走，那不但讓她的呼吸變得紊亂，甚至一直相當平穩的心跳也急促起來。

在這座塔的周圍，就像是有一道無形的牆壁，把想要靠近的人，阻隔在一定範圍之外。她沒有辦法繼續前進，只能抬起頭，仰望著這座已經近在咫尺的灰色尖塔，不得不停了下來。

是的，父親……一定就在裡面！

風暮音深吸了口氣，閉上眼。

一片黑暗中，在她的知覺裡，周圍籠罩著的所謂「結界」，是一片暗紫色的光芒。而她現在所站立的地方，已經是十分接近中心，也就是光芒的顏色最為濃烈的位置。她的手往前伸出，明亮的白光從她的指尖散發出去。紫色光芒雖然被一波一波的白光蕩漾開去，隨即卻又包圍過來。

她試著又往前走了兩步，還是又一次地停了下來，無法承受越來越重的壓力，不一會汗水就已經濕透了她的衣服。

風暮音一咬牙，釋放出所有的力量，傾盡全力試圖強行突破。

「不行！」同一時刻，她聽見身後的天青大叫了一聲。

如同被激怒了的紫色光芒，以尖塔為中心向四周爆裂，相比之下，風暮音的力量簡直微不足道。

風暮音駭然地睜開了眼，在她面前，真實地出現了紫色的光芒。那耀眼的紫光，像是利劍一樣要刺穿所能接觸到的一切。她只覺得雙眼如同被火燒灼，劇烈地疼痛了起來，偏偏又無法閉上眼。

就在她認定自己要死在這個地方時，她的眼前出現了天青挺直的背脊。

「天青！」剎那間，她的聲音和視線被吞噬一切的暗紫光芒奪去。

等風暮音再次看到東西時，正巧接住了往後面倒來的天青。她順勢退了兩步，又跪在地上，才沒有讓昏過去的天青摔到地上。

看了一眼不穩定的結界，風暮音迅速地架著天青的肩膀，把他拖離了結界範圍。她吃力地把天青拖到一棵大樹下靠著，撥開了他散開的凌亂長髮，天青那蒼白又呼吸微弱的模樣讓她的心為之一緊。

「你這個傻瓜……」她喃喃地責備著失去意識的天青，臉色有些發白：「幹嘛一次又一次地擋在我前面？」

他應該十分清楚被那個力量擊中會有多嚴重，還是就這麼衝過來……這個人，難道沒有腦子嗎？

「喂……你不會有事吧？」看天青毫無反應的樣子，風暮音慌亂起來，伸手輕推了一下他的肩膀，得來的卻是他的身體往另一邊倒去。

風暮音見狀，趕緊要去扶他。

忽然，一種奇異的感覺從她的脊梁往上竄起，那是一道目光！詭異的、讓人不寒而慄的目光……她微微一顫，保持蹲著的姿勢僵在了那裡。

「妳是誰？」有人在說：「這裡不是人類該來的地方。」

這本來是一句很普通的問話，但是這人說出口，每個字都充滿了難以說清的那種暗示，引誘……就像是傳說中誘人墮落的魔鬼。

魔鬼？風暮音迅速從剎那的迷惘中回過了神。

也就是在她轉身的一瞬，四周景物發生了詭異的變化。她的眼前，不再是那座灰色的尖塔，而是到了類似室內的地方，兩旁還有高聳的柱子

她的腳下，也不再是灰色草地，而是奢侈到有些誇張的長毛地毯。

距離風暮音不遠的地方，有幾階臺階，在臺階的盡頭，有一道半挽起的豪華簾幕。不論是地毯還是簾幕，都是純粹的紫色。這厚重華美的紫色鑲在一片黑暗中，意外地有種妖異之美。

像是被這純黑和純紫的強烈對比影響，風暮音只覺得情緒再度浮躁了起來。她的第一反應是往身邊看去，發現天青還昏迷著，散開的長髮遮住了他的臉。雖然氣息弱了一點，但似乎沒有想像中嚴重。

風暮音定了定神，再次往說話者的方向看去。

先前說話的那人，就坐在那道紫色簾幕後的椅子上。那張椅子就如同國王寶座，高高的椅背上用紫色寶石鑲嵌出了精美圖案，座位上面鋪著厚厚的紫絲絨。

那人嘴唇往上的部分，被遮擋在簾幕投下的陰影之後。

從風暮音半跪著的角度，只能看得到那人線條優美的下巴、沒有什麼血色的皮膚、顏色異常豔麗的嘴唇，以及披落在腰後的捲曲黑髮。

對方的衣服樣式也很奇怪，像是一件黑色睡袍，前襟開得很大，有些裝飾披掛在他的雙肩和胸前，另一些則點綴在黑色的絲綢中間。

這些由紫色寶石構成的華麗首飾，在不甚明亮的空間裡折射出閃耀的光芒。也許這種樣子對於一個男性來說過於誇張，但在這人身上，卻沒有絲毫陰柔感，而是把奢靡氣質發揮到了極致。

風暮音正在打量和思索時，那人輪廓優美的嘴角勾起，綻開了一抹微笑。

「你又是誰？」那個邪魅的笑，讓她的心又顫了一顫，心中升起了戒備。

「我想妳並不瞭解自己現在的處境，所以我原諒妳的無禮。」那人臉上的笑容越發明顯，聲音更加低沉：「先回答我的問題！」

風暮音的呼吸紊亂起來，因為她感受到一股巨大的壓迫。她原本以為，不論面對任何情況，自己都不會害怕和退縮，但是這一刻，一種名叫「恐懼」的情緒沒來由地占據了她的心。

一切根源，就是來自她面前的陌生男人。

自己甚至還沒有看到他的臉，只是和他說了幾句話，就已經開始「害怕」了！而且，這種壓迫感……令她十分熟悉！就像是在靠近那座囚禁著父親的尖塔時，所感覺到的一樣，甚至更加直接。

風暮音盯著他，慢慢地說：「我來這裡，是……為了見我的父親。」

「妳的父親？」那人像是故作姿態，沉吟了一會才說：「據我所知，除了你們兩個不知死活的小傢伙，這裡並沒有其他人類存在。」

「他在。」風暮音做了一個深呼吸，流暢地說了出來：「他就在那座塔裡。」她可以看到，那張臉上的笑容凝固了。

「妳是說，絕望之塔裡關著的是妳父親？」那人戴滿紫色寶石戒指的手掌離開了下顎，慢慢地放到了雕刻著精美圖案的扶手上。

「是的。」風暮音的眼睛亮了起來：「我的父親是藍緹。」話才剛剛說完，空氣裡的壓力突然間加重了十倍不止。

「閉嘴！不許在我面前提這個名字！」不知是不是錯覺，那人的語調變得有些扭曲，似乎是在極力隱忍著什麼。

風暮音的額頭滲出一滴滴冷汗，空氣裡驟然實質化的壓力讓她的膝蓋無法打直，幾乎隨時都要跪趴在地。

「妳知不知道我是誰？」看到風暮音把嘴唇咬出了血，但還是堅持站在那裡，那人的怒火像是瞬間消失得乾乾淨淨，還用一種輕柔的口吻問道。

風暮音只覺身上的壓力一輕，不由得晃了一晃，才勉強站直了身。

「我知道。」她聲音沙啞地回答：「你是魔王。」

「不錯！」回應她的，是一陣張狂的大笑：「我是這個魔界的統治者，也可以叫我魔王。」

聽到他親口證實了自己的猜想，風暮音的臉色越發灰暗。

她脾氣雖硬，但絕不愚蠢。何況經過這些，她已經知道自己的力量和魔王比起來相去太遠。對方如果真的要殺她，也許動動手指就能做到。但是現在，他顯然還沒有這個打算。

也許是個機會。

「魔王。」風暮音閉了一會眼睛，再次睜開的時候，已經不帶一絲畏懼：「我想帶我父親離開。」

「說得很輕巧。」魔王重新靠回椅背上，嘴角卻沒有了笑容：「理由呢？」

「你把他關了十年，為什麼還不願意放了他？」她暗自握緊了拳頭：「你到底要把他關多久，才肯放了他？」

「直到他死為止。」魔王毫不猶豫地給了這個答案：「不自量力，敢和我作對的人，只能是這個下場！」

「懦夫！」

「妳說什麼？」魔王像是沒有聽清，慢慢地問：「我好像聽到妳在說……」

「懦夫！」風暮音沒有辦法抑制滿腔怒火：「不過是因為嫉妒……」

接著，她的喉嚨被一隻無形的手扼住，拖到了半空中。

「妳居然這麼和我說話？」魔王依舊姿態悠閒地斜坐在他的寶座上，嘴角勾起一抹戲謔笑容：「妳果然像他的女兒，特別是這愚蠢的腦袋！」

風暮音張嘴想要反駁，卻只能從喉嚨中發出喀喀的聲音，連呼吸也漸漸變得困難起來，偏偏四肢又像是被什麼東西釘住一樣，無法動彈。

「他到底有什麼好的？」魔王看著半空中無力掙扎的風暮音，近乎自言自語地說道：「我有什麼比不上他？」

「不……」風暮音費盡力氣，也只能發出一個音節，她的視線裡呈現出一片明亮妖異的紫色，這一瞬間，她以為自己就要這麼死去了。

魔王像是被這個聲音從狂亂的狀態中驚醒，下意識地鬆開了微握的手掌。

風暮音一下子從空中摔到地上，脖子上的禁錮消失無蹤，連四肢都可以活動了。她捂著脖子趴在地毯上，大口地喘著氣，五官痛苦地糾結在一起。

等她稍稍緩過氣時，立刻抬起了頭，狠狠瞪著那個高高在上的魔界之王。

「是他嗎？」魔王卻問了一個風暮音根本無法理解的問題：「難道他想要插手我的事？」

「不知道你在說什麼！」風暮音慢慢地從地上站起，筆直地站在魔王面前：「雖然我不是你的對手，除非你現在就殺了我，否則我總有一天會帶我父親離開這裡。」

「妳應該覺得慶幸，我並不打算殺妳。」魔王像是沒有在意她的出言不遜，反而語氣溫和許多：「只要妳不是這麼沒禮貌，我還能給妳一個機會。」

「什麼機會？」風暮音疑惑地問。

「妳不是想帶妳父親離開魔界嗎？」魔王修長的手指輕輕敲擊著椅邊扶手，似乎心情好了起來：「我給妳一個機會，只要妳為我做到一件事，我就把妳的父親還給妳，讓你們離開魔界，往後也不再找你們麻煩。」

風暮音愣住了，第一個反應是不相信。

這個剛剛還要殺了自己的魔王居然瞬間變了態度，不但不殺她，還說要給她帶走父親的機會？其中一定有什麼陰謀！

「妳以為，如果我想殺了妳，還需要費這麼多手腳嗎？」魔王似乎一眼看穿了她的想法：「再說，就算我有什麼詭計，妳除了接受也沒有其他的選擇。」

「你說吧！」風暮音知道這是事實，咬了咬牙問道：「是什麼事？」

「就像一個人類熱衷的謎題。」魔王興味盎然地說：「我需要一個答案，只要妳能回答出來，就算妳贏。」

「謎題？」她想了一想，立刻就問：「有唯一正確答案嗎？」

「妳很聰明！」魔王微微點頭：「妳放心，只要妳聽了問題，就會明白了。」

「你問吧！」就像他所說的那樣，就算是詭計，除了接受，自己也沒有其他選擇。

「聽清楚了！」在風暮音的眼裡，魔王的笑容帶著一股說不出的邪惡：「問題是……」

【第十二章】

Lies and Love

天青昏昏沉沉地躺著。

他似乎聽到了談話聲，從那裡面分辨出風暮音的聲音，他知道風暮音遇到了危險，卻醒不過來。似乎是過了一個世紀，又或者只是一眨眼的時間，他逐漸從沉睡中醒了過來。

「您醒了嗎？」

在逐漸清晰的視野裡，他看到一張溫和的笑臉。

「你……」天青疑惑地看著眼前的男人，忍著疼痛坐了起來。

「不要動！」男人伸手按住了他的肩膀：「您的身體傷得很嚴重，最好臥床休養一段時間。」

天青看了看那人放在他肩上的手掌，對方立刻知趣地收了回去。

「多謝你的忠告，醫生。」天青公式化地笑了一笑，看著對方立刻也回以笑容：「她人呢？」

「您是在問風暮音小姐？她一直守在你身邊，我剛才勸她去隔壁房間休息一下。」M醫生走到窗邊，拉開了薄薄的窗簾，讓明亮溫暖的陽光照進病房：「她好像有很多煩惱，對於這個年紀的小姐來說，她的性格似乎太過壓抑，也太過悲觀了。」

「這是無法改變的事實，她生來就註定與平凡無緣。」天青靠在床頭，疲憊地說著：「也許命運可以改變，出身卻無法選擇。」

M醫生輕聲地嘆了口氣，喃喃地說了一句：「命運，又何嘗能夠更改？」

風暮音靠在柔軟的躺椅上，閉著眼。

她的胸口就像湧動著一股惡寒，腸胃不停翻絞著，全身骨頭像被拆開重整過一樣疼痛不已。她很清楚這是必然的，畢竟能從魔界全身而退已經算是奇蹟了。而且比起身體的疼痛，精神上的憂慮更令她困擾。

原本是抱著玉石俱焚的決心踏進了那扇大門，卻沒想到自己嚴重低估了所謂「魔王」的力量。雖然風雪和天青他們一再強調魔王多麼可怕，但當時她滿腦子是父親還活著的消息，完全拒絕接受別人的勸誡。說是初生之犢不畏虎，其實是根本不明白所謂超越人類想像是怎麼回事。

當她真正面對魔王時，別說玉石俱焚，光是為了抵抗那種壓倒性的氣勢，就已經無法動彈了。恐怕對方只是把她當作毫無威脅的螻蟻……強壓下一陣噁心嘔吐的欲望，風暮音用力擰了一下眉毛。

「暮音。」隨著這個聲音到來的，是略帶寒意的指尖。

冰冷的指尖在風暮音的眉宇之間滑過，她微微瑟縮後才猶豫地睜開了眼。

「天青……」她眨了幾下眼睛，看清了眼前站著的人。

「是我。」天青溫柔地笑了一笑：「妳還好嗎？」

「你們談一會吧！」一旁的M醫生走了過來，扶天青在旁邊的椅子上坐好：「不過不要太久，你們都需要好好休息。」

說完，M醫生善解人意地退了出去，還體貼地關好了房門。

「我們是怎麼回來的？」等M醫生一離開，天青立刻問。

「結界爆發後，我打開了大門。」有些事情，風暮音並不準備讓他知道。

「妳沒有受傷吧？」天青仔細打量著她。

「我很好。」風暮音坐直了身體，看了看他，過了一會才問：「你怎麼樣了？」

「醫生說我沒事，只要修養幾天就好了。」

「喔。」她冷淡地點了點頭，心裡卻鬆了口氣。

天青低頭看著她，似乎還沒有從直面死亡的經歷中回過神，整個房間安靜極了。

陽光穿過不斷舞動的白紗窗簾，投射在天青的側臉上，他輪廓分明的五官，綠色的眼睛和烏黑的頭髮，就像被施了某種魔法，在光與影的交替中呈現出一種驚心動魄的美麗。

「謝謝你！」風暮音先開口打破了這種寧靜到近乎曖昧的氣氛。

「為什麼道謝？」天青有些疑惑地問。

「因為救我，你才會受傷。」

「其實妳用不著……」

「可是，我覺得你那麼做實在很多餘。」天青的話還沒有說完，就被風暮音打斷：「我希望這種事以後不會再發生了。」

她看到天青的笑容僵在嘴角。

「我們這次算是僥倖，能活著回來已經很不容易了。」風暮音用眼角飛快地瞟了他一眼，趕在自己後悔之前迅速地說：「所以我希望你盡快離開。」

「等等！」天青制止了她的自作主張：「我是不是聽錯了什麼？我們活著回來和妳要趕我走，這兩件事有什麼關聯？」

「反正我永遠也鬥不過魔王，也沒有什麼辦法救我父親。」風暮音面無表情地回答：「既然這樣了，你還跟著我幹什麼？」

「其實妳大可不必這麼沮喪……」

「我沒有沮喪，只是認清事實。」風暮音用無神的雙眼直視著他：「而且，我不喜歡一個提醒我自己有多失敗的傢伙，一天到晚在我面前晃來晃去。」

「暮音……」

「你沒有權利這麼叫我。」她冷冷一笑：「你的任務，到此為止。」

「這……是真的嗎？」天青隔了一會才問：「妳真的認為，我和妳之間就是這種關係？」

「不然呢？」她側過頭，盡量使自己顯得冷酷一些：「你還想纏我多久？」

「妳覺得我是呼之即來，揮之即去的人？」天青並不像在生氣，只是眼神微斂，看不出他此刻的情緒。

「我知道你不是簡單的人，或者說，你接近我應該是另有目的。」風暮音撩起額前散落的頭髮，言語咄咄逼人：「我不管你出於什麼目的，是保護我還是別有用心，一切都該結束了。」

「妳……為什麼會這麼想？」天青的眼裡閃過一絲不明的光彩。

「你想扮演什麼？一個英勇的騎士嗎？你又把我當成了什麼？遭遇巨變、六神無主的小女孩？天青先生，這種戲碼太老套了。」風暮音看他的眼神帶著一絲嘲諷：「我不否認你的演技很好，你對我的關心不論是不是真的，都令人感動。但是到了這個時候還要繼續假裝，請原諒我沒有那個心情了。」

「妳從什麼時候開始覺得我……別有用心？」

「嗯……你出現的時機太巧合了，在我最無助的時候，能夠幫助我的你就出現了，簡直像是刻意安排好的。」她掀開蓋在身上的毯子，站到地上。

「這個世上難道就沒有巧合嗎？」天青輕輕地嘆了口氣：「暮音，我只能說，我從來沒有對妳說過謊。」

「不只是因為這個，而是因為你不夠誠實。」風暮音緊盯著天青的臉，沒有放過他表情的一絲變化：「從你走進我家開始，我就試探過你。你沒有說謊，是因為你根本什麼都沒說。你的態度，足以使我認為你是受人之託來幫助我的，只可惜……」

「可惜什麼？」看她說了一半停下，天青終於忍不住追問。

「可惜你並不瞭解我的小阿姨。從小到大，她對我說過最多的一句話，就是『世上真正值得信賴和依靠的，只有自己』。」風暮音笑著告訴他：「是她教會我不可以信任任何人，又怎麼會找一個我毫不熟悉的人來幫我？」

「就算我真的不是她找來的，我就一定是不懷好意嗎？」天青誠懇地說：「暮音，妳看看我！難道一起出生入死後，妳還覺得我想傷害妳嗎？」

「其實你對我真的很好，但就因為實在是太好了，好到讓我覺得不對勁。其實換個角度想，我這樣一個長期缺少關愛、性格陰沉的人，的確很容易就會被突如其來的溫柔關懷感動。」風暮音垂下了眼睫，遮住了自己的眼：「雖然我不知道你是出於什麼目的，也沒有興趣想要知道，但是我很感謝你對我的體貼關懷，就算它未必是發自內心。」

「我真的沒想到，妳把我想得這麼無恥。」天青也站了起來，臉上的笑容卻消失不見：「要我來說，妳講的這些根本不算什麼理由。」

「這也不算的話，可能其他理由你更無法接受。或者用你的說法，世界上有些事，真的沒什麼理由。」風暮音雙手環胸，背靠著窗框：「我不喜歡你，從第一眼看到你開始，我就覺得很不舒服。不論你看起來多麼溫柔可親，我就是覺得你很討厭。這麼說，可以嗎？」

「真是沒想到。」天青異常嚴肅地看著她：「既然這樣，為什麼還讓我跟著妳？妳不怕嗎？」

「我有什麼好怕的？」風暮音歪著頭，淡淡一笑：「你想利用我，我何嘗不希望得到你的幫助？你所瞭解的一切，不是間接幫助我去魔界了嗎？」

「妳……和妳的母親一點也不像。」過了半晌，天青也只能說出這句話來。

「誰規定我要像她？你嗎？」

天青扶著椅子站直了身，碧眼光芒迸射。雖然看上去依然有些虛弱，但整個人散發出一種凌厲的氣勢，和片刻之前溫和的模樣完全不能相比。

「真是沒想到。」天青突然邊笑邊搖起頭來，長長的黑髮隨著他的笑聲如波浪起伏，在陽光中閃爍著幽藍的光彩：「我三番兩次地為妳受傷，甚至豁出命救妳，最後居然被妳說得一文不值。風暮音，妳是第一個讓我覺得自己像個傻瓜的人，妳應該為此感到驕傲。」

「不能否認，我有時很感動。」風暮音十分冷淡地說：「可是你要知道，每次想到你也許另有所圖，我的感動就保持不久。」

「很好。」天青停下了笑，滿含深意地看著她：「我想再說下去，也只是自討沒趣。」

雖然風暮音一直知道，天青是個相當可怕的人，但她現在不得不承認，他的想法似乎比想像中還難捉摸。

如果不是……她根本就不會選擇這樣揭穿一切。

「不送。」風暮音不為所動地看著他。

「妳要記得。」天青推開了房門，臨走時回過頭笑著說：「這只是暫時的分別，我們很快就會再見。」

天青剛走出醫院大門，一輛雪白的轎車已經停在他面前。天車上下來一個穿著筆挺西裝的男人，恭敬地把一件白色大衣披到天青身上。上車前一刻，天青回頭看了一眼，風暮音就站在窗前，毫不退讓地和他對視。

看著看著，天青微笑了，笑意卻絲毫沒有進入眼裡。

風暮音清楚地知道，自己剛才說的那些，照天青的脾氣，恐怕很努力地克制著才沒有發火。

他的風度能夠維持到這時，已經極為難得了。直到車子駛離視線，風暮音才長長地呼出一口氣來。

這時，身後突然傳來輕敲門板的聲音，她回過頭，看到了倚在門邊的白衣天使。

「風小姐。」M醫生問我：「妳真的不需要做個檢查？」

「不用了。」風暮音拒絕了他的好意：「我有點累了，現在只想回家。」

「那就好好保重。」M醫生用調侃的語氣說著：「我可不希望下次又在哪裡把妳撿回來。」

「謝謝。」她勉強地彎了彎嘴角：「這點我可不敢保證。」

「還能說笑，看來妳真的沒事了。」M醫生有些擔憂地看著她：「不過，妳的眼睛……」

「不要提眼睛。」風暮音阻止了他，不想再繼續這個無力的話題：「反正再怎麼說也改變不了事實，就隨它去吧！」

「妳真的很堅強。」M醫生讚嘆又遺憾地說。

「堅強？」她漠然地回答：「當你發現沒有什麼值得依靠，只有自己一個人的時候……自然就會堅強了。」

默默地收拾一下東西，風暮音隻身離開了醫院。

搭著計程車回家的路上，她睡了一會兒，等到她醒來時，路的另一邊，已經看得到紅磚的外牆了。下了車，她看到了停在大門口的一輛黑色車子。

「風雪？」沒想到會看見風雪的車子，她驚訝地低喊了一聲。

想著就要見到風雪，某種情緒開始在她心裡發酵，眼前出現了隱約的霧氣，她加快腳步跑了過去。

就算風雪再怎麼冷漠，畢竟也是她在這世上相處最久的親人……跑過車邊的時候，看到車裡沒人，車門卻直直敞開著，風暮音忍不住愣了一下。

她也沒想太多，直接就跑進了屋裡，最後在風雪關著的房門前停了下來。

她猶豫要不要敲門。

以往的經驗告訴她，風雪剛從外面回來時，通常都很討厭被打擾。她猶豫了很久，直到呼吸完全平復下來，才打定了主意。

「風雪。」風暮音輕輕地敲著門，一邊小聲地說：「妳在嗎？我想告訴妳一些事。」

敲了好一會，也沒有任何回應。

「那我晚點再來好了。」考慮到風雪有可能需要休息，她黯然地離開了房門前。

回到自己的房間，穿過一片狼藉的室內，走到了通往陽臺的玻璃門邊，朝外看著。

茂密的樹林、蔚藍的天空、遙遠的地平線，是早已熟悉的景色。

她輕輕地皺了下眉，稍嫌用力地拉上了玻璃門和窗簾，找出工具開始打掃。

把房間徹底打掃乾淨後，她捧著咖啡，縮在陽臺的籐椅上開始發呆。

咖啡冒出的熱氣，漸漸侵占了她的視線，遮住了滿天明亮的星辰。她的目光不經意地掃過了相鄰的陽臺，那裡空蕩蕩的。

意識到自己想要嘆息的風暮音，努力地把失望咽了回去，刻意讓自己笑了出來。溫熱從指尖處傳遞了過來，她把杯子湊近唇邊，淺淺地抿了一口咖啡，淡淡的苦澀在舌間徘徊不去。

所以說，習慣是可怕的東西。一旦開始習慣某些東西，就總有一天會因為失去它而痛苦。

風暮音靜靜地坐著，手裡的咖啡沒過多久就變得冰涼。她驚覺時，發現不知不覺中已過了午夜。

她決定先回房好好地休息一下，這些天以來，一直沒能好好睡上一覺，該是好好休養的時候了。

她站起身，伸了個懶腰，開始收拾小桌上的東西。拿起托盤剛走了兩步，目光掃過陽臺欄杆，看到了樓下停著的車子，她皺起眉頭，仔細地審視起那輛車。

通常，風雪不把車子停進車庫的原因只有一個，就是她很快要再次離開。但是從自己回來到現在已經很久了，一切卻保持著原樣沒有改變，既不見車子離開也不見車子移動，更不見小阿姨的房裡有任何動靜。

這太反常了！風暮音有些不安地想著。

她把手裡的東西放到一邊，來到走廊最盡頭的那扇門前。雖然從門縫裡看不到任何燈光，可也不能只憑這一點說裡面沒人，風雪向來不愛開燈，就算在家時也是一樣。

輕輕敲門喊了幾聲，靜悄悄的，還是沒有一點反應。風暮音開始猶豫著要不要進去看看。

最後，她還是下定了決心，拉下把手，輕輕地推開了緊閉的房門。

窗半開著，明亮碩大的圓月就在窗外，撒進了一地清冷的月光。不用燈光，也能一眼看透這間貧乏到了極點的房間。

在這之前，風暮音從來沒進過風雪的房間。和她想像中相去不遠，風雪房裡的布置極為簡單，一張床、一個衣櫃、一張書桌。除此之外，沒有任何累贅的擺設或傢俱，甚至連一面鏡子也沒有。

風暮音小心翼翼地走進去，厚厚的地毯完全掩去了她的腳步聲。這間房間似乎特別安靜，安靜到令人不太舒服。

她走到房間中央停了下來，環顧了一下四周。

幾乎是立即的，風暮音感覺到不對勁。住在這裡已經不少時間了，她很清楚風雪沒有時常更換傢俱或天天大掃除的習慣。

她不能明白的，為什麼風雪的房間能這麼乾淨？

所有的一切都一塵不染，彷彿這房間從來沒有被人使用過一樣！

寒氣從心底裡冒出，風暮音突然發現自己從來沒有深想過，這個唯一陪伴自己長大的風雪是怎麼樣的一個人。只是知道，風雪有著太多的祕密，這讓她顯得神祕而古怪。

現在看著這間太過乾淨的房間，她不得不問問自己，風雪是怎麼樣的一個人。然後她發現自己除了知道那是母親的雙胞胎妹妹外，對於風雪的來歷和過去，她幾乎一無所知。

直到有一天清晨，一臉蒼白的風雪出現在自己家門外前，父親都沒有提過母親有一個妹妹。家裡至今也只有母親的獨照，作為親姐妹的兩人，一張合照也沒有。

她的母親喜歡乾淨明亮的白色，反觀風雪的衣櫃，只有一整片漆黑的衣裙。不能否認，風雪是很適合這種顏色，但是有哪個女人的衣櫃裡，會只有黑色呢？

風暮音關上衣櫃，準備要走出房間時，眼角閃過了一道明亮的光。

她停了下來，朝那個方向看了過去。飛舞的白色薄紗窗簾後面，有什麼東西在折射著幽藍色的光芒。

她慢慢地走了過去，撩開窗簾，在窗臺的角落裡拿起了發光的東西。

那是一枚戒指，樣式華美而古樸，中央鑲嵌著一顆深藍色的寶石。她很熟悉這枚戒指，因為從她第一天看見風雪開始，這枚戒指就戴在風雪右手的無名指上。

看著窗外明亮的月光，風暮音心裡的不安急速加劇。之前她看到風雪不在，雖然覺得有點奇怪，但是她並不擔心。一直以來，風雪就是這樣行蹤詭異的，也許她開車回來過，卻又因為別的事情匆忙離開了。

現在卻不一樣了。

風雪從不離身的戒指被遺落在此，這是個很不好的預兆，讓人不由聯想到，會不會……風暮音越想越慌張，只能用力地深呼吸，強迫自己定下心來。

這個時候慌張，是最沒有幫助也最沒有用處的！要想一想，會是什麼樣的情況，小阿姨才留下了這枚戒指，無聲無息地消失了呢？

窗外的風忽然大了起來，把窗簾吹得亂飛，風暮音連忙伸手關上了窗。轉身時，她發現書桌上的原本用鋼筆壓住的一疊便條紙被吹得到處都是。她連忙蹲下身，一張一張地把紙從地毯上撿起。當她的手觸摸到其中某一張的時候，指尖感覺到了細微的凹陷。

風暮音直起身子，把那張紙朝著月光裡看了一看，接著從抽屜裡找出了一枝鉛筆，輕輕地塗抹起來。在經過鉛筆輕輕的塗抹後，紙上顯現出一行模糊的字跡，顯然是有人在前一張紙上寫字時留下的痕跡。

「12……V……ic……enz……al……」她有些吃力地辨認著。

12th Vicenza Italy

風暮音又用鉛筆在其他地方塗了一會，卻沒再找到任何筆跡。

維琴察？是指義大利的維琴察嗎？那這個 12 是什麼意思呢？看起來像個地址，但是維琴察是一個城市的名字，12th 是代表什麼……風暮音拿著那張紙，呆呆地發著愣。

維琴察這個地方，她總覺得很耳熟，好像是聽人提起過。

是誰………仔細地想想，最近是在哪裡聽誰提到過這個地方？好像是在一個很特別的場合，有人提起說……

「啊！」腦際靈光一閃，風暮音忍不住輕喊了一聲：「賀文！」

【第十三章】

Lies and Love

窗外正下著細密的小雨，空氣裡帶著一種冬日的冰冷。

賀文放下了手裡的便條紙，走到了辦公室的玻璃窗前點了根煙，卻只吸了一口，就把燃著的煙彈出了窗外，接著他的拇指和食指輕輕地做出了一個捻壓的動作，那根煙瞬間四分五裂，成了一片細碎的粉末，隨著雨水一起落到了樓下行人的傘面上。

他終於回過了頭，看著坐在椅子上耐心等待回答的風暮音。

「風小姐，我警告過妳。」他用手指抬了抬鼻梁上的眼鏡：「如果不想陷入麻煩，最好要小心一些。」

「你覺得有用嗎？」風暮音冷笑了一聲：「麻煩它自己長腳來找我，我有什麼辦法？」

「我很尊敬妳的母親，她教會了我很多東西，還不止一次救過我的性命。」賀文轉回了身，慢慢朝她走了過來：「所以妳今天來找我，我會盡我所能地幫妳。」

「你不要誤會，我並不是要求你為我做些什麼，只是希望你能告訴我，這紙上寫的是什麼意思。」風暮音想了想，才決定實話實說：「風雪失蹤了，這是唯一的線索，我合理懷疑這張紙和她的失蹤有關。」

「我也不是在拒絕妳。」賀文用手拿起了那張被鉛筆塗出痕跡的便條紙：「我的確知道這代表什麼意思，但是在我告訴妳之前，我想給妳一個忠告。不論是為了誰，妳都不該過多地牽涉到這件事情裡面。」

「這話是什麼意思？」風暮音狐疑地看著他：「你想暗示什麼？」

「我沒有在暗示什麼。」賀文又用那種很奇怪的眼神看她：「只是妳要留神分辨，看到的未必是真實，聽到未必是真聲。人類的智慧是我們最寶貴的財富，卻也是侷限著我們的最大障礙。」

義大利 維琴察

維琴察的第十二街，有個十分特別的地方。

也許對很多人來說，這裡和其他城市沒有不同，但對少數某些人來講，這裡就像是一個殿堂——是一個就算終其一生、也未必有幸踏入一步的殿堂。

雖然從外表看來，這座殿堂更像一棟現代化的辦公大樓。

所以當笑容親切的前臺小姐，用帶著些許口音的英文問風暮音是否有預約過時，她一時不知道怎麼回答。如果不是賀文告訴她地址，她怎麼也不會相信，狩魔獵人工會，會是這樣一個地方。

是的！義大利、維琴察、第十二街，這幾個詞語代表的意思，就是狩魔獵人工會！

風暮音並不清楚自己來這裡是要找什麼，甚至不知道為什麼要到這裡來。畢竟不能僅憑一張印有字跡的白紙，就說風雪失蹤是這裡的人造成的。

當她得知那幾個詞語代表著狩魔獵人總部時，她就知道自己終究會來到這裡。

其實，在不久之前，在她第一次知道自己母親隸屬於某個祕密組織時，她就有了這種感覺。

事情怎麼可能是風雪說的那樣簡單，風雪用三言兩語地就帶過了母親的經歷，似乎是刻意隱瞞或省略了什麼。

雖然對風暮音來說，母親只是照片上一個靜止不動的形象，但是在她年幼時，父親不時地會在她面前讚揚母親是多麼正直優秀的女性。

母親就像一項榮耀、一頂桂冠，是她憧憬著要成為的目標。

風暮音抬頭往四周看著，想像著多年之前，初次來到這裡的母親，是帶著怎樣的一種心情？是不是和現在的自己一樣，迷茫而不安，對於未來已經沒有了一絲一毫的方向？

一瞬間，她覺得自己和素未謀面的母親，似乎能夠透過時間的洪流望見了對方。那是一個有著黑色長髮的少女，穿著一件灰色外衣，睜著一雙琉璃般清澈透明的眼，微微帶著一絲驚訝地看著自己。

「妳……」風暮音朝前伸出了手，試圖想要觸摸一下這個太過真實的幻影。

「小姐，妳沒事吧！」前臺小姐被她的樣子嚇到了，往後瞄了一眼，確定那裡除了牆壁什麼也沒有以後，才露出鬆了口氣的表情。

帶著明顯口音的英語和緊張的語調，立刻把風暮音從迷夢一般的幻覺裡喊醒了。

但才剛回過神，一陣強烈的不適感猛然湧上。

她低下頭，用力眨了眨眼，再睜開時發現，白色大理石的地面居然正在她的腳下漸漸消失，露出了白黑格子的地板……她慌亂地退了幾步，扶住了身邊的羅馬式庭柱。下一刻，白色石柱在她的手掌下褪去顏色，變成了黑色……

「怎麼回事？」風暮音有些緊張地喊了出來：「你們要幹什麼？」

「小姐！」前臺小姐同樣驚慌地看著她：「您在說什麼？」

「怎麼會這樣？」風暮音指著腳下，指著那些看上去年代久遠的黑白格子地板大聲地說。

「什麼？」前臺小姐詫異地問：「那裡什麼都沒有啊！」

「妳難道沒看到……」當風暮音再次低下頭，只看到從玻璃窗透入的陽光，潔白的大理石地面被照射得閃閃發光。

除此之外，什麼都沒有！

她迷惑地環顧四周，不相信剛才只是幻覺。那太真實了，黑白格子的地面、黑色的大理石柱、斑駁剝落的屋頂……

「女士們，出什麼事了？」在過分安靜的大廳裡，風暮音略微高亢的聲音早就引起了人們的側目，一位西裝革履的中年男人走來，彬彬有禮地問道。

「葛萊先生。」前臺小姐像看到救星一樣鬆了口氣：「這位小姐並沒有預約，想見負責人，然後她……好像不太舒服。」

「我知道了，妳忙妳的吧！」被叫做葛萊的中年男人點點頭，仔細打量了一下臉色不是很好的風暮音：「小姐，您是不是不太舒服，需要為您找個地方休息一下嗎？」

「不用了，我很好。」風暮音已經稍稍鎮定了下來：「我想見一下你們的負責人，可以嗎？」

「這……您要知道，如果沒有特別預約，高層人員一般不會接見訪客。」葛萊有些為難地回答：「如果您真的想見負責人，我可以試著幫您約一個時間，但是現在恐怕不行。」

「我知道這樣突然來訪的確不太合適。」風暮音語氣強硬地告訴他：「但是今天無論如何我都要見到你們的負責人，不管用什麼方法。」

「小姐。」聽到這樣的回答，葛萊並沒有流露出不悅的情緒，依舊很有禮貌地說：「您恐怕不知道這裡是什麼地方，我們……」

「我知道。」風暮音打斷了他，帶著些諷刺意味地笑了一笑：「狩魔獵人工會。」

雖然她的聲音並沒有刻意拉高，但是大廳裡所有人的目光在這一刻都集中到了她的身上。

「既然您知道，就請按照我們的規矩走。」葛萊輕咳一聲，補充道：「在這棟大樓裡，我們不受任何國家法律的約束。」

「我沒有時間按照什麼規矩走。」風暮音把眼鏡取了下來，放進了上衣的口袋：「雖然我不喜歡用暴力解決問題，但恐怕由不得我了。」

「已經很久沒有人敢於做這樣的嘗試，更別說是一位年輕的小姐了。」葛萊招了招手，身後立刻出現幾個黑色西裝的男人：「為了這位小姐的勇氣，盡量禮貌地把她請出去吧！」

葛萊轉過身想要離開，但是才走出兩步，就聽到了重物落地的聲音。他驚訝地回過頭，發現風暮音的眼睛正一眨不眨地和他對視。

「請不要浪費我的時間。」風暮音跨過了腳下躺著的那些穿黑西裝的男人，臉色不善地朝葛萊走了過去：「帶我去見負責人。」

葛萊看了一眼四周的人們，只在大家眼裡見到了同樣的迷茫，似乎誰也沒弄明白剛才發生了什麼事。

他的臉色終於變了。

「不用擔心，他們沒受傷，我只是讓他們睡一會。」風暮音以為他的震驚是針對地上的那些人，於是解釋說：「我不希望有任何人受傷，麻煩你配合我一下。」

後來她才知道，葛萊的臉色鐵青來自更深一層的恐懼，對於他們這些使用特殊能力的人類來說，強韌的精神和意志力為最基本條件。

倒在地上的這些人，力量雖然不能和狩魔獵人相提並論，但即便是最優秀的狩魔獵人，如果要使用精神控制的力量讓這麼多人失去意識，同時不傷害他們，也是不可能做到的。

警報聲突然響了起來，風暮音為那刺耳的聲音皺起了眉頭。

不知什麼時候，大廳四周湧進大量的安全人員，把風暮音團團圍在中間。她的目光掃過，冷冷地扯起了嘴角。

葛萊見狀往後退了一步，臉色十分凝重。

「對不起！」警鈴乍然停下，包圍圈外，拿著電話的前臺小姐打破了僵持的氣氛：「蘭斯洛先生請這位小姐上去。」

電梯在大樓最頂層停下，金色刻著字母「L」的電梯門左右滑開，大片綠色映入了風暮音眼中。

她走出電梯後，有些猶豫地看了一眼留在電梯裡的葛萊。

葛萊向她微微彎腰，伸出手示意樹木間那條用卵石鋪成的道路：「請往裡面走，赫敏特先生正在等您。」

「那位先生……」

「赫敏特先生擔任最高負責人已經很長一段時間了。」葛萊說這句話的時候，臉上自然而然地帶著敬畏的神情：「我不知道您是他的客人，還請原諒我剛才的失禮。」

電梯門關上後，風暮音又瞪著那個金色的L發了一會呆，才轉身踏進了這座精美的空中花園。

偌大的空間被精心布置的綠色植物占滿，人走在其中，絲毫沒有身處室內的感覺。

風暮音抬起頭仰望，圓形屋頂是用一塊塊巨大的透明玻璃拼接而成，如同巨大的教堂穹頂。看著看著，那種奇異的錯覺再次在她的凝視中重現，屋頂慢慢變成了彩繪玻璃的樣子，底下一層層地交疊著鋼鐵支架，支架上垂釣著一排排纖細優雅的蘭花。

等到再調回目光時，周圍的植物似乎也變得奇怪起來，位置和樣子時時變化著……風暮音不明白這是怎麼回事，自從踏進這個地方後，像是有某種東西在影響著她，讓她出現了奇怪的幻覺。

她索性閉上眼，憑感覺往前走。

有些枝葉拂過她的身體，腳下的卵石高低起伏……直到透著眼皮也能察覺到強烈的光亮，她才停下來睜開了眼。

看著眼前景象，風暮音長長地舒了口氣，覺得胸口的壓著的東西突然化為了烏有。

玻璃的隔牆外，只有碧藍的天空。

燦爛的陽光透過了明亮乾淨的玻璃，宛如美麗光束照射在這片開闊空地上。白色地面上，繪製著某種神祕的圖騰，如同一雙巨大羽翼般的圖案泛出柔和的金色光芒。

這是一個讓人感覺超出塵世的地方。

羽翼圖案中心的位置，有一把白色的轉椅，那轉椅背對著她，看得出來上面坐著一個人。

寬大的轉椅靠背幾乎把坐著的人完全遮住了，除了黑色的頭髮外，風暮音只看到了那個人的衣袖和手。白色的袖口上繡著極其精美的圖案，修長有力的手指微微曲起，指尖輕輕地敲擊著皮質的扶手。

「你好。」風暮音思索著怎麼開口更為恰當：「我姓風，來這裡是為了……」

「風暮音小姐，很高興見到妳。」轉椅輕巧無聲地轉了過來，坐在那上面的人朝她微微一笑，用十分標準的中文說：「我是蘭斯洛‧赫敏特。」

風暮音沒有說話，表情由迷茫轉為冰冷。

她不知道該做什麼樣的反應才恰當，因為在她設想的無數情況中，獨獨沒有現在面對的這一種。

「妳可以叫我蘭斯洛，或者……」蘭斯洛‧赫敏特一揚頭，披散在身後的烏黑長髮在陽光下折射出美麗的光芒：「妳更願意喊我天青。」

長長的頭髮、挺直的鼻梁、漆黑的眉毛、碧綠的眼，不是天青是誰？可是，他說他是蘭斯洛‧赫敏特，這麼說來，自己的直覺果然又一次應驗了。

「赫……赫敏特先生。」風暮音很不習慣地念著這個拗口的名字，僵硬地說：「很高興認識你。」

「太見外了，暮音。」他站了起來，似乎覺得風暮音的反應很可笑：「我不是說過，我們很快就會再見的。雖然快得出乎了我的意料，但我喜歡這樣的驚喜，妳呢？」

是不是因為穿著白色的長袍，所以他看起來很有些超越世俗的感覺……好吧！她得承認，這樣的天青，看起來十分高貴、優雅和……陌生。

「這實在太糟糕了。」風暮音能感覺到自己的臉色變得很難看，但她實在無法好好控制情緒：「我說了，我根本不想再看見你。」

「這是命運啊，暮音！」天青嘆息似地說著：「不論妳怎麼抗拒，妳和我還是會被命運連在一起的。」

「不要動不動就把這些無聊的話掛在嘴邊，好像我們被強力膠黏住了一樣。」風暮音哼了一聲：「如果這就是命運，我一定是被命運詛咒了。」

「我很欣賞妳的幽默感，總是令我覺得很開心。」天青笑了笑，那是個端莊而有威嚴的笑容，站在他對面的風暮音卻覺得很滑稽：「但是妳也該學著收起爪子，與我和平共處。」

「我不覺得有這個必要。」風暮音皺起了眉：「赫敏特先生，我來這裡不是為了學習怎樣和你和平共處，只要知道事情和你無關，我立刻就走。」

「可是我不願意這樣，暮音。」他小聲地說了一句，憂鬱的表情看起來很能激發別人的同情心。

「既然我們認識，你又是這裡的負責人，就不用浪費彼此的時間了。」風暮音決定徹底忽略他的話：「現在把什麼都挑明，你不會再騙我了吧？」

「我說過了，我並不是有意隱瞞，妳要知道我的身分不容許……」看到風暮音冷漠的目光，蘭斯洛・赫敏特嘆了口氣，結束了她根本不想聽的解釋：「妳來這裡，是為了風雪的事情吧！」

「是不是你把她從家裡帶走的？」從看到他開始，這個念頭就不可抑制地在她心裡膨脹。剛和天青鬧翻，回到家就發現風雪不見了，誰會信天青和這件事完全無關？

「你早就預料到我會來，是嗎？」

「不管妳相不相信，這件事確實和我無關。」天青的眼神和表情很誠懇，誠懇得讓風暮音幾乎相信了他的話：「我說我們會再次相見，是因為我知道總有一天妳會來找我，並不是指我抓走了風雪。」

「那你能解釋一下這個嗎？」風暮音把那張紙抓在手裡：「在她房間裡的，上面寫著這裡的地址。」

「這個也許我能夠解釋，而且……」天青看了看她，才接著說：「妳也應該知道，如果她不願意，沒有人能夠強行把她帶走，連我也做不到。」

「你要怎麼讓我相信你和這件事情真的無關？」她倒想聽一聽，天青要怎麼合理解釋。

「一周前的某個晚上，這裡來了一位未經邀請的客人。」蘭斯洛・赫敏特先生慢吞吞地說著：「妳知道那時我正巧不在。」

風暮音只是看了他一眼，並沒有接話。這點她當然知道，那時的天青整天和她待在一起。

「出乎意料的是，這位客人十分辛苦地闖入這裡，卻只在資料室裡，取走了一份極為陳舊的檔案。」說到這裡，他輕輕地擊了擊掌，從一旁垂下了一塊白色螢幕，螢幕閃了一閃，出現了一幅靜止的畫面：「我們的客人似乎並不在意被人看到，好像知道就算被看到了，也沒有人能把她怎樣。」

「你說她記下這裡的地址，是為了來這裡拿走你的東西？」黑白的螢幕上，是一個不怎麼清晰的側影，但風暮音還是一眼就認出了那是風雪。

「是的。但是她拿走的，嚴格來說並不是我的東西。」天青綠色的眼睛別有深意地看著我：「她拿走的，是屬於『風雪』的東西。」

「什麼意思？」風暮音不明白天青為什麼要刻意強調。

「或者我該感謝現代科技的幫助。」天青轉身走回了轉椅那邊，拿了幾張紙過來：「幾年之前我讓人把所有的舊檔案全部存進了電腦，雖然麻煩了一點，但沒想到真的派上了用處。」

風暮音狐疑地接過了那幾張紙，飛快地掃了一眼之後，卻徹底地怔住了。

「我讓人比對過了，唯一遺失的檔案，就是妳手裡拿著的那一份。」蘭斯洛・赫敏特很嚴肅地看著她說：「一千三百三十六號，妳母親風雨的檔案。」

「不可能！」風暮音已經大致看完那幾張紙上的記載，目光卻盯在附注那一欄上，直覺地反駁道：「這上面的記載是……」

「不可能有假。」天青肯定地告訴她：「除非妳的母親還有另一個叫做風雪的姐妹，否則的話，這上面記載的，就應該是那個和妳一起生活了十多年的『風雪』。」

「不！」風暮音的眼睛盯著手裡的那些紙，喃喃地說：「你騙我！我不相信！這不可能！」

「我想我們之間，真的存在著一些誤會。」天青沒有再試圖說服她，而是對她說：「如果妳覺得我不可信，那麼妳可以親自求證一下，用自己的眼睛看看，到底什麼才是真相。」

【第十四章】

天青很瞭解自己，雖然風暮音並不想承認這點。被一個人這麼瞭解，會讓人感覺很危險。

就像現在，他們站在這扇大門前，她開始時猶豫，天青就站在一旁，靜靜地等著，而她剛剛抬頭，天青就伸手按響了門鈴。

「你見過她嗎？」風暮音輕聲地問。

「是的。」天青回答：「在知道這件事之後，我就來過這裡了。」

風暮音不再說話，只是看著鐵門後的道路發呆。

不一會，有人過來為他們開門，看到這麼多人站在門外，好像有點吃驚。

「我一個人進去就好了。」風暮音面無表情地看了看身後誇張的陣勢：「謝謝你告訴我這些，沒什麼事的話，請回吧！」

「如果是真的，妳準備怎麼辦？」天青伸手攔住了她。

「我不知道，見了面再決定吧！」風暮音推開了他的手：「不論情況如何，我都會自己想辦法解決。」

「暮音，妳為什麼這麼固執？」天青懊惱地抱怨：「妳就不能更依賴別人一點嗎？」

「很抱歉，沒有提供更多機會讓你幫助我。」自從離開那座大樓，天青似乎開始有了某種細微的變化，說不出理由，但風暮音就是這麼覺得的：「我對你的援手以及幫助表示感謝，但是更多時候我想依靠自己，而不是別人。」

「妳就不能不要這麼公式化嗎？」天青嘆了口氣：「妳這樣，只會讓我覺得自己很沒有用。」

「不！你是個很了不起的人。」風暮音的目光掃過那一列車隊，那些在他面前無比謙卑和恭敬的人們告訴了她，這個人和自己屬於完全不同的世界：「這麼年輕就能掌管如此龐大的組織，已經證明你有多優秀了。」

「我說過很多次了，我真的……」

「赫敏特先生，我不是在諷刺你。」風暮音突然覺得有些頭痛，她不明白為什麼和他溝通得這麼辛苦：「我不想和你有什麼糾葛，我想要和你劃清界限，你到底明不明白？」

「我不明白。」天青很認真地看著她說：「如果妳懷疑我別有用心，我們可以用事實證明。不論什麼都好，但是我絕不要和妳劃清界限！」

「為什麼？」風暮音揉了揉額頭，不知道自己還要和他耗上多久。

「我喜歡妳。」天青的語氣像是在說今天天氣很好一樣自然。

這不是風暮音第一次在大庭廣眾之下被人告白，但這是她第一次被人用這樣的語氣說喜歡。何況這個人和她身邊事物，也許有著千絲萬縷的關聯。

風暮音都不知道他是用什麼樣的心情說出這句話的。

「你是在開玩笑嗎？」風暮音很自然地回問。如果他夠聰明，就該知道要順著臺階下。

「我不會用這個來開玩笑。」他很自然地答了風暮音：「我喜歡妳，風暮音。」

這種情況下表白，他是腦袋進了水還是少了根筋？一直以來，風暮音都不覺得這人有什麼毛病，但現在她不太確定了。

她一時之間不知道自己該怎麼辦，是試著尖叫還是試著哭泣暈倒，或者索性給他一巴掌？

「謝謝，我不需要。」風暮音拿出了對付推銷人員的手段：「喜歡我的人夠多了，我想我不需要無謂的浪費。」

「別想就這麼算了。」天青的反應倒也特別：「暮音，我們兩個人相遇是註定的，沒有人可以改變。」

風暮音心想，如果自己不是當事人，她一定會覺得這場面又浪漫又有趣。

但現在她一點也笑不出來！

「你想讓我怎麼樣？」風暮音確定自己不會罵出髒話後，才咬著牙問：「如果我說我永遠都不可能喜歡你，要你死了這條心呢？」

「暮音。」天青微笑著，用一種溫柔之極的聲音說：「妳要相信命運。」

當時天青說這句話時，風暮音還不明白話裡真正的含義，但他當時的眼神，她牢牢地記住了。直到那一整列的車隊絕塵而去，她腦袋裡還盤旋著天青的那個眼神。

天青的眼睛，閃動著星星點點的光芒。他說他喜歡自己是因為命運，這是一個很爛的理由，但是天青的眼睛告訴她，他很認真……

「風小姐。」

「你好。」風暮音忘記那些不著邊際的猜測，從椅子上站起。

「我就是這間休養院的院長，我姓凱裡。」那位中年女士和她握了下手：「赫敏特先生已經派人通知過我，說您要來見風雪小姐。」

「是。」風暮音點了點頭，心裡有些沒底：「她是我母親的妹妹。」

「我已經請人帶她過來了。」院長看了她一眼，一臉疑惑地問：「您知道風雪小姐現在的狀況嗎？」

「是的。」風暮音頓了一下，腦子裡閃過了天青給她看的那份檔案，又慢慢地搖了搖頭：「其實我也不是很清楚。」

「她來了。」

腳步聲從身後傳來，風暮音轉身走到門口。

看著長長走廊裡的人影，她突然覺得雙腳發軟，用手支撐著門框才保持住了站立的姿勢。

「風雪……」風暮音喃喃地念著她的名字，踉蹌地走了過去。

雖然她看過了那份檔案，多少有些心理準備或想像，但是現實的狀況還是超出她預料太多。

「怎麼會這樣呢？」她在輪椅前蹲了下來，看著坐在上面的女人，根本不能相信這會是風雪，但是事實就擺在她的面前。

一眼就能知道，這是一個病了很久的人，長期缺乏陽光和運動讓她的身體蒼白消瘦得有些可怕。細細分辨這張消瘦而病態的臉，能夠看出她的五官輪廓十分美麗，眼角細微的皺紋卻透露了她已不再年輕。應該說，如果風雪不是那麼異常年輕，或許這樣才是符合她年齡的外表。

風暮音真的糊塗了，她不知道該相信什麼才好，是她過去十多年的生活還是現在面前的一切？又或者，還能有另一種解釋嗎？

「您要求帶她離開的心情我們能夠理解，但還是希望您能考慮一下。」那位姓凱裡的院長讓推著輪椅的護士離開，對風暮音說：「雖然她的情況一直很穩定，但這種病本身相當嚴重，身體器官遲早會出現衰竭等狀況。她在我們這裡的費用早就一次性付清了，您大可以放心地把她交給我們照顧，平時能抽空過來看望她就可以了。」

「院長，我有一個問題，希望你能誠實地告訴我。」風暮音站起身，盯著院長的眼睛：「她在這裡，究竟有多長時間了？」

「我剛剛到這裡工作的時候，她就已經在這裡了。」院長立刻如同她預期的那樣開始神情恍惚，但是回答卻十分肯定：「根據入院記錄，應該是在三十八年前。」

風暮音確定對方並沒有說謊。

因為在天青給她看的檔案裡，也是這麼記錄著的。

在她母親的檔案裡，最後附注的親人一欄裡面寫著，母親唯一的雙生妹妹風雪患有嚴重的先天疾病，在五歲時就已經進了這所休養院。也就是說，風雪應該在這個地方待了整整三十八年。

問題恰恰出在這裡！之前如何風暮音雖然不清楚，但是在十幾年來，她明明和一個叫風雪、自稱是她小阿姨的人一起生活！

雖然風雪對她的關心少得可憐，她對風雪的瞭解也不多，但是這不妨礙風雪存在的真實性。

但是看到面前狀況，風暮音想問，到底什麼才是真實？

風雪是真實的嗎？這真的是風雪嗎？如果是真的，那和她一起生活了多年的人又是誰？

「風雪，我該怎麼辦？」坐在計程車的後座，風暮音緊緊地靠在風雪單薄的肩膀上，喃喃地對她說著：「誰都不能相信，誰都不能依賴，我該怎麼辦？」

機場。

「到底出什麼事了？」風暮音問眼前海關官員模樣的人：「為什麼不讓我登機？」

在飛機起飛前五分鐘，她被請到了辦公室中，而她面前站著的這些人始終面帶笑容，態度卻明顯是在敷衍。

「如果你們不給我一個合理的解釋，我不會就這麼算了的。」風暮音看著窗外飛入雲間的客機，臉色越發難看起來。

「你這麼有生氣，我就放心了。」

風暮音轉過身，看到了自己不怎麼想看到的那個人。而那些一直圍繞著她的人悄無聲息地退了下去，甚至還順手關上了門。

「赫敏特先生？」風暮音的眼皮無緣無故地急跳了幾下：「真巧，沒想到走到哪裡都會遇見你。」

「其實也不是這麼巧。」他擺明是在裝傻：「我一直留意著妳，從妳踏進義大利的第一步開始。」

「那我是不是該為此感謝？」風暮音環抱起雙手，一點也不高興：「說吧，你想怎麼樣？」

「我記得有句諺語說過，如果喜歡一個人，就要緊緊地跟著她，哪怕是天涯海角。」天青像是在背書，很正經地對她說。

風暮音沒想到世上還有人如此厚顏無恥，也許這個人真的不知道拒絕兩字怎麼寫也說不定。

「你這樣做真的是因為喜歡我？」風暮音不願意咄咄逼人，但是她有預感，如果現在不和這個人保持距離，遲早會後悔：「我有什麼好的？」

「關於這點，我也覺得有些不可思議！我能確定我沒有對妳一見鍾情，但是長久相處下來，我發覺我比自己預想的還要喜歡妳。」天青似乎早就預備好她要有這麼一問：「沒錯！我承認我接近妳是別有用心。但妳要知道，妳對我來說，確實是個特別的存在。我不相信妳是威脅，卻也不能確定妳是無害的，只好親自確認最安全。」

「那你的結論是什麼？」

「妳是一個威脅。」天青對著她微笑：「為了防止妳危害別人，我要親自看著妳。」

「神經病！」風暮音覺得自己眼前的人根本不是正常人：「你就不能顧及一下別人的感受嗎？」

「我知道妳不希望在那個時候和我談論這些，才會暫時離開。」天青絲毫不被她浮躁的情緒影響：「但是這些時間已經夠妳冷靜了，我想我們以後就不要再分開了。」

「你說什麼？」風暮音懷疑自己是不是瘋了，否則為什麼她會聽到一句很瘋狂的話？

「不要擔心。」天青始終在對她笑，還是那種天塌下來有他頂著的樣子：「有我在，沒有人可以傷害妳。」

「你覺得我會接受嗎？」風暮音不由自主地低頭去看他腳邊的行李，總覺得不論花費多少力氣，也無法說服他和自己分道揚鑣。

「妳接受也好，不接受也好。」天青是個相當自以為是的男人：「要明白，能夠讓我花費這麼多心思，妳可是唯一一個。」

明知應該要拒絕到底的，風暮音卻再也說不出拒絕眼前男人的話了，一如她拒絕不了某些被安排好的事——就像她的出生、倍受寵愛的童年、突如其來的變故，還有那些年裡匪夷所思的遭遇。

當然，這是她很久很久以後的看法了。

這時，她所堅信的，還是一切都可以更改。這是多麼單純幼稚、卻又正直美麗的念頭啊！

每當多年後想起，風暮音都會輕輕地嘆息，這個時候的她雖然足夠小心翼翼，但畢竟太過年輕……當時還年輕的她被捲進了殘酷的戰爭，沒能準確猜測到隱藏在平靜中的災難。或者換句話說，當命運之神眷顧著某一個人，在某一方面來說，也許也是一種不幸。

「終於到家了！」天青誇張地呼了口氣，好像真的回到自己家一樣。

風暮音已經懶得和他計較這些了，之前所經歷的已經讓她明白，這個人根本聽不進別人說的話。

她推著輪椅在樓梯邊停了下來，剛想彎腰把風雪抱起，天青就知趣地過來接手。她看了天青一眼，這種事情的確更適合男人，便把風雪交給他抱上樓。

「你確定她真的是風雪嗎？」

過去十幾個小時裡他們之間幾乎沒有交談，所以風暮音好一會才反應過來，天青在和自己說話。

「你為什麼這麼問，不是你確定她就是風雪的嗎？」風暮音反問：「你不是說除非我母親還有第二個叫做風雪的姐妹，不然她就是我要找的人嗎？」

到了風雪的房間門口，她推門進去，示意天青把風雪放在床上。

「話是這麼說沒錯。」天青站在床邊，低頭看著：「但我一直在觀察她，如果要說她是那個風雪，總覺得和現實距離太遠。」

「她就是風雪。」風暮音也走到床邊，拉起毛毯幫風雪蓋好，順手理了理她有些散亂的頭髮：「我十分確定。」

「妳真的相信嗎？」天青似乎不是十分相信她的說法。

「隨你信不信，我就是這麼認為的。」風暮音看著那已經有幾絲花白的頭髮，輕聲地說：「我不知道別人怎麼判斷，但在我來說，就算是兩個長得一模一樣的人，也是完全不同的。」

「你是說，她看起來就是那個風雪？但我怎麼看也不太像……」天青低頭想要仔細看看，而風暮音正轉過頭看他。

就是那麼巧，她的嘴唇輕輕地擦過了他的臉頰。

兩個人都怔了一怔，天青摸了摸臉頰，風暮音摸了摸嘴唇。

「我很難解釋，但是這個人的確是風雪，不會錯的。」風暮音錯開目光，努力要自己馬上忘記這個令人尷尬的巧合。

「不過容貌差別還是很大。」天青倒是不太介意的樣子，甚至好像有點開心：「難道她曾對妳透露過什麼嗎？」

「她的一切對我來說也是個謎，我們的交流比你想像得更少。」風暮音皺著眉，不知道怎麼解釋才夠確切：「這是一種直覺，就像是……」

「就像是妳能感覺到妳的父親在絕望塔裡一樣。」天青接過話尾。

「你相信我嗎？」風暮音都覺得自己這種依賴直覺的說法牽強：「我說這些話並沒有什麼根據。」

「為什麼不信？」天青站直了身體，綠色的眼裡閃動著光芒：「就像妳所擁有的力量一樣，世界上有些事，用邏輯是無法解釋清楚的。」

「再說……」他搶在風暮音說話前，又加上了一句：「只要是妳說的話，我都相信。即使妳說烏鴉是白的，我也相信。」

是不是噁心久了，也就習慣了？風暮音發現自己居然不覺得這句話哪裡奇怪。

就像天青一直以來的態度，他這麼說簡直是天經地義、理所當然。如果自己有一天說烏鴉是白的，這傢伙也會附和點頭說是吧！

「烏鴉是黑的。」她說這句話完全不是為了活躍氣氛，完全是因為被天青時不時爆發的愚蠢影響到了。

看見天青笑著點頭，好像聽到了什麼至理名言一樣……風暮音拚命提醒自己不要離題，他們正在討論很正經和嚴肅的話題，並不是什麼好笑的笑話。

「你說，她會突然醒來，解開一切的謎底嗎？」風暮音看著渾渾噩噩的風雪，說的不是很確定。

「我覺得我們找到了她這件事本身，就是某種啟示。」天青會安慰她，這風暮音能夠想得到，但是她沒想到天青會接著說：「或者我們應該多想想她是誰？還有她的目的是什麼？」

「什麼意思？」風暮音聽糊塗了。

「妳和風雪一起生活了這麼多年。」天青看著她：「妳真的不知道她任何祕密嗎？」

「每個人都有不希望被別人知道的祕密。」風暮音看著天青那雙綠色的眼，讓她覺得不太舒服，於是有些語無倫次地說：「但只有當你自己也忘記的時候，才能稱得上是真正的祕密。」

天青怔然地看著她，若有所思……

【第十五章】

Lies and Love

在風雪回來的第一天晚上，風暮音做了一個夢。

有生以來第一次，她的夢不再是一些支離破碎的景象。

風暮音夢到自己在森林裡迷了路，周圍是一片黑暗和冰冷。她不知道別人的夢是怎樣，但她覺得自己無法分辨這夢是真是假，那種可怕的感覺太過鮮明，鮮明到她沒辦法輕鬆地告訴自己，那只是一個夢而已。在她最終驚醒的時候，她全身肌肉僵硬，連一根手指頭都動不了，整個身體已經被汗水浸得濕透。

在她洗完澡從浴室裡出來後，風暮音就看到了那封信。信放在她的枕頭上，是帶著點點碎金色的舊式信封和信紙，那上面的字跡龍飛鳳舞，但只寫了一句話：「請來訪安善街一百九十七號」。

安善街一百九十七號，這令風暮音想起了白牆青瓦、灰色的照壁、據說是妖怪的孩子西臣，當然還有那個奇怪的金先生。

她並沒有忘記，自己是因為拿了金先生的東西才能去到魔界。按理說，金先生有充分的理由找自己算帳，但那時的風暮音有種預感，事情並不像她所想得這麼簡單。

最近遇到了太多事情，她已經沒有心思想得太多，像思考這個金先生到底是什麼人之類的。因為不論他是什麼人，她都已經沒有精力理會。困擾她的事情太多太多，又何必花費精力去擔心別人？

正所謂，該來的一定會來。

拿著那封和它的主人一樣神祕特別的邀請函，風暮音長長地嘆了口氣。

就像天青曾經告訴過她的一樣，當金先生想要見你的時候，你很容易就能找到他。那塊石板在靜默之門打開的時候已經消失，如果他要求賠償，自己又要拿什麼賠給人家？風暮音看著眼前黑底金字的門牌，不知道自己待會該怎麼向失主解釋。

在風暮音還在考慮的這個問題時候，朱紅色大門無聲無息地打開了，門裡站著的就是上次給她開門的那個男人。

「風小姐，先生正在等您。」對方客氣地說完，自顧自地走了進去。風暮音深吸了口氣，再一次跟著這個人走進了金先生的屋子。

金先生背對著她站在種滿了荷花的池塘邊，依舊是穿著那種奇怪樣式的衣服，長長的頭髮整齊地披散在身後。

如果不是金先生給人的感覺太過銳利，風暮音倒是覺得他很像那些傳說中的世外仙人。

「早安。」察覺風暮音的到來，金先生轉身跟她打招呼：「好久不見了。」

「你好，金先生。」不知道為什麼，在這個人面前，風暮音總覺得十分拘束：「我很抱歉，關於上次……」

「我找妳來不是為了界石的事情。」金先生打斷她：「其實那件事我並沒有打算追究。」

「那麼西臣她呢？」風暮音有些憂心：「你不會責怪她吧！」

「妳放心，我並沒有責怪她。」

「是嗎？」金先生的回答讓她鬆了口氣，但隨之而來的卻是更多的疑惑：「那麼你為什麼找我呢？」

「能夠從魔界安然無恙地走出來，妳的運氣實在很好。」他並沒有立刻回答風暮音的疑問，而是說：「但一個人不可能總有這麼好的運氣。」

「我不覺得那是……」

「妳不覺得那是運氣，對嗎？」他似乎一眼就看穿了風暮音心裡的想法：「我很欣賞妳的勇敢，但只有勇敢，那是遠遠不夠的。」

「我不明白你在說什麼。」

「風小姐，妳是如何看待『信任』這件事？」也許是因為她的表情有點生硬，金先生笑著說：「我看得出來，妳並不信任我。」

「信任？」風暮音迷惑於他突然轉變的態度，但還是誠實地對他說：「我想，我信任的人本來就不是很多。至於你，雖然不明白是為了什麼，我倒是覺得你對我有些敵意。」

「敵意？」她的回答似乎令金先生很吃驚：「妳真的這麼覺得嗎？」

「沒有人會無條件地信任陌生人，況且是一個感覺不是很和善的陌生人。」

「啊，原來是這樣。」好像是聽到了什麼好笑的笑話，金先生臉上的笑容更加明顯了：「還是應該做一個和善的陌生人，更加能夠得到信任。」

風暮音承認，她根本就不知道自己面前的這個人在說些什麼。

「請原諒我說了這些奇怪的話。」幸好他立刻就轉進了正題：「我找妳過來，其實是為了風雪小姐的事情。」

「啊？」突然聽到風雪的名字，風暮音不由得愣住了：「你說風雪？」

「不是這樣的嗎？」金先生保持著笑容：「妳不是正在為這件事而煩惱嗎？」

「你為什麼會知道？」她幾乎是本能地提問。

「我當然有自己的辦法。」金先生顯然並不願意多說：「我想要知道妳是怎麼看的？」

「什麼怎麼看的？」風暮音冷冷地笑了：「我就像被人遮住了眼睛，什麼也看不清楚。」

「有些事不需要眼睛，用感覺就可以了。」他想了一想：「比如說，第一眼看到風雪，妳的感覺是什麼？」

「感覺？」風暮音移開視線，看著水裡的荷花：「我知道那是她，但是……感覺……缺少了什麼東西……」

「沒有靈魂的軀殼。」

風暮音猛然抬頭看他。

「我說得不對嗎？」金先生絲毫不在意她驚訝的瞪視：「妳能察覺到，這已經很難得了。」

「金先生，關於風雪，你知道什麼？」她很小心地問：「她先是失蹤了一段時間，現在又出現這樣的情況，我很擔心她。」

「妳也不用緊張。」金先生背著雙手，寬大的衣袖和長髮被風吹得飄飄揚揚：「我今天找妳來，就是想告訴妳這件事情。」

「你知道之前的風雪去了哪裡嗎？」

「被帶走了吧。一旦契約結束，另一方就該履行權利了。」

「契約？」這個詞觸動了風暮音，她感覺像被什麼尖銳的東西扎到了一樣：「魔鬼的契約？是魔界的……」

「不，我想妳是誤會了。」金先生很盡職地向她解說：「並不是只有魔鬼才會訂立契約，事實上，習慣掠奪的他們並不常用這種繁瑣的手法。當然了，天神們通常是不屑於做這種事情的。只有介於魔和神之間的魔神，才對契約有著特別的偏好。」

「魔神？」風暮音不解地問：「你是說，因為有魔神和風雪訂下了契約，所以風雪才會變成這個樣子的嗎？」

「妳這麼說，對也不對。」金先生慢慢地走了起來：「我猜想，她在多年之前的確和魔神訂下了契約，所以妳這次找到的，應該不是完整的她。就像我說的，只是一個沒有靈魂的軀殼。而在很久以前，她的靈魂就被從這個身體中拿走，放到了容器裡面。」

「什麼容器？」風暮音跟著金先生走進屋裡。

「我聽說過有一種奇特的方式，能夠為失去軀體的靈魂再造一個身體。」金先生示意風暮音坐到自己對面：「只要條件足夠，這種法術能夠製造出近乎完美的肉體。」

「能夠製造一具身體？」風暮音依言坐下：「那是用什麼東西製造？」

「材料是什麼並不重要，而是要看製造者是誰。」金先生拿起了桌上的茶壺，為兩人各倒了杯茶：「我這麼肯定，是因為那原本就是魔神最愛在閒暇時用來取樂的小把戲。」

「你的意思是，有人為風雪製造了一具身體，用來裝她的靈魂？」雖然風暮音沒有辦法把活生生的血肉之軀和布娃娃劃上等號，但顯然金先生就是這個意思：「可我不明白，為什麼要這麼做？」

「我就是這個意思，她們都是風雪。要說有什麼區別……妳過去見到的是她的靈魂，現在見到的，則是她失去靈魂的身體。」金先生慢慢地喝了口茶：「至於為什麼這麼做，那是因為人類的身體太脆弱了，一旦受到了嚴重的傷害就很難復原。而且人類的身體會隨著時間不斷衰老，那是力量衰竭最根本的原因。這樣到了最後，人類的靈魂難免也會受到損傷。」

「這麼說，風雪她是被人操縱著嗎？」風暮音低頭看著自己放在膝蓋上的手，喃喃地問：「為什麼會這樣呢？」

「其實，未必是妳想的那樣。」金先生的笑容帶著點冷酷：「自古以來，人類對於力量的迷戀，促使他們願意付出一切。就像是很多故事裡所說的那樣，只要把靈魂交給魔神，你就能得到你想要的一切，而且這出於自願的原則，也就沒有反悔的餘地。」

「什麼叫做『把靈魂交給魔神』？」風暮音猛地抬起了頭。

「就像魔鬼們喜歡殺戮征服的快感，神祇們崇尚神聖不可侵犯的威嚴，而魔神最大的樂趣就是收集靈魂。」金先生放下手中的茶杯：「據說，純淨的靈魂就像寶石一樣美麗，在魔神的宮殿裡，有著無數這樣閃閃發光的寶石。如果沒有意外，現在風雪已經是其中之一。」

「什麼？」風暮音站了起來。

「風小姐，難道我說了這麼久，妳還沒有明白嗎？」金先生顯然不知道什麼叫做同情心或者委婉：「妳要找的人，她已經不存在這個世界上了。留在這裡的，只是失去靈魂和契約保護、很快就要腐朽的身體。通俗一點來講，她已經死了。」

從義大利回來的時候，風暮音就覺得自己已經遇到了最糟糕的狀況。可當她聽到金先生這麼一說，眼前頓時一片漆黑。

風暮音頹然坐倒在椅子上，金先生重新為自己倒了杯茶，坐在對面慢慢地品嘗著，臉上帶著閒適的神情，彷彿他剛剛說的話無關痛癢。雖然對他來說，這的確算不了什麼。其實，這對於風暮音來說，原本也不算什麼的。雖然是她的親人，但是她一直以為，風雪和陌生人並沒有太大的區別……

「已經沒有辦法了嗎？」風暮音的聲音乾澀：「她真的死了嗎？真的沒有辦法回到以前的樣子了嗎？」

「妳們的關係好像並不親密。」金先生的聲音像是從遠處傳來：「妳為什麼會為她擔心？」

「我和她一起生活了十幾年，就算是陌生人，也是一個熟悉的陌生人了。」風暮音想笑一笑，卻只能抽動幾下嘴角：「我想，就算是聽到一個熟悉的陌生人死去的消息，也總是無法接受的。」

「真令我覺得吃驚，作為他的孩子，妳出乎意料地心軟，也許這是一種……」金先生的聲音很輕，內容也很奇怪，風暮音茫然地抬起頭，不明白他在說什麼。

「不過，說是『死亡』也許不是那麼正確。」但金先生接下來的話就像是一線光明，讓她眼前漸漸清晰起來：「看在妳這麼難過的分上，我也許該告訴妳。只要在身體朽壞之前重新找回她的靈魂，也許還有機會。」

「真的嗎？」

「當然，可是這並不容易，或者可以說要拿回她的靈魂，只有萬分之一的機會。」金先生的眼神很奇怪：「妳要記住，一個人的運氣始終是有限的，一旦妳把它用完，也許接下來會是妳無法承受的厄運。」

「我已經不想管以後了。」風暮音露出一絲微笑：「如果你把我遇到的這些叫做『好運』，我還真想看看，所謂厄運會是什麼樣的。」

你做過夢嗎？

我們每一個人都會做夢。也許不是每一次睡眠都會陷入夢中，但是我們時常會夢到一些奇怪的東西，也許是美麗的，也許是可怕的，也許醒來時什麼都不記得，也許醒來後很久都無法忘懷。

以前的人把夢看做某種神祕的啟示，但現代醫學向我們證明，這不過是人類的大腦在休息時做出的正常活動。佛洛伊德也說過，夢只是現實生活的投影，是內心欲望的潛在表現。

但是，你現在開始必須把這些都忘了，重新接受另一種說法。

人在睡夢之中，精神的力量是十分脆弱的，潛在的欲望和想要隱藏的祕密會浮現出來，所以人在夢中幾乎毫無防備。我們一直在說的魔神，就是掌管著一切美麗的、可怕的、你忘記了或者忘不了的夢。或者你可以叫他「夢魔」，但我們通常不使用這種不敬的稱呼。

對某些人來說，他是拯救一切的神祇，但對另一些人來說，他是毀滅所有的惡魔。就像夢的本身並沒有善惡之分，魔神也是一樣，既不善良，也不邪惡。

魔神住在很遠很遠的地方，就像現實和夢的距離一樣遙遠。要去到那裡，必須使用某種特殊的方式。

「就這些？」敘述告一段落的時候，風暮音問金先生：「我到了那裡，該怎麼辦呢？」

「那是最為變化莫測的領域，我無法告訴妳能怎麼做，一切只能靠妳自己。」金先生想了想，最後給了她一個忠告：「我只能說，在某些時候他很溫和，但如果妳認為那是他的本性那就糟糕了。」

不肯把話說清楚，總像演舞臺劇般抽象地表達，風暮音當然沒有辦法理解。至少，她在聽完之後沒能馬上理解這是什麼意思。她開始考慮也許自己下次請教別人這種問題的時候，應該隨身攜帶一個可以錄音的工具，然後像解讀密碼一樣反覆推敲。

「我走了。」風暮音站起來，對金先生說：「雖然我不明白你為什麼願意幫我，但是我很感激你的幫助。如果你有什麼要求，請告訴我。」

「不用了。」金先生搖搖頭：「請不要放在心上，我很高興能幫上忙。」

金先生今天對自己始終保持著一種近乎於友善的態度。雖然不到難以接受的程度，但風暮音還是覺得有點彆扭。除了名字，她對這個人根本一無所知，他是什麼人？為什麼會知道這麼多沒有人知道的事？他是不是對自己隱瞞或誤導了什麼？

風暮音當然好奇這些，但她也知道，就算問了，也百分之百得不到答案。她只能選擇相信他，就算金先生是想害她，她也沒有其他選擇。

誰也不能依靠，她只能相信自己……

「暮音，妳回來了？」天青站在家門口等著她，看起來像是等了很久的樣子。

風暮音點點頭，盡量表現得若無其事，心裡卻堵得發慌。如果這個人不是什麼最高負責人，如果自己不是風暮音，如果他們是……是更單純一點的關係，那該有多好。

「妳累了嗎？吃點東西就去休息吧！」天青站在她的面前，因為背光的關係，風暮音看不到他臉上的表情，但他綠色的眼睛看起來溫柔極了：「我不會煮飯，所以到餐廳買了點……妳怎麼了？」

風暮音忽然抱住他，非常用力地抱著，把全身的力量放在了他的身上

「出了什麼事？」天青明顯地僵了一下，但絲毫沒有拒絕的意思：「妳是不是不舒服？」

「不要說話！」她把頭靠在天青的肩上，天青身上的味道，就像是最為乾淨的空氣一樣：「至

少，現在不要……」

天已經黑了，從屋裡透出的橘色燈光，把他們兩個人的影子拉得很長很長。

如果時間能夠靜止，風暮音希望將這一刻永遠暫停……

「妳要去魔神的界域？」

「嗯。」風暮音站起身，準備收拾碗筷。

「這不好！」天青一把抓住她的手腕，不讓她把碗拿去廚房。

「沒有什麼好不好的，我必須去。」可能是因為最近太累了，風暮音不再想和別人爭辯：「我要把風雪找回來。」

「妳不知道……」

「我什麼都不需要知道，有時候知道太多，反而是一件痛苦的事情。」風暮音輕輕掙脫了他：「你不用勸我了，我不在的時候，麻煩你幫我照顧風雪。」

「那好，我和妳一起去。」

「我說了，我一個人……」

「要麼我們一起，要麼誰也別去。」天青淡淡地說：「沒有第三種選擇。」

「如果我們都走了，那風雪怎麼辦？」也許是真的有些不舒服，風暮音居然問了個幾乎無關緊要的問題。

「這妳不用擔心。」天青笑得有些愉悅：「我會找人來照顧她的。」

風暮音拿著碗筷，轉身進了廚房。她把碗放在水槽裡，然後擰開水龍頭，就這樣呆呆地看著水從水龍頭不斷地流淌出來，慢慢流進下水道。

「暮音，妳今天好像有點不對勁。」天青站在她身後，聲音裡帶著擔憂：「除了這些以外，金先生和妳說了什麼嗎？」

風暮音機械地搖了搖頭。

「暮音，好好睡上一覺。」天青似乎沒有發覺她的異樣，用和平時一樣的口氣對她說：「有什麼事，都等到明天再說吧。」

風暮音側過頭，看到天青靠在門邊，他的眼睛裡有著關心，卻保持著柔和的表情。他的確在為她擔心，卻也知道她不怎麼習慣別人的關懷，所以只說了這些。

「我要洗碗，你出去吧。」風暮音回過頭，拿起盤子沖洗起來。

「玩過占卜遊戲嗎？」

風暮音洗好碗走出廚房，看見天青坐在沙發裡，面前的桌子上散落著一些紙牌。

「塔羅牌？」她不是很感興趣地說：「怎麼，你也玩這個嗎？」

「要不要試試？聽說靈感強烈的人能夠預測得很準。」天青把牌整理好，朝她攤展開來：「不需要繁瑣的手法，只要抽一張就可以了。」

「無聊。」她走過去，隨手在裡面抽了一張遞給他。

「啊！」天青好像有點驚訝，呆呆地看著她遞過來的那張牌。

「是什麼？」他很久都沒有反應，風暮音就直接把牌拿過來看了看：「戀人？」

「又一次命運的啟示。」她抬起頭，看到天青帶著捉狹的笑容說著：「這一次可不是我說的，而是妳自己這麼決定的。」

「一天到晚胡說八道！」風暮音把牌丟到他臉上，順帶給了他一個白眼：「就算我抽到了戀人，也不一定和你是戀人吧！」

風暮音走上樓梯時回頭看了看，看到天青把那張牌拿在手裡，翻來覆去地仔細審視，還笑得像個傻瓜一樣。

不許笑！有什麼好開心的！天青是個神經病，妳怎麼也和他一起發瘋了？

風暮音用手捂住自己的臉頰，拚命地把嘴角往下壓。

【第十六章】

Lies and Love

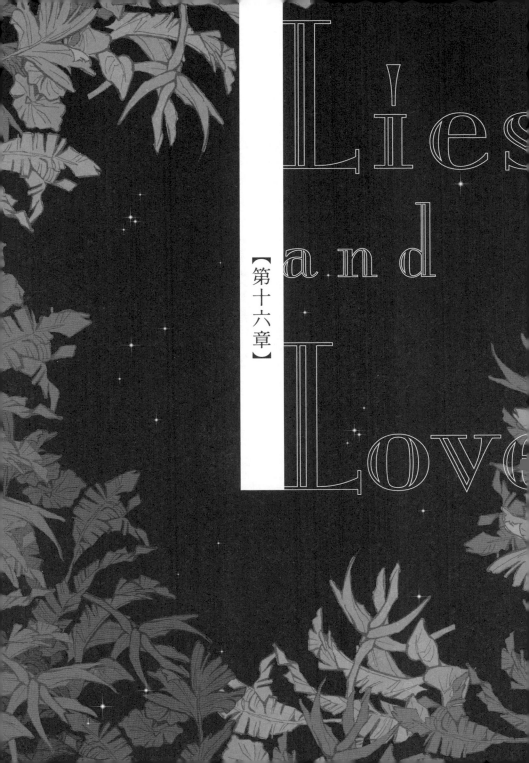

深藍色的小瓶子上貼著標籤，上面寫著：「危險藥品，每次限服一粒。」

人的肉體是有形有質的東西，而魔神所在的世界卻是純粹的精神世界，到達那裡最基本的條件就是身體和精神分離。不過相比去往魔界過程的曲折複雜，進入那個世界的方法就人性化許多，好比如……吞下一顆注明是危險藥品的藥丸之類的。

現在，這顆藥丸就躺在風暮音的手心裡。只看外表的話，和普通的感冒藥並沒有什麼明顯區別。這是不是可以說明，古老的法術已經能和現代科技完美融合在一起了呢？

「你聽說過魔神嗎？」她轉過頭問天青：「聽說是介於神和魔之間，擁有強大的力量。」

「我只在古籍上見過關於夢魔的紀錄。」天青皺著眉說：「他沒有真實的形體，最喜歡在深夜的墓地裡遊蕩。」

「那也就是一無所知了。」風暮音搖了搖瓶子，又從那裡面倒出一顆藥丸：「你說，金先生為什麼要給我兩顆？」

「或許他已經知道了，我不可能讓妳一個人去。」天青從她手裡拿走一顆藥丸，對她眨了下眼睛說：「晚安。」

「等一下！」風暮音攔住了他把藥丸放進嘴裡的動作：「如果我們去了那裡，回不來了呢？」

「怎麼了，暮音？」他反握住風暮音的手：「妳不是猶豫不決的人，是不是有什麼特別的原因讓妳如此猶豫？」

天青的體溫偏低，總是帶著一股微微的涼意，風暮音忍不住瑟縮了一下。

「我……我……」她咬了咬嘴唇，輕輕抽出了自己的手：「我只是有不好的預感。」

「那是因為妳太緊張了。」天青摸了摸她的頭，安撫似地對她說：「就像上次一樣，雖然很危險，不還是平安地回來了？」

「不一樣的。」風暮音輕聲地回答：「上次不是這樣的。」

當她看見天青要吞下藥丸，心就一陣發慌，就好像……好像有什麼無可挽回的事情就要發生了一樣。

「你還是不要去了。」風暮音低下頭：「我感覺很不好。」

「那我更應該去。」天青安慰她：「不會有事的，我們會把風雪帶回來。」

「天青……」風暮音看著他仰頭咽下藥丸，只能強壓下心裡的不安。

應該不會有事的，會有什麼事呢？應該……

「我睡不著。」風暮音已經吞下那顆藥丸很久了，可是她的眼睛還是睜著，一點睡意也沒有：「天青，你睡著了嗎？」

「妳閉上眼睛，很快就會睡著了。」天青的聲音聽上去也很清醒。

「為什麼睡不著？」她開始懷疑那些藥會不會已經過期了：「不是應該一吃下去就會睡著的嗎？」

「這應該和安眠藥不一樣……」

「躺過去一點！」她用手推開天青：「說話就說話，靠這麼近幹什麼？」

「我也不想啊。」天青很無奈地回答：「妳的床太小了，我會摔到地上。」

「地上不是很好？」天青的頭髮很長，貼在風暮音的臉上讓她很不舒服：「你出的什麼爛主意？我最討厭和別人擠在一起了！」

他們兩個人現在之所以會並排躺在床上，是因為天青說他在床的四周設了結界，那樣可以保護他們的身體不受環境影響。可事實上，風暮音什麼都沒有看到他做，鬼知道他是不是隨口說說。

天青聽見風暮音發牢騷，忽然一陣輕笑。

「你笑什麼？」她差點忍不住踹天青兩腳。

「沒什麼，只是想起了很久以前的事情。」天青突然摸了摸她的頭，風暮音狠狠地瞪了他一眼。也不知道真沒看見還是假裝沒看見，天青自顧自地說著：「有個小女孩以前總是一天到晚黏著我。」

「那一定是個小白痴！」風暮音在心裡有些同情那個不幸的人。

「我那個時候也這麼說，不過我倒是時常想起她。」天青的語氣有點奇怪：「當年我心情很差，所以一直對她不好，其實我很高興她能喜歡我。」

「她知道了一定會很感動的。」說實話，風暮音對他小時候的女朋友一點興趣也沒有，所以很隨便地敷衍了他一下。

「也不知道她願不願意原諒我。」天青的語氣很熱切。

「我怎麼知道?」要不是確定自己之前絕對不認識他,風暮音還以為他是在對自己說的:「喂!不要靠這麼近好不好?」

「赫敏特家族是狩魔獵人組織的締造者,在上千年的時間裡,一直在暗地裡領導著這個龐大的組織。」天青好像突然有了說故事的欲望:「這個家族表面看似風光無限,但付出的代價卻是常人無法想像的。」

「你是想說睡前故事嗎?」風暮音不怎麼感興趣地說:「如果說得不好,我可不聽。」

「我只是突然想說點什麼。」天青又伸手過來,但這次被她眼明手快地擋住了:「也許和魔族鬥爭太過耗費心力,又或者是被詛咒了,赫敏特家族的每一個成員都會在三十歲之前死於非命。」

「那麼年輕嗎?」風暮音看了看他的樣子,問:「那你今年多大了?」

「已經二十五歲了。」明亮的月色裡,天青的眼睛是深邃的墨綠:「也許很快,我就要離開了。」

「胡說!」風暮音冷冷地說:「我看你比我健康多了,說什麼死不死的?」

「暮音。」天青喊她的名字,然後嘆了口氣:「如果有一天我不在了,妳會想念我嗎?」

「不會。」風暮音不明白,這種無聊的問題有什麼好問的?

「那偶爾呢?偶爾想我一下好不好?」

天青看著她,她瞪著天青,天青的表情那麼柔和,眼睛還水汪汪的。藥效好像挑在這個時候突然發作，風暮音感覺自己一下子昏了頭，居然對他說：「你不會死，我不會讓你死的。」

「嗯！」天青微微點頭，伸手摸著風暮音因為沒有整理已經半長的頭髮，溫柔地說：「暫時不會吧。把妳一個人留下來，我不放心。」

「一個人嗎？」她喃喃地說：「我一直都是一個人。」

「以後不會了，我會陪著妳的。」

「多久呢？」

「很久很久，怎麼說……『永遠』好不好？」

「永遠」是所有承諾中最愚蠢的一種，卻也……最是誘人。風暮音慢慢閉上眼睛，拒絕再思考。

風暮音再一次張開眼睛的時候，眼前的一切讓她覺得很茫然。

怎麼會這樣？難道說，那顆藥真的不起作用嗎？或者是她遺漏了什麼步驟，否則的話，她怎麼會在這個地方？

她記得這裡，是因為她還記得自己做過的那個夢。她或許不記得當時具體夢到了些什麼，但這黑暗死寂的場景，卻深深地留在了她的腦海裡面。難道說，這一次是她又做了同樣的夢嗎？

天空就像一塊巨大的黑色簾幕，天空中碩大的滿月投射出明亮的銀白色光芒，讓樹影重重的森林顯得陰沉可怕。周圍沒有任何聲音，所有的一切都沉浸在寂靜之中。風暮音慢慢地在樹林中行走，等待著從夢中醒來。

上一次做這個夢的時候，雖然說感覺十分鮮明，但是在醒來之前，風暮音幾乎沒有辦法控制自己的思想和行動。她就像迷失了方向般拚命地奔跑，根本就沒有其他太多的意識。但是現在，她清楚地知道這是在做夢。

這種感覺很奇怪，明明知道眼前的一切不是真的，卻像能夠觸摸到一樣。風暮音深深地吸了口氣，發現連呼吸到的空氣都十分真實。

她並沒有刻意去尋找方向，她意識到這是在做夢，方向根本不重要。她所要關心的，只是什麼時候能夠醒過來。

腳下是高低起伏的林間小路，四周的景色大同小異，這裡是一片廣闊茂密的森林。就在風暮音以為自己會一直行走其中直到醒過來的時候，她看到了一點光亮。不，應該說是一陣炫目的閃光，在她前方不遠處的黑暗中爆發開來。

就像被什麼東西吸引著，風暮音不由自主地朝那個方向走了過去。剛轉過一個彎，眼前豁然開朗，在樹林間的空地上，她看見一棟房子。

這裡很安靜。腳踏在草地上，發出沙沙的聲響，讓她感覺越發緊張起來。

風暮音沿著小路，踏上臺階來到了屋前的門廊。她試著推開門，但大門緊緊地鎖著。

「暮音。」

這個時候，風暮音身後傳來說話的聲音。她被嚇了一跳，然後飛快地回過頭去。

站在銀色月光下的人，有著長長的黑色頭髮，表情十分嚴峻。

「天青？」風暮音沒想到會在自己的夢裡看到他，一時反應不過來：「你怎麼會在這裡？」

「暮音，我們要立刻離開。」天青走過來握住她的手：「快點走！」

「為什麼？」她不明白地問：「為什麼要離開？」

「這裡很危險。」天青的手非常冰冷：「我們要盡快離開這裡。」

「這不過是在做夢。」風暮音很想笑一笑，卻像是被他傳染了緊張一樣笑不出來：「沒想到我居然會夢到你。」

「這的確是妳的夢，但妳並沒有夢到我。」

「什麼？」風暮音不能明白他話裡的意思。

「我們的確是在妳的夢中，這裡的一切都是妳在夢中虛構的。」天青拉著她離開大門，走下臺階：「妳忘了嗎？我們都吃了藥。」

「你是說……這裡就是我們要前往的地方？」風暮音霎時瞪大了眼睛。

「所謂魔神的世界，不過是一個純粹精神的王國。」天青長長地舒了口氣：「人類的每一個夢，都發生在這個世界之中的某個地方。」

「那麼說，我們成功了嗎？」風暮音朝四周張望。現在的情況不一樣了，她的感覺也變得完全不同。「那麼，我們要怎麼才能找到那個夢魔？」

「現在不是擔心這個問題的時候。」天青認真地對她說：「這裡太危險了，我們還是先離開這裡再說。」

雖然風暮音不是很清楚他為什麼堅持這裡有危險，但還是點了點頭。

就在她看了一眼那棟房子、正回過頭準備和天青一起離開的時候，突然有一道黑影飄過她的眼角。風暮音反射性地朝那個方向看了過去，這一看，讓她渾身一震，整個人都僵住了。

「風雪！」那一身黑衣朝著房子走去的，竟然就是他們要找的人。風暮音剛要追過去，就被身邊的天青拉住了。

「不要過去。」天青對她搖了搖頭：「那並不是她的靈魂，只是妳夢裡的影像。」

「是嗎？」她看了看天青，又看了看那個熟悉的黑色背影：「天青，你有事隱瞞著我，對不對？」

天青似乎不知道該怎麼回答，有些愣住了。風暮音也不再多說什麼，轉身朝著那棟房子走了過去。風雪對她的聲音沒有反應，她跟著風雪走回了那棟房子，然後沿著牆壁走到了一扇開著的窗戶。

風雪走到窗邊朝裡面看去，蒼白的臉上沒有什麼表情。風暮音走到她的身後，也跟著她往屋裡看去。這個時候，正好又有一陣強光從房子內部爆發出來，風暮音的眼前一片漆黑，過了好一會才能看到東西。

屋子裡的情況很詭異，這是風暮音的第一個念頭。

從她的角度看過去，那裡站著一個背對著她的男人。那個人的頭髮是銀白色的，一直長到腳踝。他穿著雪白長袍，全身就像被籠罩在一層光暈中，看上去就像是、就像是……風暮音不知道該怎麼形容那種感覺，也許用「神聖」這個詞語形容會稍微恰當一些。總之，當她看到這個背影，就不由自主地聯想到了那些神聖的、聖潔的詞語。

「妳想要救她嗎？」那聲音冰冷至極，就和他的背影給人的感覺一樣。

風暮音的心一顫，然後才意識到這個人不是在和自己說話。

「不要殺她。」她身邊的風雪平靜地開了口。

直到這個時候，風暮音才把目光從那個人的背影移開。接著，她就看到了……

血！大片大片的血在白色的大理石地面上蜿蜒流淌，那種刺眼的紅色一如既往地讓她頭暈目眩。

風暮音定了定神，強迫自己忽略掉那種顏色，再次仔細地看了看。

在那個銀髮男人腳邊，似乎還躺著另一個人。風暮音從這裡只能看到一縷黑色的頭髮，而數量驚人的鮮血就是從那裡流淌出來的。

銀髮男人把手舉起，他的手上也不住地往下滴落鮮血。一滴滴猩紅的血珠落下，一接觸他的衣服就被彈開，最終落到了地上那人的黑髮中間。然後，他展開了緊握的手，某樣東西從他的手上落了下來。

風暮音眼前一黑，覺得自己快要暈倒了。

「沒事的。」一雙手扶住了她的肩膀，天青輕柔的聲音在她耳邊說：「這只是一個夢。」

風暮音轉過身，把頭靠到了天青的肩膀上，感覺胃裡一陣陣地翻絞著。

「那是……眼睛……」她還沒說完，就捂住嘴乾嘔了一聲。

天青沒有說話，只是用力摟緊了她。

「不要殺這個孩子。」風雪的語氣依舊十分平靜：「她是我姐姐的女兒，她活著對我來說十分重要。」

風暮音猛地睜開眼睛，轉過頭去。

躺在銀髮男人腳邊的，是一個穿著睡衣的小小身影，看上去真的就像一個……孩子。

「暮音，妳聽我說。」就在這個時候，天青強行把她的頭轉過來面對自己：「這不是真的，只是妳在做夢。」

「你騙我！」風暮音盯著他綠色的眼睛，從那裡看到了自己像鬼一樣蒼白的臉：「你早就知道了對不對？你阻止我過來，是因為你知道這裡發生了什麼。」

「並不是妳想的那樣……」

「那是什麼樣？這些是真實發生過的，對不對？」風暮音的手指輕輕地觸摸了一下自己的眼皮：「我小時候有一段時間的記憶不是很清楚，原來不是因為什麼事故傷到了頭部，而是……可是我不記得了，為什麼我一點都不記得？我現在夢到了過去的事情，為什麼我又夢到了呢？」

「妳冷靜一點！」天青抓住她重重地搖晃了一下：「不要失去理智！」

「我沒有失去理智！我就是在使用它！」風暮音朝他大喊：「這是怎麼回事？你告訴我啊！」

「好！妳要知道是嗎？我告訴妳！」天青有些生氣地指著屋裡：「我知道這一切是因為當時我就在那裡！」

風暮音順著他的手指看了過去。

在黑暗的角落裡，她看到了一個孩子。那個十多歲的男孩躺在地上，像是失去了知覺。月光正透過窗戶照在他的臉上，那臉形和五官，完全就是縮小版的天青。

「你怎麼會……」她詫異地看著天青，腦袋裡又開始混亂。

天青剛要回答，就被一陣冷漠的笑聲給打斷了。風暮音第一次知道，笑聲也可以用冷漠來形容。

「現在真是變了，居然誰都敢這麼和我說話。」銀髮男人笑完，冷冷地哼了一聲：「如果不是看在妳主人的分上，我現在就想讓妳嘗嘗粉身碎骨的滋味。」

「請離開她。」風雪看上去很平靜，但風暮音卻彷彿能感覺到她有多緊張。

「太放肆了！」銀髮男人的聲音微微揚高。

風雪的手猛地一顫，那把風暮音曾經見過的長弓出現在她手裡。

「快走！」這個時候，天青突然一把抓住了風暮音，想強行帶她離開。

風暮音猝不及防，被他拖著往旁邊走了幾步。

「為什麼？」事情還沒有弄清楚，風暮音不是十分願意離開：「我還不明白這到底是出了什麼事。」

「我會告訴妳的。」天青緊皺著眉頭：「我們離遠一點再說。」

「沒事的。」她又掙扎了一下：「這只是在……」

後面兩個字還沒說完，身邊的風雪已經射出了箭。緊接著，有一道白色的光從窗戶裡射了出來。風雪就站在光芒射出的窗外，那光線並不是十分強烈，但風暮音卻看到風雪用手遮住了她自己的眼睛。

那種光顯然不是那麼簡單，被光芒照射到的風雪，整個身體變得透明起來。

「風雪！」風暮音甩開天青的手想要衝過去，天青在她身後大聲叫她的名字，她也沒有理會。就算知道這只是在做夢，她也不能眼睜睜地看著風雪在她面前消失。

風暮音兩三步走到了風雪身邊，可是她剛伸出手碰到風雪身體，風雪就像粉碎一樣變成了光芒中的塵土。風暮音攤開了抓握的手掌，一些閃亮的東西從她掌心飄散到了空中，然後融進光芒中消失不見。

她呆在那裡，根本不清楚到底發生了什麼事情，只知道風雪在自己面前消失了……

「暮音！」身後傳來天青焦急的喊聲，風暮音回過頭正要和他說話，卻發現自己變得不太對勁。她的身體正在漸漸變得透明，和剛才風雪的情況完全一樣。

風暮音抬起頭，看向窗戶裡面。

那個銀髮的男人就是光芒的源頭，他正慢慢地轉身，風暮音看到了他半閉著眼睛的側臉。

不知道是誰說過，完美的東西都是可怕的，風暮音現在終於明白了那是什麼樣的感覺。這是風暮音有生以來所見過的、最完美的輪廓，也因為毫無瑕疵，讓人有了一種毛骨悚然的可怕感覺。

就在風暮音以為自己會和風雪一樣消失的時候，在她面前，一道藍色的光芒慢慢地關上了那扇窗戶。

她原本以為那是天青，可她聽到有一個陌生的聲音在耳邊說：「這只是一個夢，不要太過沉迷其中。」

風暮音腳一軟，一下子坐倒在了地上。她低頭的時候，發現自己並沒有像剛才看到的那樣變得透明。而隨著光線消失，周圍的一切變回了自己剛到這裡時的樣子。月光、樹林、沒有燈火的屋子，一切就像什麼都沒有發生過一樣。

天青走過來扶起了她，她臉色慘白地靠在天青的身上，看著那扇已經關上的窗戶。現在窗戶後面一片漆黑，什麼都看不到了。可那道剛才關上窗戶的光芒還在窗框上，風暮音移動了一下眼珠之後，終於將它看了清楚。

那是一顆寶石。

藍色的寶石在黑暗中散發出晶瑩剔透的光芒，它被鑲嵌在一根華麗的手杖頂端，而握著那根手杖的，是一個隱沒在黑暗陰影中的男人。

風暮音從戴著黑色手套的手看到黑色的風衣，然後就看向那張完全遮住臉的面具。他有著黑色的頭髮，一身黑色的裝扮，除了那張面具。

那是一張銀色的面具，在黑暗中散發著詭異的光芒。

「妳沒事吧！」面具後的眼睛正在看著風暮音：「妳剛才那麼做實在太不明智了，妳的靈魂差一點就會永遠消失的。」

「你是誰？」她有些驚魂未定地問。

「晚安，小姐。我是夢神司。」自稱「夢神司」的男人對她笑著，至少語氣聽起來他像是在微笑：「還有，我並不是妳夢中的人物。」

【第十七章】

Lies and Love

突然出現的夢神司，邀請這兩位不速之客去他的家。

與其說是邀請，但根本沒有給他們拒絕的機會。四匹黑色駿馬拉著的馬車，載著他們在這個陌生的世界奔馳著，也不知道要把他們帶到哪去。

這個人是誰？他為什麼會說那樣的話？他突然地出現是為了什麼？這些都是值得仔細深究的問題，但風暮音真的太累了，實在沒有太多的精力去思考。一路上，她一直靠在天青的懷裡昏昏欲睡。那個叫夢神司的男人也不說話，就坐在對面默默地看著他們。

雖然是很古老的交通工具，但是這輛馬車出奇地平穩。途中，風暮音透過車窗往外看，車外的景物不斷掠過，如果不是她眼花，那就說明這輛馬車的速度確實很快。

黎明時分，他們到達了目的地，天青直接把風暮音抱下了馬車。

「這裡……」風暮音看著眼前誇張的建築，有點回不過神。

這是一座宏偉的白色城堡，有堅固的城牆和高大的角樓，傲然聳立在山頂之上。城牆上垂掛著金色和藍色交織的旗幟，他們站在巨大的城門前朝上仰望，感覺就像是來到了童話世界一樣。

風暮音回過頭，看到他們來時的方向，卻驚愕地發現，從這座城堡的四周直到山腳，都被一片可怕的荊棘包圍著。

夢神司站在他們身邊，等他們仔細打量完了以後才說：「歡迎來到我的城堡。」

「這裡是……」風暮音和天青互看了一眼，都在對方眼中看到了戒備。

「是我居住的地方，其實我也很久沒有回來了。」夢神司舉起他的手，隨意地揮了一揮：「因為這個世界有趣的地方實在太多，我總是在不停地旅行。」

隨著他的動作，眼前緊閉的大門慢慢打開。一陣奇異的花香隨著微風，從敞開的大門裡傳了出來。之後，映入他們眼中的，竟然是一片望不到盡頭的紅色花海。

不知從何處吹來的風，捲起枝頭的花瓣，紛紛揚揚地在空中飛舞。蔚藍的天空和火紅的花瓣，構成了一幅只在想像中出現過的美麗畫面。

「真美！」風暮音忍不住微張開嘴，為這從未見過的景色感到驚嘆。

「妳能喜歡我很高興，美麗的花朵總能使人忘卻疲勞。」夢神司語氣平常地說：「請跟我來吧！」

說完之後，他便第一個往裡走去，

「小心點。」風暮音仰起頭，輕聲對天青說：「這裡很奇怪。」

自從這個叫做夢神司的男人出現，到他們坐上馬車，現在又到了這個奇怪的城堡，有很長一段時間，天青始終緊皺著眉頭，半個字也沒有說過，就連這時也只是點了點頭當作回答。這讓風暮音覺得他好像有什麼不安的疑問，又或者在擔憂著什麼。

「我好多了，放我下來吧。」風暮音又一次忍住了問為什麼的衝動，對天青說：「我可以自己走。」

說到疑問，風暮音自認心裡的疑問不比他少，但她知道這個時候實在不是詢問的好時機。天青更是一臉欲言又止的樣子，但最後他什麼也沒有說，動作輕柔地把她放了下來，扶著她往城堡裡走去。

他們跟著夢神司，沿著花叢中的小路，往花海深處走去。那些花枝將近半人高的花朵在他們身邊盛開，像絲綢一樣嬌嫩的花瓣不時被風吹到風暮音的臉上和身上。她從來沒有見過這樣的花，層疊交錯的花瓣都是極其豔麗的火紅，就像火焰一樣充滿了生命力。她忍不住伸出手，想要去摸一摸那到底是不是真的。但她的手剛剛伸出去，就被天青抓住了。

風暮音這時才注意到，花朵的花枝上，長滿了尖針一樣的花刺，而且那些細長尖銳的花刺是半透明的，不注意的話很容易會被忽略。

「小心一點。」走在他們前面的夢神司就像身後長著眼睛，很及時地在這個時候轉過身：「美麗的東西通常都是危險的，而且越美麗就越危險。」

走了很長的時間，在花海的盡頭，依稀能夠看到白色宮殿似的建築物。

「神司大人，您總算是回來了！」站在臺階上迎接他們的，是一個像洋娃娃一樣可愛的年輕女孩。她看到這麼多人，先是一愣，然後很快地恢復了甜美的笑容。

夢神司把手杖和脫下的外套遞給那個女孩，露出了裡面穿著的禮服。那個穿著黑色綢緞公主裙的女孩很恭敬地把兩樣東西接到了手裡。他們都穿著樣式繁複的華麗衣服，衣服上綴滿了蕾絲又或者用銀線繡出精緻的圖案，就像中世紀歐洲貴族的打扮。

「妳去收拾兩間房間，客人們需要休息。」夢神司吩咐完，轉身為他們介紹：「這是我的管家愛麗絲，你們住在這裡的時候，有什麼需要可以直接告訴她。」

「愛麗絲小姐，妳好！」風暮音伸出手：「我叫風暮音。」

「很榮幸見到您！」那個看起來甜美可愛的年輕女孩並沒有回應她友善平等的招呼方式，而是一手拉著自己的裙襬，朝她行了一個正式的宮廷禮。更誇張的是，還用另一隻手握住風暮音的手，輕輕地吻了吻她的手背。

風暮音不知道該怎麼反應，徹底僵在了那裡。

「請別在意。」夢神司看到她的窘態，輕笑了一聲：「愛麗絲很迷戀這種禮節。」

風暮音略顯尷尬地點了點頭，而愛麗絲朝她打完招呼之後就笑容可掬地站在一邊，像是根本沒有看到她身邊的天青，而天青也當自己是空氣一樣保持著沉默。

夢神司帶著他們走進客廳，陽光從一扇扇敞開的落地窗裡照射進來，巴洛克風格的裝飾奢華富麗，四周的牆上懸掛著宗教題材的油畫，使這間屋子充滿了優雅浪漫的氣氛。

「兩位一定很累了。」他們在沙發上坐了下來，夢神司拿起矮桌上的酒瓶，為他們兩人各倒了一杯酒：「請先在這裡喝點東西休息一下。」

金黃的酒液在晶瑩的酒杯中歡快地冒著氣泡，那個叫夢神司的男人則走到一扇落地窗邊朝外看著。

「請問……你……」風暮音猶豫著，不知應該開門見山地詢問，還是迂迴婉轉地探聽這個人的來歷和意圖。

「這種花看起來很美麗，但卻有一個不怎麼美麗的名字。」夢神司就像根本沒有聽到風暮音說話，背對著他們自顧自地說著。

「是嗎？」風暮音還沒回答，身邊的天青倒是說出了長久以來的第一句話：「叫什麼名字？」

「黃泉。」夢神司靠在窗框上，透過玻璃的反射能夠清楚地看到面具後方，一雙烏黑深邃的眼睛：「傳說在通往黃泉的道路上，長滿了這種紅色的花。每一個死去的人，都要赤著腳走過這種布滿荊棘的花朵，這美麗的色彩是用人類的鮮血浸染而成，所以它的名字就叫『黃泉』。」

這種說法，讓風暮音感覺到了一股惡寒。那原本美侖美奐的景色，一瞬之間抹上了一種陰鬱的色彩。那些在窗外藍天下盛開的鮮花，在她眼裡變成了一片觸目驚心的血海。

「這是用鮮血清洗罪惡。」注意到風暮音的不適，天青很自然地握住了她的手：「為了在人世間犯的錯誤而懺悔，請求神的寬恕。」

「當然。」夢神司輕聲地笑了笑：「這當然是為了請求神的原諒，但神是否願意原諒這些想要懺悔的人，就完全是另一回事了。」

「你實在是太……」天青皺了下眉，似乎對夢神司語氣中的嘲諷感到不滿。

「神司大人。」這時，那個叫愛麗絲的女孩在門邊喊他。

「抱歉。」夢神司對他們打了個招呼，跟著愛麗絲走到門邊。只見愛麗絲踮起腳在他耳邊低聲說了些什麼，夢神司聽完後轉身對他們說：「很對不起兩位，我有些事情要去處理，愛麗絲會帶你們去房間，請好好休息一下，我們晚飯時再見。」

說完，夢神司點了點頭，就略顯匆忙地走了出去。風暮音和天青站起來對望了一眼，目送他離開。

「兩位請跟我來，房間已經準備好了。」愛麗絲滿面笑容地走到了他們面前。

「夢神司，他到底是什麼人呢？」風暮音站在窗前，看著窗外漸漸暗沉下來的天色：「這裡又是什麼地方？」

黃昏時分，天邊彩霞被夕陽照得通紅，火紅的花瓣依舊漫天飛舞，但不再是白天那種震撼人心的壯麗，而是帶上了一絲嫵媚妖嬈的色彩。

「妳要小心那個叫夢神司的人。」天青走到她身後，語氣中帶著警告：「他絕對不是什麼簡單的人物。」

「我知道。」風暮音從玻璃的反光中看了他一眼：「可我們對這裡一無所知，他又是目前唯一的線索，也只能走一步算一步了。」

之後很久，他們沒再說話，直到陽光在面前一點一點地消失。

「暮音。」天青終於打破了沉默。

風暮音輕輕地應了一聲。

「妳不想問我那時候究竟發生了什麼事嗎？」天青又向她靠近了一步，用溫柔的聲音問她：

「妳為什麼不問我？」

「你願意告訴我嗎？」風暮音慢慢垂下眼簾：「如果你不願意說，或者有其他不能說的理由，不告訴我也沒關係。」

「其實也沒有什麼不能說的。」天青無奈地苦笑了一下：「因為那並不完全是什麼美好的回憶，對妳來說，忘記了也許會更好一些。所以，我才不願意向妳提起那些已經過去的事情。」

「過去……」風暮音不禁摸了摸自己的眼皮：「真的已經過去了嗎？」

「雖然現在說是晚了一點，」天青和她並排站在一起，對著窗外長長地嘆了口氣：「我還是想要得到妳的原諒。」

「原諒？為什麼？」她看著天青輪廓深刻的側臉：「你做了什麼需要向我道歉的事情？」

「如果不是為了我，妳也不會受到那樣的傷害。」天青轉過頭，目光複雜地看著她：「那個人，原本想要傷害的是我。」

「是嗎？」風暮音愣了一下：「我們在那之前就已經認識了，對不對？」

「我父母去世之後，我被一些很神祕的人追殺。後來我受了很重的傷，昏倒在妳家門外，而妳救了我，我們就是這樣認識的。」天青微微地笑了：「我小時候是一個孤僻古怪的孩子，妳可能是我第一個也是唯一的朋友。我們相處的時間雖然不長，卻是我童年最開心的一段回憶。」

「等等！」風暮音打斷了他：「為什麼你說的這些，我一點印象都沒有？」

就算那時年紀還小，可是更早之前的事情她都還有記憶，為什麼獨獨對這件事情一點模糊的印象都沒有？

「妳慢慢聽我說。」天青把目光重新看向窗外：「後來，這個一直追蹤著我的人終於找到了我，於是就出現了妳看到的那些事情。如果不是風雪及時趕回來阻止了他，我們或許都會沒命。」

「風雪？」風暮音詫異地說：「她不是消失了嗎？」

「我說過了，那只是一個夢。」天青綠色的眼睛看上去十分黯淡：「那個時候妳已經暈倒了，應該不知道後來發生了什麼事情。而我當時雖然受困，可神智還算清醒，能夠清楚地瞭解周圍的情況。」

天青講的這些事情，風暮音半點印象也沒有，她感覺就像是在聽一件發生在別人身上的事。

「至於妳為什麼不記得這些事情，應該是妳當時被驚嚇得太嚴重了。」說這些話的時候，他始終沒有看風暮音，但他的眉目間卻始終帶著懊惱無力的情緒：「如果不是我太沒用，妳也不會到現在還在心裡留著陰影，一直不願想起那時的事情。」

「都過去了。」風暮音試著安慰他，因為他看起來比較像需要安慰的那一個。「現在大家都很好不是嗎？」

如果不是看到了那樣的場面，風暮音不會相信自己身上曾經發生過那樣的事情。她也不明白天青為什麼這麼介意，其實就算她的確受了驚嚇而喪失了記憶，也和天青沒有太直接的關係。難道她真的會要求一個孩子，為自己無能為力的事情負起責任嗎？

「妳會怪我嗎？」天青轉過身，帶著一絲不安問她：「如果不是因為我，妳也不會遇到那麼可怕的事情。」

「別傻了！你那時只是個孩子，再說你也算是受害者吧！」風暮音有些好笑地說：「難道這麼多年以來，你一直在為那件事情感到內疚？」

天青淺淺一笑，風暮音倒是有些呆住了，連忙咳了一聲轉移話題。

「我的眼睛還能看到，所以說並沒有被挖走……」想起了之前看到的那一幕，她就有些作嘔的感覺：「我為什麼會有那樣的錯覺？」

「其實……」天青看著她，有些猶豫地回答：「我不知道風雪是用了什麼方法，但妳的眼睛在當時的確……」

「是這樣嗎？」風暮音忍不住隔著眼皮，摸了摸好好待在裡面的眼珠：「我只知道手腳斷了也許能接上，不知道眼睛被挖了也能重新裝上的。」

「知道答案的，也許只有風雪了。」天青剛說完這句話，便傳來了敲門聲。

「兩位，晚餐已經準備好了。」這聲音聽起來，是那個叫做愛麗絲的年輕女孩：「神司大人吩咐，請兩位先用。」

他們下樓的時候，天已經完全黑了。

偌大的餐廳裡燈火通明，但用來照明的不是電燈而是蠟燭。壁爐裡不知道燒的是什麼木材，散發出一種淡淡的香氣，長長的餐桌中央擺放著鮮花和銀質的燭臺。

風暮音和天青面對面地坐到餐桌邊，愛麗絲拍了拍手，幾個僕人打扮的少女端著銀質的餐盤走了進來。

「兩位請用餐吧！」愛麗絲彎了彎腰，然後關上餐廳和客廳之間的大門，退了出去。

一道道精美的菜餚被端了上來，那些侍女像是受過嚴格的訓練，行動之間沒有一絲聲響。這種氣氛之下，他們也只能保持著最高的儀態，整個餐廳裡除了輕微的刀叉碰撞聲，就只剩壁爐裡燃燒木材時偶爾發出的爆裂聲。

一頓豐盛的晚餐在兩人如坐針氈的情況下草草結束。拒絕了甜點之後，風暮音幾乎是忙不迭地想要離開這過分安靜的餐廳。

像是算好了時間，他們剛站起來，餐廳的大門就被打開了。

「兩位對晚餐還滿意嗎？」愛麗絲笑容可掬地站在那裡。

「是的，十分感謝你們的盛情款待。」風暮音點點頭。

「神司大人很少帶客人回來，能招待您是我們的榮幸。」愛麗絲顯得十分高興：「神司大人讓我代為詢問，兩位如果不需要立刻休息的話，是否願意去他的書房坐坐呢？」

他們跟著愛麗絲上了樓梯，穿過了好幾條長長的走廊，最後停在一扇敞開的大門前。從門口看去，只能看到一排排的書架和從縫隙間洩漏出的一些光亮。愛麗絲站在門口，示意他們進去。

他們踩著厚厚的地毯，繞過了一排又一排的書架，在壁爐前找到了坐在沙發上看書的夢神司。夢神司抬起頭，讓他們坐到他對面的位子上，然後問了問晚餐和休息之類的客套話題。

「我這裡沒有電，兩位一定很不習慣吧！」夢神司已經換了身打扮，但依然戴著那張銀色的面具：「我一直認為先進科技固然為生活帶來便利，但在某些方面來說，也扼殺著優雅的傳統和堅貞的信仰。」

風暮音不知道他是在尋求他人贊同又或者表現自己的特立獨行，所以只是含糊其辭地點點頭。

「小姐對我的看法有什麼意見呢？」

風暮音沒想到他會問自己的意見，於是呆呆地看著他，直到他再一次重複了剛才的問題。

「意見？我想這是每一個人自己的生活方式，別人沒有權利評斷吧。」看他很認真地在等答案，風暮音倒是認真地思考了一下：「如果說我的看法，我想我會贊同你的觀點。科技在使人類進步的同時，的確令我們喪失了某些值得保留的特性。不過，對於現代人來說，放棄科技像先人那樣生活，也只是一個柏拉圖式的妄想罷了。」

「的確是很清醒客觀的看法。」夢神司靠在高背沙發上，用讚賞的語調說：「假設一下，如果有一個機會能影響人類的進化，妳覺得是保持現狀好，還是讓一切從頭開始，將人類推上遠離科技的另一條道路會更好呢？」

「有這樣的機會嗎？」真是奇怪的假設。

「當然只是假設了。」夢神司笑了笑：「假設的話，妳的希望是什麼呢？」

「我不知道。」風暮音皺了皺眉，想像不出他假設的那種情況：「你是說世界末日的那種假設嗎？就算人類真有一天到了那種地步，也不是個人意志可以扭轉的吧。」

「一個人的想法對於整個世界來說也許十分微小，但也十分重要和值得被重視。」夢神司的眼中閃爍著點點光芒：「這個世界是由無數的『人』組成，其實也就是無數『人的想法』組成。當第一個人失去希望和信仰時，也許只是影響了身邊極少數人，對這個世界並不會有太大的影響。但隨著時間流逝，這種情況會像倒塌的多米諾骨牌一樣延伸到世界的每一個角落。也許一百年，也許一千年，遲早有一天我們必須面對選擇。選擇改變，亦或滅亡。」

夢神司說完之後，風暮音花了很長一段時間細細咀嚼他話中的意思。

這不是很有新意的說法，這個人也沒有刻意誇張，但就是因為他用一種完全置身事外的淡然口氣，才令人覺得這不是在危言聳聽，而是在不久之後必須面對的未來。

風暮音身邊的天青同樣靠在椅背上沉思，陰影完全遮住了他臉上的表情。風暮音看了看他，又看了看對面靜靜看著自己的夢神司。這房間很溫暖，她也不是單獨一個人待著，卻有一抹冰冷和沮喪的情緒在她心裡浮動。

「情況……有這麼糟糕了嗎？」雖然風暮音有點認同他的說法，但也覺得這中間杞人憂天的成分更多：「那畢竟是十分遙遠的未來，也許在這段時間裡，人類會找到有效的解決方法也說不定。」

「一眨眼時間就會逝去，更好或者更壞，沒有人可以預言未來。」夢神司合上了手中的厚厚的書本。

「有沒有改變過去的方法呢？」她喃喃地問：「如果可以改變過去，或許就能夠改變一切了。」

「改變過去的方法？」夢神司低頭想了想：「這個問題我無法回答。」

「那有誰知道答案？」聽他的語氣，難道說……風暮音一愣，微弱的希望火苗在心底竄了出來。

「這問題對妳很重要嗎？」夢神司抬起眼睛直視著她。

風暮音咬了咬嘴唇，重重地點了點頭。

「我們現在所在的世界盡頭，有一個叫做迷霧森林的地方，那裡面住著一個人。」夢神司站起來，把手上的書擺放到左邊的書架上：「據說他能回答世界上所有的問題。」

「據說？」

「我們所處的這個世界，是短暫而不停變幻著的。其中只有極少的地方可以長久保持原貌，迷霧森林就是其中最古老的一處。自從這個世界存在以來，那裡就是一座終年盤旋著大霧、令人迷失路途的森林。」夢神司的聲音裡帶著笑意：「為了一個問題丟掉性命，肯做這種事情的人本來就不是很多。何況我也沒聽說過有人能從迷霧森林裡走出來，所以我只能說『據說』。」

「你也不知道嗎？」她還以為……

「在這個世界裡，大多數人能夠到達的地方十分有限。」夢神司好像能輕易看穿別人的想法：「這裡絕大多數地方都是由人類心中最隱祕的部分構成，所以本身就很抗拒他人侵入，我能夠遇到妳，只能說是一個巧合，或者說是一種緣分。」

「緣分？」

「緣分。」夢神司肯定地對她點頭：「我為這種緣分感到十分榮幸。」

「你……」

「很晚了。」夢神司很有技巧地打斷了她接下來的問題：「在這裡和在人類的世界並沒有什麼太大的不同，現在已經快到午夜了。我想，我不該打擾客人們的休息。」

聽他這麼說，風暮音自然而然地從沙發上站了起來。

「愛麗絲會把兩位送回房間，祝兩位在這裡過得愉快。」夢神司把他們送到門口，關上門之前還很有禮貌地說了一聲：「晚安。」

【第十八章】

Lies and Love

「妳被迷惑了嗎？」站在房間門前的走廊上，所有的一切顯得那麼寂靜，風暮音耳邊突然傳來了這句沒頭沒腦的話語。

她被嚇了一跳，轉過頭去看身邊的天青，不明白地問：「你說迷惑是什麼意思？」

「妳覺得他是一個有著奇異魅力的男人，非但很有思想還很有風度，不是嗎？」天青彎起了嘴角，卻怎麼看也不像是在開心：「也許我不該打破妳的天真想法，但妳要記住，這個地方和這個時間，不適合產生任何不切實際的幻想。」

「你說什麼呢！」她啼笑皆非地反問：「什麼叫『不切實際的幻想』？」

光線昏暗的走廊上，天青眼睛的顏色看起來比平時深了許多。

「妳喜歡他。」停頓了約半分鐘，他用陳述的語氣對風暮音說。

「莫名其妙！」風暮音覺得這句話本身就很好笑：「你也知道，我之前根本不認識他，怎麼會一下子扯到喜歡不喜歡了？」

「現在不是已經認識了嗎？」天青微微瞇起眼：「我討厭他，所以妳還是不要喜歡他。」

「你是不是太累了，根本不知道自己在說什麼？」這傢伙是受了什麼刺激？難道他不知道公然在別人的地盤上說主人的不是，是很不明智的選擇嗎？

風暮音的第一反應，是用眼角看了看手持燭臺站在一旁的愛麗絲。幸好那個叫愛麗絲的少女依舊滿面笑容地站在原地，好像根本沒有聽到天青說了什麼。

「這句話也許應該由我來說。」天青語帶譏誚地說了句：「是不是他給妳吃了什麼東西，讓妳對他神魂顛倒了?」

「你夠了吧!」風暮音皺著眉阻止他:「我很累了,不想和你吵架!」

天青和她對視片刻,然後再見也不說地掉頭就走。

「離他遠一點。」天青經過愛麗絲身邊的時候這麼說道。不知道他話裡的是「他」還是「她」,也不知是對風暮音說的還是說給愛麗絲聽的。

「什麼啊……」風暮音看著那個怒氣衝衝的背影,腦子裡一片混亂。

回應她的,是用力甩門的聲音。

「真是令人羨慕呢。」

「什麼?」風暮音收回停留在隔壁房門上的目光,看向捂著嘴的愛麗絲。

「有心愛的人為自己吃醋,是一件很幸福的事情啊。」愛麗絲仰起頭,唇邊掛著笑容:「我很羨慕。」

風暮音順著她的目光看去,注意到掛在牆上的一幅油畫。因為光線不足,只能隱約看到油畫的下半部分,好像是畫了一對並肩站著的男女。

那是一對愛人嗎?愛人?心愛的人……

「什麼心愛的人啊!」突然想到她居然會用這個噁心的詞語形容那個傢伙,風暮音受不了似地掉了一地雞皮疙瘩:「他只是太緊張了,才會說些奇怪的話。妳不要誤會,我和他只是很普通很平常、完全沒有什麼特別關係的那種關係!」

「真的嗎？」愛麗絲瞪大了眼睛：「我還以為你們是情人呢！」

「完全不是！」因為被誤解所以表現得十分激動，風暮音有些大聲地反駁：「他只是一個喜歡說怪話的傢伙而已！」

「我知道了。」愛麗絲點點頭，嘴角的笑意卻加深了許多。

「那，再見！」好像越描越黑，風暮音明智地選擇結束這個令自己尷尬的話題，然後迅速關上了房門。

風暮音倒在樣式古老的大床上，翻了一個大大的白眼，鄙視著自己幼稚的舉動。

現在想起來，好像也只有天青那傢伙能令自己這麼一而再、再而三地出醜。她怎麼這麼容易受天青的影響呢？難道是因為那傢伙說了喜歡自己之類的蠢話，害她也變得怪怪的？不會的！她才不會被那種無聊的話影響，不會不會不會！

越想越覺得懊惱，風暮音不停地在床上滾來滾去。

「妳不舒服嗎？」

她就像被施了定身術，保持著翻滾到一半的姿勢僵在那裡。仰起頭，就看到站在隔壁陽臺上的天青用手一撐，輕輕鬆鬆地翻過欄杆，跑進了她的房間。

「妳沒事吧！下午不是說完全好了嗎？」天青上下左右看了她一圈，有點著急地問：「是不是哪裡在痛！」

風暮音相信自己的臉色一定很難看，因為天青似乎變得更緊張了。

「這是睡前運動。」在深度自我催眠以後，風暮音理直氣壯地告訴他：「這樣的運動能顯著提高睡眠品質。」

「真的？」他顯然不怎麼相信，狐疑地看著風暮音：「為什麼以前都沒有看妳做過？」

「因為我最近有點失眠，所以才會試試這種方式。」事實證明，說謊這種事情只要開頭順利，之後就會駕輕就熟了。「我覺得很有效啊！」

天青挑了挑眉，對她說的話不置可否。

「我睡覺前做什麼關你什麼事？還有，什麼叫你以前沒有看我做過？你又不是每天和我睡……」原本是想轉移注意力順便罵他幾句，但說到後來，風暮音的臉卻開始發燙。她急忙用力瞪著天青，想假裝自己是因憤怒而臉紅：「我警告你，以後不許胡說八道，否則的話，我……我就……」

「就怎樣？」天青很虛心地問。

她看著天青，天青看著她。她很尷尬，天青很認真……

「你是故意的！」她握緊拳頭，想一拳打掉天青眼睛裡促狹的笑意。

天青和她不同，他很誠實地點頭承認。

「你這傢伙！」風暮音一拳打過去，天青很配合地往後仰倒，順勢霸占了一半的床鋪。

風暮音和天青並排躺在床上，這張床很大，兩個人躺著也一點都不覺得擁擠。

「天青。」風暮音用手肘撞了撞他的腰，滿意地聽到了他的悶哼：「你剛才到底生什麼氣呢？」

「一半一半吧。」他含含糊糊地說。

「什麼叫一半一半？」風暮音轉過頭看他。

「一半一半。」他仰面躺著，很平常地說：「吃醋和妒嫉各一半，所以就是一半一半。」

真虧他說得出口！風暮音聽到了都幾乎要為他感到臉紅。

「你不會真的以為我喜歡那個夢神司吧！」風暮音也開始仔細研究木質的床頂，好像那上面開出了一朵花一樣。

「不會啊。」天青理智地分析：「妳怎麼可能會喜歡一個剛剛認識、總是故作深沉、自以為高人一等，其實就是個藏頭露尾、來歷不明的傢伙呢？」

「你知道還一半一半幹什麼？」雖然風暮音不完全贊同他偏頗的評價，但為了避免矛盾升級，她強迫自己把那些話理解成比較中庸的形容詞。

「知道是知道，知道了就不能一半一半嗎？」他轉過頭來看她。

「睡覺！」風暮音抽出枕頭擋在自己和他的臉中間，決定這輩子都不和這個神經病說話了。

不過，由於她當時頭腦和天色一樣昏昏沉沉，天青身上的味道又有點催眠的作用，她很快就睡著了，完全沒有注意到自己犯下了一個非常低級的錯誤……

「暮音小姐，您醒了嗎？昨天晚上睡得怎麼樣？」這聲音，好像是那個叫做愛麗絲的管家。

風暮音迷迷糊糊地揉了揉眼睛，用力伸了個懶腰，伸出去的手一不小心打到了旁邊的人。

「對不起！」自己好像挺用力的，沒有打痛他吧？實在……等等！愛麗絲在房間裡，然後她的床上有一個男人，然後隔著床帳……還是她床上有一個男人，然後隔著床帳，那個愛麗絲在房間裡……

「暮音小姐。」厚厚的床帳外面再次傳來了愛麗絲的聲音：「我已經把水放好了，您起床以後可以先洗個澡。」

風暮音一下子徹底地清醒過來，偏巧這個時候，身邊那傢伙眨了眨比她還長的睫毛，彷彿要醒過來一樣。風暮音顧不上嫉妒他比自己還長的眼睫毛，連忙拉過一個枕頭，用力捂住他的頭。

「謝謝妳！」她高聲地回答，遮掉了那些奇怪的嗚嗚聲：「我自己來就好了，妳出去吧！」

「好的！」

聽到關門聲，風暮音大大地鬆了口氣。她挪開枕頭的時候，天青已經是出氣多入氣少了。

「妳幹嘛啊！」他完全不在狀況內：「用枕頭謀殺……」

「你怎麼會在我床上？」風暮音咬牙切齒地拉著他的衣領，把他從自己的床上拖起來。

「妳床上？」天青想了想，然後恍然大悟：「昨晚妳叫我睡覺，然後我就睡著了啊！」

「我是叫你回自己房間睡覺！」風暮音洩憤似地用力搖晃了他一陣，再把他丟到床鋪裡：

「你是白痴嗎？」

「怎麼能怪我啊！明明是妳……」他嚷嚷起來，風暮音立刻一手肘打過去，想叫他小聲點。

「哎呀！」天青叫了一聲：「妳還來？不要了，我的腰很痛啊！」

「鬼叫什麼！」風暮音簡直要被他氣瘋了：「你怕別人不知道你在這裡啊！」

「好了好了！」天青高舉雙手：「我馬上就回去可以了吧！」

「快點快點！」她把天青推了出去，雖然她更想把他一腳踢到天邊去。

這個時候，意外發生了。天青不知道為什麼突然抓住了她的手腕，半跪著的她失去平衡撞到了天青身上，然後天青也失去了平衡……最後，他們兩人用一種類似於傳說中倒栽蔥的姿勢，頭下腳上地架在床沿和地毯之間。

「你幹什麼？」地毯很厚，受到最多傷害的是風暮音的心臟。

天青一臉無辜地舉起她的手腕，原來是他的幾縷頭髮勾在了風暮音襯衫袖口的釦子上。

「等一下！」風暮音用手肘撐著地面，試著用另一隻手解開那些頭髮。

「妳把衣服脫了不就好了？」天青仰頭看她。

風暮音低頭用眼睛瞪他，瞪到他終於為自己的不知廉恥而羞愧地轉過頭去。

頭髮和釦子纏得太緊了，風暮音解了半天也解不開，加上他們的姿勢實在是太難看了，如果不知道，還以為是她趴在天青的身上。風暮音一怒之下，決定採用最簡單有效、人畜無害的方法。

「哎呀哎呀！好痛！」天青捧著頭皮哀叫。

他的頭髮很堅韌，風暮音使盡力氣也只扯斷了幾根勾在釦子上的頭髮。

「活該！」她有點幸災樂禍地對天青說：「誰叫你把頭髮留這麼長？」

「暮音。」天青突然停下喊痛，輕輕地推了推她。

「幹什麼？」風暮音忙著和他的頭髮搏鬥，沒空理他。

「要幫忙嗎？」有人問。

「愛麗絲，有剪刀或者……」風暮音呆呆地看著眼前這張笑容可掬的臉：「……刀子什麼的嗎？」

「有啊！」她很快從書桌上拿了一把鋒利的拆信刀遞給風暮音。

「妳聽到了？」風暮音問。

愛麗絲蹲回原地，朝她點點頭。

「聽到多少？」她又問。

「不要了，腰很痛。」愛麗絲回答。

風暮音咬了咬牙，手起刀落，纏在釦子上的頭髮盡數斷開。其實她現在最想割斷的，倒不是這些頭髮了……

「兩位看起來精神不錯。」等他們吃完早餐走到客廳，夢神司正好從樓梯上走了下來：「昨晚休息得好嗎？」

「謝謝，很好！」風暮音看了一下眾人的反應。站在樓梯邊的愛麗絲笑吟吟地看著他們，天青面不改色地坐在客廳的沙發上喝咖啡，只有她自己像做了賊一樣地心虛……

「兩位有什麼打算嗎？」所有人朝客廳走了過去，夢神司邊走邊問著風暮音。

「打算？」風暮音愣了一會，然後茫然地搖了搖頭：「一點頭緒也沒有，我根本連自己的目的也不是很清楚。」

「這倒是很新奇的事情，很少有人會像你們一樣迷失在這個世界。」夢神司倒是不怎麼意外：「當然，能到達這裡的，通常也不會是什麼普通人。」

「我們是來找一個人。」她看了看天青，天青的臉上倒是沒有不贊同她曝露情報之類的表情：「你知不知道夢魔？」

「啊！」

風暮音轉頭去看發出驚呼的愛麗絲，愛麗絲連忙彎腰向她道歉。

「有什麼問題嗎？」她有些莫名地看著愛麗絲。

「您是要找魔神大人嗎？」愛麗絲小心翼翼地提醒她。

「對，是魔神大人！」風暮音這才意識到自己犯了和天青一樣的錯誤，忘了這是在人家的地盤上。

「找他？」夢神司坐到沙發上，慢吞吞地問：「為了什麼呢？」

風暮音還在猶豫，天青倒先開了口：「為了討回被帶走的人類靈魂。」

「人類的靈魂？」夢神司略一沉吟：「這倒是件棘手的事情啊！」

「你認識那個魔神嗎？」風暮音在一片安靜中，忍不住出聲問道：「我想知道，怎麼才能找到他。」

「那個魔神？」夢神司抬頭看她：「哪個魔神？」

「就是那個帶走風雪靈魂的魔神。」風暮音走到天青身邊：「這個世界的魔神對於人類來說十分陌生，我們幾乎一點都不瞭解。到目前為止，我們所知道的，不過是這裡的某一個魔神帶走了風雪而已。」

「我明白了。」夢神司突然笑了一聲：「相對於其他界域，人類對於這裡的認知果然十分有限啊。」

「你的意思是……」

「首先，我要糾正一下妳錯誤的觀念。」夢神司交疊起雙腿：「魔神不能用『魔神們』或者『某一個』來表示。」

「怎麼說？」風暮音想，那是要用「某一種」或「某一隻」來表示？

「因為魔神大人和那些用一群一群計算的種族是完全不同的。」夢神司並沒有回答，而是一旁的愛麗絲開了口：「對於這個世界來說，魔神大人是唯一存在的神。」

「妳的意思是，這裡只有一個魔神？」風暮音吃驚地問。

「是的，您不知道嗎？」愛麗絲的目光中流露出崇拜：「魔神大人是獨一無二的！」

「我們一直以為，魔神並不只有一個。這樣也好，目標倒是明確了。」風暮音低頭看了看天青，卻發現他的目光沒有離開過坐在對面的夢神司。

「其次，我想你們也要糾正一下錯誤的看法。」夢神司像是完全不在意天青的目光，只是看著她說：「如果說有人類的靈魂被帶到這裡，那一定是出於自願，絕對不是被脅迫的。」

「不是被脅迫，只是強迫而已。」在風暮音看來，這裡的人不過是被那個擅於偽裝魔神騙了：「聽說他要把風雪變成寶石什麼的，這種行為難道不邪惡嗎？」

「變成寶石？」夢神司明顯愣了一下，然後大聲地笑了：「小姐，妳這是從哪裡聽來的？還是小時候童話故事看太多了？」

「難道不是嗎？聽說他把人類的靈魂變成寶石收藏。」風暮音疑惑地說：「金先生明明說過……」

「金先生。」夢神司若有所思地重複著，然後微微點了點頭：「或者大家只是因為理解方式不同，在這個問題的看法上才有分歧。不過，我可以向妳保證，在這個地方，所有的一切都是以個人自己的意願為主。」

「個人意願或是被強迫也好，我不想理會那麼多。我來這裡，就是要帶走風雪。」風暮音暗自握緊了拳頭：「我不能眼睜睜地看著她死掉。」

「妳現在擁有的，還是人類的心和觀念。」夢神司搖了搖頭：「死亡並不是一切的結束，只是另一段旅程的開始。」

「人類受到魔鬼的引誘而墮落，神的懲罰是讓被汙染的靈魂遠離天上的淨土。」天青放下手中的杯子，神情肅穆地說：「靈魂的死亡或永生，應該是出自於神的授意，而不是其他任何人可以擅自決定和更改的。」

「什麼墮落和汙染，那只是神的標準。而我們知道神祇們往往奉行雙重的標準，對人類和對於他們自己。」夢神司終於第一次正視著他，語調平穩地說：「可對我來說，每一個靈魂都是不同的，只有美麗或者醜陋的區別。就算是神，在我眼中也未必比人類純潔多少。」

「你們在說什麼？」風暮音不知道怎麼轉眼之間，話題就偏離到十萬八千里以外了：「什麼懲罰啊純潔的？我們不是在說怎麼才能找到風雪，怎麼把她帶走嗎？」

「小姐，不是我不想幫妳。」夢神司無奈地嘆了口氣：「這個世界的複雜完全超出妳的想像，要在這裡尋找一個人類的靈魂，並不是那麼容易的一件事情。」

「其實只要找到那個魔神，就可以找到風雪了。」天青抬起頭，對她說：「不論怎麼困難，就算把每一寸土地都翻過來，暮音妳也想要找到風雪吧？」

風暮音默默地點了點頭。她來這裡之前就已經決定，不論怎麼困難，她都要找回風雪。

「那麼好吧。」夢神司突然從沙發上站了起來：「既然妳有這樣的決心，我也不多說什麼了。如果以後有什麼需要我的地方，請儘管開口。」

說完，他朝他們點了點頭，往樓梯走了出去。

「神司大人……」愛麗絲追上去和他說話。

風暮音回頭看著天青，用目光詢問著他的意見。

「還是靠自己吧！」天青朝她眨了眨眼睛，臉上找不到半點剛才的嚴肅：「我們一定可以做到的。」

「為什麼我總覺得你在針對他？」應該不是自己的錯覺，風暮音總感覺天青就是故意挑釁。

「因為我討厭他。」天青理直氣壯地回答：「他敢在我面前對妳獻殷勤，就當我死了一樣，我看著就討厭。」

「天青。」風暮音提醒自己最好當作什麼都沒聽見：「你覺得我們該怎麼做？」

「在說這些之前……」天青拉住她的手腕：「暮音，妳是不是有事瞞著我？」

「什麼？」風暮音僵硬地笑了笑：「我不明白你在說什麼。」

「是我太粗心了。」天青一用力，風暮音只能順勢坐到他身邊，天青盯著她問：「從魔界回來以後，妳立刻把我從妳身邊趕走，我當時並沒有多想，可是妳一定是有什麼緣故才會那麼做的，是不是在我失去意識之後又發生了什麼事？」

風暮音渾身一震，天青更加用力地握住了她想要收回的手。

「根本沒有……」

「暮音，告訴我！」天青打斷了她：「不要一個人背負所有，讓我為妳分擔一些。」

「不是我不想告訴你，只是……就算你知道了又怎樣呢？」風暮音任由他拉著，向後靠在沙發裡，苦笑著回答：「在魔王面前，我們都是軟弱無力的人類。」

天青似乎明白了她的意思，不再追問她，而是輕輕地拉著她靠到自己身上。他們兩個人就這麼依偎著靠在沙發上，四周很安靜，眼前是藍天下漫天飛舞的紅色花瓣。

「是一個謎題。」過了很久，風暮音才輕聲地說：「魔王放過了我們，但是他說如果我要救出爸爸，要幫他解答一個謎題。」

「嗯？」天青握緊了她的手：「我們很幸運，不是嗎？」

「是啊。」風暮音笑了：「其實，那個謎題我昨晚已經問過了。」

「改變過去的方法？」

「對，改變過去的方法。」這是魔王給她的機會，一個她始終無法理解的謎題。

「發生過的事情，怎麼能夠改變呢？」天青側過頭看著她：「他這麼問有什麼意義？」

「也許這個問題，真的只有在迷霧森林裡的那個人可以回答了。」風暮音忍不住嘆了口氣：「等找到風雪再說吧。」

微風從窗外吹來，帶來奇異的花香，她把頭輕輕地靠在天青肩上。

「天青，天青。」風暮音輕輕地用手肘推了推天青，看他一點反應也沒有，風暮音轉頭過去看他。

「天青！」風暮音剛坐直身子，天青就順勢倒了下去：「你怎麼了？」

風暮音心裡一慌，連忙伸手摸了摸他的臉頰，發現他的手和臉都是冷冰冰的，連嘴唇也十分蒼白。

「愛麗絲！愛麗絲！」風暮音踉蹌地跑到客廳門口，高聲喊叫了起來。

「怎麼了？」愛麗絲很快從樓梯那邊走了過來。

「妳快過來！」她慌亂地把愛麗絲拖到沙發邊，天青正靜靜地躺在那裡：「天青他不知道怎麼了！」

「他暈過去了嗎？」愛麗絲彎腰看了一下，然後對她說：「我們先把他扶到房間裡去，我這就去找神司大人過來看看。」

【第十九章】

Lies and Love

「他怎麼了？」

「不用擔心。」夢神司收回放在天青胸口的手，轉身對風暮音說：「只是暫時性的，休息一會就好。」

「為什麼會突然暈倒呢？」她看著躺在床上面無血色的天青，心臟有一瞬的緊縮。

「所以我才說，能夠來到這裡的你們一定不是普通人。」夢神司示意她跟著自己走到陽臺：「人類的精神和身體是一個密不可分的整體，除非肉體死亡或者有其他特殊狀況，一般情況下，精神無法長時間脫離身體的束縛。」

「除非是擁有特殊能力的人嗎？」風暮音接下去說：「就像我和天青一樣？」

「這麼說也不確切。」夢神司靠在白色的欄杆上：「擁有異能的人類絕大多數依靠的是精神能力，但讓精神和身體長久分離不是每一個人都能夠做到的。不過，就算對有能力做到的人類來說，讓精神離開身體也是極度危險的事情，更別說是只憑藉精神就到達不同世界了。」

「危險？」聽他這麼說，風暮音的心裡更加不安起來：「什麼危險？」

「危險在於時間和空間的距離都太長太遠。」夢神司伸手接了一片在空中飛舞的花瓣：「就像這片花瓣一樣，現在離開花朵的時間還短，所以看上去依舊十分美麗。但隨著時間流逝，就會不可避免地漸漸死亡。人類的精神一旦離開身體的時間過長、距離過遠，也會變成這樣。」

夢神司手中的花瓣，從他說話開始迅速乾枯變色，到他說完最後一個字，那原本鮮豔飽滿的花瓣已經變得乾枯蜷曲。

「什麼？」風暮音失聲驚呼。

「妳先別緊張，事情還沒有到那麼嚴重的地步。人類在這個世界活動，是依靠純粹的力量來支持。他的力量十分強大，現在只是暫時透支，需要用睡眠來慢慢恢復。」夢神司朝房間裡看去：「不過，在這個世界逗留的時間越長，對他的身體和靈魂損傷也就越大。」

「為什麼他會昏迷，我卻一點事都沒有呢？」這是剛才在風暮音腦海中一閃而過的念頭。

「也許是源於力量本質上的不同，他對這個界域或這個界域對他產生排斥，而妳則完全接納和被接納。」夢神司對她解釋：「如果簡單比喻，就像有的人會對抗生素過敏，而有的人不會。」

「他難道不知道嗎？」風暮音也回頭看向床上的天青：「他為什麼要冒這麼大的風險？」

「他應該是知道的，也許他覺得為妳冒這種風險完全值得。」夢神司側著頭，漆黑的眼睛轉而盯著她：「也可能他認為這不是什麼大不了的事情，他根本就不在乎後果。」

風暮音垂下眼簾，心裡有種說不出的滋味。

「好了，妳好好照顧他吧。」夢神司越過她朝房門走去：「等他醒過來就沒事了。」

「請等一下。」

「還有事嗎？」夢神司停下來看著她。

「如果他繼續留在這裡，最壞的結果是什麼？」

「妳問最壞的結果？」夢神司想了想：「如果力量消耗到了極限，當然是迎接精神和肉體的死亡。」

「最後一個問題。」風暮音咬著牙問：「如果想離開這個世界，有什麼辦法？」

夢神司離開後，風暮音坐到床邊的地毯上，把頭靠在床頭，看著天青正沉睡的臉。

就像夢神司所說的那樣，天青的臉色正逐漸好轉，風暮音的心也終於安定了下來。在這個世界裡，天青是她唯一熟悉的人。何況他來這裡，也完全是因為自己的關係，她非常不希望出現夢神司所說的那種結果。

「睫毛怎麼這麼長呢？」她的手輕輕地碰了碰天青緊閉的雙眼，聯想起那雙美麗的綠色眼睛。

「喂，天青。」她在天青耳邊說：「你快點醒過來，不然我就把你扔在這裡不要了。」

她靠在那裡看著，最後迷迷糊糊地睡著了。

風暮音睜開眼睛，發現天已經黑了。看到睡著的天青呼吸均勻，臉色也已經恢復到平時的樣子，她大大地鬆了口氣。

也許是因為姿勢的關係，風暮音感覺整個人腰痠背痛的。於是她從床邊爬起來，想要活動一下身體。當她轉身面向陽臺的時候，猛地被嚇了一跳。

有一個孩子站在陽臺的欄杆上！

「小心！」她沒來得及多想，直覺就要衝過去。而在她出聲的同時，那個站在欄杆上的孩子居然往後退了一步……

風暮音兩三步衝到陽臺，扶著欄杆往下看去。

在月色下一片暗紅的花海裡，黑色的頭髮在漫天花瓣的空中飛舞。那個看上去五、六歲的女孩抬起頭。飛揚的頭髮擋住了她的臉，風暮音只能看到她映著月光的眼睛，那雙眼睛清澈透明、閃閃發光。那孩子看了風暮音一眼之後就低下了頭，轉身往花叢中走去。

「等一下！」風暮音也不知道自己為什麼要喊那個孩子，但直覺告訴自己，要把這個奇怪的孩子留下。

那孩子好像沒有聽到風暮音的喊聲，自顧自地走進了和她差不多高的花叢裡面。風暮音回頭看了一眼床上的天青，再目測了一下陽臺到地面的高度，試著翻過欄杆，然後直接跳了下去。

就像預料的那樣，她輕盈地落到地面上。

風暮音站起身子，朝四周張望，看到了花叢裡那個小小的黑色背影，連忙跟了上去。可才一踏進花叢，就有一股尖銳的刺痛從她的手背上傳來。她連忙抬起手，看到自己的手背被花刺劃出一道傷口，鮮血正慢慢地從皮膚下面滲透出來。她這才想起，這片美麗的花海實際上是一片荊棘海洋，那孩子就這麼走進去，不知會被傷成什麼樣子。

她連忙用另一隻手擦掉血跡，朝著花叢裡喊：「快出來，很危險啊！」

可那個孩子一點也沒有要停下的意思，漸漸地就要消失在濃密的花叢後面。風暮音只猶豫了一秒，深吸了口氣，咬緊牙關走了進去。

一開始，她還能清楚地捕捉到，那些銳利花刺劃進皮膚的每一個微小細節，還有從那些不斷增加的傷口傳遞到她腦海中的疼痛感。但很快地，也許是因為習慣而漸漸麻木，那種原本無法忍受的疼痛不再影響到她。她的腳步越來越快，追著那個背影，往花海深處跑去。

當風暮音最終穿越過那片紅色的荊棘海洋後，她的衣服已經布滿密密的劃痕，裸露在衣服外的手腳也被劃得十分嚴重。

那個孩子不見了，在她面前的，是一座白色宮殿似的建築物。

這裡……不是夢神司的房子嗎？難道說，那個孩子帶著自己在花海中繞了一圈，最終還是繞回了起點？可是，在她的感覺裡，明明是一直朝著一個方向前進的。

風暮音回頭看了一下那片月光裡格外妖豔詭異的花海，又看了看自己一身的狼狽，決定還是回房間整理一下，或者等到天亮以後，再問問這是怎麼回事。

壁爐裡的爐火還在燃燒著，整棟房子靜悄悄的。風暮音穿過空無一人的客廳，回到了二樓天青睡著的房間。

她轉身關上房門，回到床邊……

「天青？」她驚駭的瞪大眼睛，看著面前空無一物、整整齊齊的床鋪。

天青呢？他明明睡在這裡的！

「天青！天青！」風暮音跑到走廊上，四處尋找著：「天青，你在哪裡？」

沒有月光和燭火，四周顯得十分昏暗，她一直跑到客廳，在那裡停下來喘氣。突然身後響起了「砰」的一聲，她被嚇得跳了起來，轉身一看，才知道是窗戶被風吹打發出的聲音。

這屋子雖然很大，但也不可能喊了這麼久一個人也沒有聽到。風暮音握緊拳頭，強迫自己靜下心來想想。大家都到哪裡去了？為什麼她只是出去了一小會，人就都不見了？

「有人在嗎？夢先生，愛麗絲……」風暮音小心翼翼地走進書房，穿過一排排的書架，走到了昨晚夢神司和他們談話的地方。

爐火旺盛地燃燒著，沙發邊的矮桌上還放著翻開的書，茶杯裡的茶還冒著熱氣，好像前一刻還有人在這裡看書，但現在卻半個人影也沒有。

風暮音剛想去別的地方找找，但才走兩步，又停了下來。她慢慢抬起頭，目光放到了右邊的書架上。

暗紅色的皮質封面上繪著樣式獨特的金色圖案，這是昨晚他們走進來的時候，夢神司正拿在手裡的那本，因為書的樣式很獨特，所以她記得很清楚。

風暮音走到書架前，把那本書從書架上抽了出來。那像是一本古老的詩集，她隨手翻了幾頁，看到了這樣的文字：

我已經無法選擇

痛苦吞噬著我的骨血

妒恨蠶食著我的靈魂
請挖出我的雙眼
請刺穿我的心臟
請把我的骸骨埋葬在地底深處的黃泉
如果我從未擁有你的給予
唯有死亡

這首殘酷的詩，她好像在哪裡看到過……

風暮音若有所思地把書放回它原本所在的地方。放回去的時候，她一眼掃過了旁邊的那些書，黑色的封面上寫著書的名字，叫做《顛倒夢境》。

顛倒，顛倒……風暮音霍地轉身，終於知道為什麼哪裡都不對勁了！

是的，這裡根本不是她追著那孩子出來之前所在的屋子！

雖然看上去一模一樣，但這裡的一切擺設，都和之前的屋子完全不同。比如，夢神司昨晚明明是把這本書放在了左邊的架子上，但現在卻出現在右邊同一個位置上。還有這些椅子、壁爐上的擺設、牆上的畫……之前她為什麼沒有注意到呢？

風暮音跑出書房，就像她意識到的一樣，這屋裡一切的東西都和她印象中的完全不同。原本位置在左邊的現在在右邊，原本在右邊的現在在左邊。她所在的，根本就不是原本的那座屋子。

當她跑下樓梯，想要走出這棟屋子的時候，耳邊突然傳來了一聲輕輕的嘆息。這讓她背上的每一根汗毛都豎了起來。

「誰在那裡？」風暮音戒備地盯著壁爐前那張背對著自己的椅子，聲音就是從那裡傳來的。

「夢先生，是你嗎？」她看了一下，卻看不到那高背椅後面坐著的人。

壁爐裡的火焰被風吹得明滅不定，就算離得近了，也沒有一絲溫暖的感覺。這火焰是冰冷的，她終於一步一步地走到了那張椅子邊，鼓足了勇氣才敢側過臉朝坐在那裡的人看去。

椅子上坐著一位美麗的女性，她穿著黑色絲綢的裙子，安安靜靜地坐在那裡，安安靜靜地看著壁爐裡的火焰。她的頭髮像烏木一樣黑，皮膚像雪一樣白，嘴唇像鮮血一樣紅，火光在她的眼睛裡跳躍，但她看上去就像是一尊沒有生命的美麗雕塑一樣，呆滯而木然。

「風……風雪？」

她慢慢地抬起頭，深邃的瞳孔裡映出了風暮音的臉。

「姐姐。」她輕輕地對風暮音說：「妳來了啊！」

「風雪！」風暮音蹲在她身邊，扶著她的肩膀驚訝地問：「妳怎麼會在這裡？」

「我一直都在這裡啊！」風雪把目光放回爐火上面：「姐姐妳忘了嗎？我一直在這裡……」

「我不是媽媽。」風暮音移到了她的面前，讓她看清楚自己的臉：「風雪，我是暮音啊！」

「暮音？」風雪看了她好一會，慢慢皺起眉頭：「妳不是姐姐，姐姐呢？」

「媽媽她……已經去世很久了。」她拉著風雪說：「先不要管這些了，這到底是什麼地方？

妳又怎麼會在這裡？」

「這裡嗎？」風雪微微揚起嘴角：「是一個夢。」

「夢魔神、魔神、夢……夢神司嗎？是他把妳關起來的對不對？」這一切和那個古怪神祕的男人有著密切的關係，自己早該想到的！

風雪那淡漠的神情在聽到這個名字的瞬間有了變化，她打了一個寒顫，雙手緊緊環抱住自己，眼中溢出了慌亂。

「到底是怎麼了？」風暮音抱住她不住顫抖的身子追問著：「到底是出了什麼事情？妳別害怕啊！」

「我好難過……沒有人、沒有人在這裡……」風雪像是根本就看不見她，只是不停地發著抖，說些完全不知其所以然的話：「姐姐，妳不要來，不要來這裡……他不讓我走、不讓我走……不是我，不是我，不是我，不是我……」

到了最後，風雪嘴裡念著的，只剩「不是我」這三個字，風暮音只能不知所措地看著她。

「妳該走了。」有一個帶著稚氣的聲音在她們身後響起。

風暮音回過頭，看到之前追丟的那個孩子，她正站在開著的落地窗前看著她們。背著光，風暮音看不清她的樣子，但那雙眼睛看起來非常熟悉，可偏偏就是想不起來在哪裡見過。

「妳是誰？」風暮音疑惑地問：「這又是什麼地方？」

「妳該走了。」那孩子輕聲地重複：「再晚就來不及了。」

「等等！」風暮音打斷了她：「什麼叫再晚就來不及了？」

「這是一個機會，也許是最後的機會了。」風暮音注意到那孩子看著的不是自己，而是自己身邊的風雪：「妳不是一直在等待這樣的機會嗎？現在機會已經來到妳的面前，妳為什麼還在猶豫？」

「妳到底在說什麼？」風暮音謹慎地猜測著：「和那個夢神司有關嗎？」

風雪緊緊地抓住她的手臂，從她肩膀上抬起頭看向那個孩子。

「是妳……」風雪的聲音裡帶著某種奇怪的、風暮音所不能理解的情緒。

「沒有人知道他在想什麼，沒有人知道他會怎麼做。」那孩子往前走了幾步，清澈的眼睛在黑暗中如同流光溢彩的寶石：「妳還在留戀什麼呢？妳還在奢望什麼呢？」

「不是！」因為這幾句風暮音完全不明白意思的話，風雪突然激動了起來：「我不是因為他，不是因為他！」

「那麼就證明給我看。」那孩子歪著頭，長長的頭髮垂落到身邊，她穿著白色的裙子，周身散發著朦朧的光：「告訴所有人妳不是因為他。」

「怎麼辦呢？」風雪臉上的神情就像迷路的人一樣無助惶恐：「我該怎麼辦呢？」

「已經很久了呢。」那孩子長長地嘆了口氣：「也是時候離開這裡了。」

「離開……」

「風雪，妳忘了妳的承諾嗎？還有，妳的願望……」

「醒來……」

「這個夢已經夠久，是時候醒來了。」那個孩子的聲音突然變得冰冷而殘酷：「這只是一個惡夢！」

一剎那，有什麼東西閃過風暮音的腦海，很清晰，卻又十分模糊。可容不得她細想，風雪就像突然被抽光了身體裡所有的力量，一下子倒在她的身上。

「請帶她離開這裡吧。」那孩子用琉璃一樣清澈透明的眼睛看著風暮音說：「不要讓她活在別人的夢中，這是妳的，也是我的願望。」

「可是，如果夢神司真的是那個力量強大的魔神，我又該怎麼帶著風雪離開呢？」這一點，是從剛才開始風暮音就一直在思考的問題。

「沒有關係，你們可以做到。」那孩子對著她點頭：「人類的心是最容易受到迷惑，也是最能產生奇蹟的地方。」

「不行！天青現在還在夢神司那裡，他還昏迷不醒，我們……」

「天青？」那孩子念著這個名字，然後跟隨著一陣風，突然地消失在風暮音眼前。

「暮音。」

風暮音還在張著嘴發呆，回過頭卻看到風雪正看著自己。她的目光不再充滿迷惑，而是堅定而沉著，就像她所知道的風雪那樣。風暮音不由自主地揉了揉眼睛，生怕這是錯覺。

「對不起，讓妳擔心了。」風雪從椅子上站了起來，臉上是淡然冷漠的表情：「謝謝妳來這裡找我。」

「風雪，妳沒事了嗎？」風暮音跟著站了起來：「剛才……」

「沒有時間了，趁著他不在。我們先離開這裡，以後再慢慢跟妳解釋。」說完，風雪轉身往大門走去，風暮音愣了一下，也快步跟了上去。

「風雪，我們要去哪裡？」風暮音在門前追上了她。

她並沒有回答風暮音的問題，只是把手一揚，風暮音見過的那把透明長弓出現在她的手裡。然後她看著那片花海，把弓遞到風暮音面前。

「這是……」風暮音接了過來，不明所以地看著風雪。

「我沒有辦法穿過這片黃泉花，所以要毀了它們。」風雪看了她一眼：「妳可以做到的。」

風暮音半信半疑地舉起那把長弓。弓比她想像中的要輕許多，當她細細打量的時候，原本環繞著它的七彩光芒漸漸消失，它也不再是那種接近透明的顏色。取而代之出現在風暮音手裡的，是一把雕刻著鏤空圖案的漆黑長弓。

「快點。」風雪催促著她，她只能把滿心的疑惑強壓下去。

用力張滿了弓弦，一枝黑色的長箭出現在風暮音的手指之間，她深吸口氣，然後鬆開手指。

事實證明，射箭這種事情，如果沒有專門學習過，第一次是永遠不可能成功的。她射出的箭無聲無息地在半空劃了一個失敗的弧度，以一種可笑的姿勢栽進了密集的花海之中。

「等一下。」當風暮音決定立刻射出第二箭進行補救的時候，風雪卻拉住了她的手。

隨著時間過去，那些在月光下依舊豔麗的火紅花朵，慢慢地、慢慢地變成了黑色。一開始只是一兩朵，但很快地，那種黑色就像潮水一樣侵蝕了原本滿眼的火紅。到了最後，連天空飛舞的花瓣，也變成了那種漆黑的顏色。

「這是我做的嗎？」風暮音轉頭去看風雪，發現她臉上也閃過了一絲驚訝，但很快就恢復了一貫的冷淡表情。

「做得很好。這顏色看起來順眼多了。」這是她記憶中風雪第一次誇獎她，原因居然是她讓一大片盛開的紅花全部變成了黑色。

也許是她眼花了，她居然看見風雪微微勾起嘴角，笑得很開心一樣……

【第二十章】

Lies and Love

「這是什麼花？」風暮音跟在風雪身後在花海中行走，那些漆黑的花朵讓她覺得有些毛骨悚然：「怎麼我只射了一箭，它們就變成這樣子了？」

「是只開在這黃泉裡的花朵。」風雪每走一步，都好像故意把那些花踩到腳下一樣。她聽到風暮音的問題，嘲諷地笑了一笑：「明明代表著死亡，卻和鮮活的生命是一樣的紅色，很諷刺不是嗎？」

「黃泉？」風暮音愣了愣：「黃泉不就是地獄的意思嗎？」

「當然了，這裡就是黃泉。」風雪不停地往前走去：「或者妳說的地獄，也很貼切。」

「怎麼會呢？」風暮音停了下來：「這裡不是夢的世界嗎？」

「死亡和夢，夢和死亡，都是靈魂離開了身體。它們本質上沒有什麼太大的區別，只是一個能夠返回身體，另一個則會漸漸消失。在每一個靈魂消失之前，都會在這裡停留一段時間。」風雪回頭看著她：「難道妳現在還不知道？這裡就是掌管夢與死亡的主人所居住的黃泉之城。」

「死亡？」風暮音愣愣地看了一下四周：「那夢神司他……不是魔神嗎？」

「他當然是的。」風雪的目光黯淡了一瞬：「所謂魔神就是介於魔鬼和天神之間的存在，也是夢魔與死神的統稱。他掌管著這個夢和死亡構成的虛幻世界，在這裡稱呼他夢魔或死神都是對他的不敬，是被絕對禁止的。」

「我找到妳的地方，和我之前住的地方不是同一個地方吧！」

「那叫做鏡像，就像鏡子裡互為表裡的兩個影像。」風雪轉過身去：「就像界術一樣，不過是用黃泉花作為分隔，使真實和虛幻同時存在，不能互通，卻又相互顛倒的兩個世界。」

「那為什麼我可以找到那裡？」風暮音不解地問她：「既然不能互通，為什麼我可以找到妳？」

「誰知道呢。」風雪擺明不願意多說。

「那個孩子是誰？」風暮音又問。

「我不知道什麼孩子。」風雪語氣生硬地回答：「妳最好把這件事情忘掉，那對妳沒什麼好處。」

「等一下！我們是不是現在就要離開這裡了？」她慌忙喊住了又開始往前走的風雪：「我還有朋友留在夢神司那裡，如果把他丟下不管，他會很危險的。」

「妳根本不知道什麼叫做危險。」風雪的回答是否定的：「如果妳現在還要折返回去，萬一被發現的話，連妳都自身難保。」

「不行！」風暮音堅定地說：「我不能把天青一個人丟下。」

風雪皺起眉頭。

「這個給妳！」風暮音從外衣口袋裡掏出了一個小瓶給她：「吃了這個妳就能回去了。」

「那妳呢？」風雪看了看那個瓶子：「藥只有一粒，我吃了妳怎麼辦？」

「我把天青救出來以後，會再想辦法。」她向夢神司要來這顆藥丸，原本是準備等天青醒過來以後，設法讓他吃下去的。

「暮音，我記得我一直在教妳，做人要自私一點才好。為什麼妳就是不聽我的話呢？」風雪若有所思地看著她：「妳根本不該到這裡來，現在也不該冒著生命危險折返去救那個人。」

「不行。」風暮音搖了搖頭：「他是為了我才會到這裡來的，哪怕我回不去，至少也要讓他回去。」

「好，既然妳這麼堅決。我跟妳回去救那個人，再怎麼說我都比妳熟悉這裡。」風雪看著她，無奈地搖了搖頭：「暮音，妳不夠自私，總有一天會吃大虧的。」

「我知道。」她對風雪笑了笑：「我只是不希望自己以後會後悔。」

「和妳母親說一樣的話呢。」風雪低低地嘆了口氣：「果然都是些傻瓜。」

她們轉了個方向，繼續在黑色的花海裡走著。

「風雪，妳為什麼……要和魔神訂下契約？」風暮音看著前方風雪挺直的背脊：「是有什麼原因嗎？」

「為了得到力量。」風雪頭也不回地說：「魔界中的上等魔族也不是我的對手，就因為我和他交換了契約。他給我力量，而我要在契約規定時間結束之後，把自己的靈魂永遠地交給他。」

「永遠嗎？」那是什麼樣的概念啊！

「我和姐姐不同，姐姐出生就擁有強大的力量，我卻什麼都沒有，甚至連精神和肉體無法協調統一。如果不是和他交換了條件，我這一生或許只能困在那個不能說也不能動的身體裡面。」

風雪的聲音絲毫沒有聲調起伏：「如果妳是我，妳會怎麼選擇？」

是困在殘缺的身體裡活過短暫的一生，還是出賣靈魂來交換短暫的自由？風暮音沒有辦法回答，如果她是風雪，她也不知道自己會怎麼選擇。

「其實，我很恨姐姐。」

風暮音震驚地抬頭看著她。

「我一直覺得我們生來應該是仇敵而不是姐妹。」風雪長長的黑髮在風中飛舞，聲音帶著無力的沉重：「如果不是她在成長的時候，把我的力量完全奪走了，我又怎麼會變成那種樣子？就算她不是有意的，但事實就是事實。我不需要她的愧疚，也不需要她的彌補。我只想知道，如果她變成我，她會是什麼樣的感覺。」

風暮音張了張嘴，卻不知道該說什麼才好。這是一件很殘酷的事，自己沒有辦法偏袒任何一方。就像風雪說的，那不是故意的，但畢竟自己母親的存在對她造成了無法挽回的傷害。

「妳覺得我這麼說太過分了是嗎？在所有人的心裡，她一直是高尚而完美的。」風雪突然笑出聲音：「我告訴妳，其實她是一個很殘忍的人，不止對我或其他人，對妳更是那樣。」

「風雪！」那畢竟是自己的母親，風暮音不希望聽到這樣的詆毀，就算是風雪說的也不行。

「算了，總有一天妳會明白的。」風雪失態地笑著：「妳最好記住，有時候正直純潔就是一種殘忍，只有自私的心才能不受傷害。」

「但是……」風暮音眼角閃過一抹黑色的影子，她順勢看了過去。

那個孩子就站在那裡，手裡拿著一朵黑色的花，用她閃爍著光芒的眼睛靜靜地和風暮音對視。

風暮音忽然覺得背脊一陣發冷，她張開嘴想要喊風雪，卻發現自己發不出聲音。

「我一直在這裡。」那個孩子動著嘴唇，稚氣又冰冷的聲音直接在風暮音的腦海中響起：「直到妳需要我的那一刻來臨……」

「妳在看什麼？」風雪的聲音傳了過來。

風暮音低下頭，臉色有一瞬間變得蒼白。現在她眼前什麼都沒有，如果不是那個冰冷又帶著不祥的聲音不斷在她腦中迴盪，她幾乎以為那只是自己的幻覺。

「沒什麼，我們快過去吧！」風暮音抬頭看向遠處白色的建築，那是魔神居住的宮殿。

這是個奇怪的世界，當然到處都很奇怪。

別去想了，不要想得太多……

「小姐，您出去了嗎？」拿著燭臺前來開門的是愛麗絲，當她看到站在風暮音身後的人時突然變了臉色。

「風……」愛麗絲的驚呼聲戛然而止。

一個圓形的東西骨碌骨碌滾到風暮音腳邊停了下來，上面瞪得大大的眼睛正看著她。

風暮音的驚呼被一隻手捂住了。

「看清楚。」就在風暮音感覺自己心臟快要停止的時候，風雪放開了捂在她嘴上的手：「我只是把她弄壞而已。」

弄壞？用弓弦把別人的頭絞下來只算是把人弄壞嗎？

幸好風暮音的心已經從風雪突兀冷酷的出手中平靜了下來。細細看過之後，她倒是呆住了。愛麗絲的脖子和頭雖然分開了，但眼睛依然轉動著，而且她掉了腦袋的身體也沒有倒下，依舊好好地站在那裡。被鋒利弓弦切開的脖子上，沒有出現任何一滴鮮血，倒是有一些五顏六色的電線發出輕微的電流聲。

看上去就像是……機器？愛麗絲竟然是一個機器人？

「沒關係，這很容易修好。」看風雪的樣子，風暮音感覺她不是第一次做這種事。她神態自如地跨過了不停轉動眼睛的愛麗絲的頭，而風暮音則是貼著牆壁小心翼翼繞了過去。

「他很喜歡所謂的科技。」就像知道風暮音要問什麼，風雪邊走邊說：「明明只需要簡單法術就能做到的事情，他都會用一些奇怪的方法嘗試。就像那些藥片、用機器製造的身體什麼的。他覺得這樣很有趣，其實那都只是些毫無必要的東西。」

風雪熟門熟路地徑直走到了天青睡著的房間前，風暮音搶在她之前推開門，看到天青依舊好好地躺在那裡，高懸著的心才終於落回了原處。

「就是他？」風雪站在她身後看了一眼：「這個人……」

「天青是我的朋友。」風暮音告訴她：「我一定要把他平安地帶回去。」

因為風雪沒有半點要幫忙的意思，等到風暮音費力地半扶半拖著天青走出大門時，已經累得半死了。

風雪就站在門外等著，她不知道用了什麼方法，弄到了他們來時坐過的那輛馬車。

「為什麼會這樣？」他們離開黃泉之城沒過多久，空中開始聚集一層又一層的烏雲，整個天空就像快要塌下來一樣。

「因為他在生氣。他是這個世界的主宰，他的歡樂就是這個世界的歡樂，他的憤怒就是這個世界的憤怒。」坐在風暮音對面的風雪一點也沒有驚慌：「他也許已經發現我們逃走了，正想來追捕我們。」

「我們要去哪裡？」如果只是漫無目的的逃跑，被追上恐怕是遲早的事情。

「在這個世界裡，只有一個地方不受他力量的影響。」風雪始終沉著冷靜，一點也沒有風暮音剛找到她時的樣子：「聽說那裡面存在通往人類世界的道路，我們先到那裡去。」

「那是什麼地方？」風暮音低頭看了看靠在一旁沉睡著的天青。

「迷霧森林。」風雪看著車窗外陰沉沉的天空，面無表情地說。

「還有多久才能到？」風暮音有一種不好的預感：「那座森林到底在什麼地方？」

「我不知道，這些馬會帶我們過去。」風雪不負責任地告訴她：「也許很近，也許很遠，不過我們還有一些時間，能不能在被他找到之前進入迷霧森林，完全看運氣了。」

風暮音的運氣看來還沒有用盡。

當從馬車上遠遠看到那片濃霧籠罩著的地方，連她對面的風雪都露出了一種安心的表情。她突然意識到原來風雪不是不緊張，只是擅於隱藏自己的情緒。

「就是那裡對嗎？」風暮音剛問出口，就感覺身邊的天青動了一動，連忙轉頭看去。

「暮音？」天青慢慢睜開眼睛，看到她好像有些驚訝：「這是怎麼了？」

「你醒來了正好。」風雪冷冰冰地說：「我們可沒力氣帶著屍體逃亡。」

「風雪？妳怎麼會在這裡？」天青側頭看著對面的風雪，十分吃驚地問：「妳說什麼逃亡？」

風暮音簡單地把事情的經過講了一遍，天青終於明白為什麼現在大家會處在這樣的情況中了。

「你好一點了嗎？」風暮音目測了一下，估計到那座森林還要花一點時間：「還有時間讓你休息一下。」

「不用，我已經完全恢復了。」天青坐了起來，伸了個大大的懶腰：「我感覺像睡了一覺，現在精神很好。」

那些馬到離森林還有一段距離的地方就不肯再往前走了，他們只能下車，朝著森林步行過去。

「你真的沒事嗎？」風暮音上下打量著天青，生怕他在硬撐。

「妳放心吧！」天青笑著回答：「我已經沒什麼事了。」

走在前面的風雪回頭看了他們好幾次，欲言又止了半天，最後只說了一些催促的話。

「對了！」終於走到森林邊緣的時候，風暮音突然想起了一件事情：「風雪，我有東西忘了給妳。」

「什麼？」風雪停了下來。

「就是這個，我正巧把它帶在身邊。」風暮音從口袋裡把東西拿出來給她：「這個是妳的吧！」

風雪的臉色，在看到那樣東西之後突然變了。

「怎麼了？」風暮音莫名其妙地看著她：「這戒指不是妳一直戴著的嗎？」

她攤開的手心裡，靜靜地躺著一枚深藍色的寶石戒指。

「你出來吧！」風雪閉上眼睛，聲音清晰有力：「還沒玩夠嗎？」

風暮音剛想開口問這話是什麼意思，突然聽到了在寂靜中格外清晰的腳步聲。她轉過頭，看到一個黑色的身影從淡淡的霧中朝他們走來。

「早安，大家玩得開心嗎？」那個人朝他們打招呼，當他說完這句話之後，灰暗的天色立刻放晴，一縷縷陽光從稀薄的霧氣裡灑落下來，讓原本看起來有些陰森的樹林，變得像童話中的仙境一樣。

「夢神司？」風暮音的心直往下沉：「你怎麼會在這裡？」

「其實我一直都在。」夢神司的聲音聽上去很開心，他伸手指了指：「因為那個。」

風暮音低下頭，看了看那枚戒指，不明白這之間有什麼聯繫。

「那個戒指是我的東西。」夢神司在離他們大約十步左右的地方停下：「只要妳帶著它，不論在任何地方，我都能立刻找到你。」

「你一直在玩弄我們？」風暮音終於明白過來，為什麼風雪看到戒指會是這樣的反應：「你明知道我們逃跑，卻讓我們以為自己可以成功，然後在最後一刻把我們抓住嗎？」

「我只是和大家玩了一個逃亡遊戲。既然大家都享受到了逃亡緊張刺激的感覺，遊戲也是時候結束了。」

「你到底想怎麼樣？」她擋在了夢神司和風雪之間：「風雪不是你的東西，你沒有權利把她留在這裡。」

「是嗎？」夢神司也不生氣，只是對著風雪發問：「妳是不是屬於我的東西呢？」

「是。」她身後的風雪從顫抖的嘴唇裡吐出了一個字。

「還是由妳仔細地告訴暮音小姐好嗎？」夢神司的聲音依舊很溫和：「不然的話，她還以為我做了什麼天理難容的事情呢！」

「我是屬於他的東西。」風雪的臉色已經變成了死白：「永遠都是。」

「風雪！」風暮音無法理解地看著她：「妳為什麼要這麼說？妳明明不願意的啊！」

「只要訂下契約，就一定要履行到底。」夢神司笑著回答：「這是必須遵守的原則。」

「誰的原則？」一股怒火從風暮音心中湧出。

「我的。」夢神司慢慢脫下手套，他蒼白的指節上，戴著一枚閃閃發光的藍寶石戒指，就和風暮音準備交給風雪的那枚一模一樣。

「暮音！」風雪和天青同時拉住了風暮音，眼中同樣寫滿了警告。

風暮音把手裡的戒指朝地上丟去，滿心是被愚弄的憤怒。夢神司手一招，摔落到地面上的戒指就飛到了他的手裡。

「好了！」夢神司用手套擦拭乾淨戒指上的塵土，用一種和平的口吻說著：「愛麗絲已經為各位準備好早餐，我們這就回去吧！」

風雪頹然地低下頭，跨步就要向夢神司的方向走去。

「不要過去！」風暮音緊緊抓住風雪，瞪著一派悠閒的夢神司：「夢神司，你到底要怎樣才肯放過風雪？」

「放過？」夢神司揚高了聲調：「妳覺得我是在強迫她嗎？」

「難道不是嗎？」風暮音反問：「她心裡並不願意，你還是要讓她留在這裡，這不就是強迫？」

「也許妳並不清楚我有多麼討厭強迫別人，暮音小姐。」夢神司看著風雪：「契約年限原本長達百年，但是中間她曾經向我提出超越契約範圍的要求，我用縮短契約期限作為交換。這完全合情合理，也經過了她的同意，我不覺得這屬於強迫的範疇。」

「那有什麼辦法可以延長契約的期限？」風暮音覺得還是應該先離開這個地方，才能再想其他的辦法。

「妳不是想要和我訂下新的契約吧！」夢神司的目光中閃動著詭異的光芒：「暮音小姐真是很有趣的人，令我想起了……」

「夠了！」一直沉默著的風雪突然發出了低沉壓抑的聲音：「遊戲已經結束了！」

「妳生氣了？」夢神司聲音裡充滿了笑意：「這場遊戲不是由妳提議的嗎？」

「你忘了你答應過我，要讓暮音平安離開這裡嗎？」風雪蒼白的臉上滿是嘲諷的笑容：「你不是一向最講求承諾的嗎？」

「我不記得答應過那樣的事情。」夢神司疑惑地說：「我只記得答應妳去救她，並沒有說救完之後要如何吧。」

「夢神司，讓他們走！」風雪不知從哪裡抽出了一把匕首。

「妳不會是想用那個來對付我吧？」夢神司詫異地問：「難道妳忘了，妳的身體、妳的力量、妳的一切都是我給予的嗎？」

「我知道自己不是你的對手。」風雪突然一笑，倒轉了匕首，架到了自己的脖子上：「但是這個身體是你最喜愛的作品，你不會眼睜睜看著我把她毀掉的吧！」

「我單純的風雪，妳什麼時候也學會了人類的狡猾？」夢神司搖了搖頭：「妳真是疼愛她呢！就像當年一樣，為了求我救她，居然願意一再縮短契約時間。那可真令為妳做了那麼多事情的我，感到非常嫉妒。」

「風雪……」風暮音轉頭看著風雪，想要求證夢神司的話。

「關於那些事情，妳不用想太多。」風雪並沒有看她，她的目光始終放在夢神司的身上：「我那麼做，只是因為我答應過妳的父親，要讓妳平安無事地長大。」

「妳到底……」

「穿過這座森林，妳就能回到人類世界了。」風雪打斷了她：「不要再來找我，照顧好妳自己就可以了。」

「為什麼？」她還有滿心的疑惑沒有解開：「妳明明就不願意留在這裡，不是嗎？」

「還不快走？」風雪看了她一眼，風暮音在她眼中看到了……

那一瞬間，她突然明白了些什麼。

「天青，我們走吧。」風暮音不再堅持或追問，而是轉過身準備離開。

「暮音。」當她背對著風雪時，風雪最後說了一句話：「不要總想著依靠別人，只有自己值得信任。」

只有自己……風暮音側頭看了一眼拉著自己的天青，同時在他蒼茫美麗的綠色眼睛裡看到了自己的影子。

沒有人值得信任嗎？

會不會有例外？

有吧，總有的……

「你還在痛苦嗎？」在某處地方，在那時的風暮音還不知道的某個地方，一間光照充足的房間裡，一個人提出了這樣的疑問：「你依然覺得自己身處在這裡，會無法呼吸嗎？」

「沒有！什麼都沒有！」回答這個問題的人，有著黑色的長髮、蒼白的皮膚，坐在陽光無法照射到的角落：「這個世界除了死去和即將死去的靈魂，什麼都沒有！」

「不，我不這麼認為。」提問的人站在陽光裡，他伸出手，似乎想要抓住面前的一縷陽光：「這個世界還是有很多很多東西，真實和虛幻的東西共存在這裡，有很多很多……」

「只有死亡是真實的。」回答的人依舊答非所問。

「你看，過去的都過去了，將來的還沒有來。我已經迫不及待地想要知道，命運之神到底安排了怎樣的驚喜。」提問的人絲毫不介意：「你呢？你懷著什麼樣的期望？」

「快點死去。」

「這期望倒是十分特別。」陽光如同有形的絲線，纏繞著那人的手指翩翩起舞。

——《暮音01》完

高寶書版集團
gobooks.com.tw

輕世代 FW334

暮音01

作　　者　墨竹
繪　　者　瀨川あをじ
編　　輯　林思妤
校　　對　任芸慧
美術編輯　彭裕芳
排　　版　彭立瑋

發 行 人　朱凱蕾
出　　版　英屬維京群島商高寶國際有限公司臺灣分公司
　　　　　Global Group Holdings, Ltd.
地　　址　臺北市內湖區洲子街88號3樓
網　　址　www.gobooks.com.tw
電　　話　(02) 27992788
電　　郵　readers@gobooks.com.tw（讀者服務部）
　　　　　pr@gobooks.com.tw（公關諮詢部）
傳　　真　出版部　(02) 27990909　行銷部 (02) 27993088
郵政劃撥　50404557
戶　　名　三日月書版股份有限公司
發　　行　三日月書版股份有限公司/Printed in Taiwan
初版日期　2020年5月

國家圖書館出版品預行編目(CIP)資料

暮音 /墨竹著.-- 初版. -- 臺北市：高寶國際, 2020.05-
冊； 公分. --

ISBN 978-986-361-764-8(第1冊：平裝)

857.7　　108019210

三日月書版

三日月書版

GOBOOKS
& SITAK
GROUP©